Ralf Rothmann

Flieh, mein Freund!

Roman

Suhrkamp

Zweite Auflage 1998

Satz: MZ-Verlagsdruckerei GmbH, Memmingen
Druck: Friedrich Pustet, Regensburg
Printed in Germany

Wieder das sein
was ich nie war
aber immer sein werde

Gerhard Altenbourg

1.

Ich will nicht mehr kämpfen. Ich bins leid. Sollen sie mich einkassieren. Sollen sie mich doch Lolly nennen. Ich hab keine Lust mehr. Schluß.

Oder so ähnlich.

Ich lag auf dem Teppich und wartete darauf, daß Mary wach wurde. Mittlerweile war es dunkel, und ich hatte eine Kerze auf die Fensterbank gestellt; das Flämmchen tanzte in der Zugluft, und manchmal huschte Licht über die lackierten Fußnägel und das Kettchen am Gelenk. Auch hinter dem Laub und den Kastanienblüten draußen, im Seitenflügel, wurden Lampen angeschaltet, und trotz der warmen Mailuft mußte ich an die Laternenzeit im November denken, an Sankt Martin. Wahrscheinlich, weil mein Alter so heißt.

Das ist zwar der schrecklichste Männername, den man sich ausdenken kann, aber jedes Jahr im Spätherbst freue ich mich auf die Kids, die dann einzeln, zu zweien oder in kleinen Gruppen aus allen Ecken hervorgewakkelt kommen mit ihren selbstgeklebten Laternen, echte Lichtblicke in der Jahreszeit, der Schwärze und dem Matsch; manchmal könnte ich heulen vor Glück oder so, und manchmal gehe ich ihnen einfach hinterher, in einigem Abstand natürlich. Heutzutage kriegst du ja sofort diesen »Aha, ein Kinderschänder!«-Blick verpaßt.

Die Mütter sind überhaupt das letzte bei solchen Um-

zügen. Blöd wie ein Meter Waldweg. Die packen ihre Kleinen in den Pulk und sagen: »So, nun singt mal schön ...«, und dann kümmern sie sich überhaupt nicht mehr. Quasseln nur noch mit ihresgleichen über Karstadt und Erziehungsbeihilfe und Tönungsshampoo und solchen Mist, flüstern oder kichern über diese oder jene, die schon wieder was im Ofen hat, und inzwischen halten die Kinder die Laternen schief oder hauen sie gegen Bäume und Autos, und ich sehe schon von weitem, welche gleich abfackeln wird.
Die Mütter sehen nichts. Die tauschen Backrezepte aus, man hört »Zimt« und »Koriander« und was nicht alles, und wenn es plötzlich aufflammt, ist das Geschrei groß. Und die anderen singen nur noch lauter: »Laterne, Laterne, Sonne, Mond und Sterne. Brenne auf mein Licht, brenne auf mein Licht, aber nur meine liebe Laterne nicht ...«
Dann steht so ein Wurm da und starrt auf den rußigen Draht am Ende seines Stöckchens, an dem gerade noch die Falz- und Klebearbeit eines langen Nachmittags gehangen hatte, und alle ziehen weiter, bunte Punkte hinter den schwarzen Sträuchern des Parks. Und der Kleine ist allein mit seinem Rotz unter der Nase und der Atemfahne vor dem Mund und den grauen Trostworten der Mutter, die schon wieder auf die Uhr sieht, und kann es einfach nicht fassen: Keine Laterne mehr.
Und natürlich hat diese Frau, diese Öko-Röhre, keinen Ersatz dabei. Nicht mal ein paar Wunderkerzen! Das wäre doch das mindeste, oder? Der große Handtaschensack rappelt nur so vor Unwichtigkeiten, vor Geld und Schmuck und Schlüsseln, die nie gefunden

werden, vor Terminkalendern und Handys und rosa Kondomen für den Gatten und schwarzen für den Lover – nur eine Laterne, so eine kleine Ersatzsonne für wenige Groschen, die ist nicht dabei. Zum Teufel.
Im nächsten November werde ich mir einen Stapel dieser zusammenfaltbaren Monde und Fische und Paradiesvögel kaufen, bevor ich den Kids hinterhergehe. Echt.

Test, eins, zwei. Test. Ich finde, ich hab eine mickrige Stimme. Überhaupt nicht erwachsen oder männlich. Irgendwie dünn. Wenn ich das Diktiergerät einschalte, spricht ein anderer. Hört sich jedenfalls so an. – Doch eine Handschrift hab ich auch nicht, noch nie gehabt. Was ich mir morgens notiere, guckt mich abends mit fremden Augen an. Deswegen finde ich Schreiben auch so ätzend. Wenn ich in meinen alten Schulheften blättere, krieg ich fast Depressionen. Bei den anderen wirkte das immer ganz selbstverständlich und edel, die hatten von der ersten bis zur letzten Seite dieselbe Schrift, und bei manchen war die schon in der Grundschule so ausgeprägt eigen, so charaktervoll, daß einem unheimlich wurde. Das konnten die größten Tröten sein – der Otten zum Beispiel, der dauernd Popel mit Löschpapier fraß –, aber ihre Schrift sah aus, als wäre sie bereits vor ihnen dagewesen. Und würde auch nach ihnen fortgeschrieben werden, von einer anderen Seele.
Mein Gekratze hat überhaupt nichts Eigenes – oder doch nur, daß es so schnell und häufig Grad und Größe

wechselt wie bei keinem sonst. Mal mache ich diese dreieckigen e- und g-Schleifen wie Krakowiak, dann gefallen mir die Kringel und gelassenen Wellen von Blum, oder ich schreibe so schräg und spitz wie Noris oder mache sogenannte Druckbuchstaben und lege kurzerhand alles nach links, um mich wenigstens so von anderen zu unterscheiden. Und noch vorige Woche, als ich einen Scheck ausfüllte, kam ich über der Zeile *Unterschrift wie hinterlegt* ins Grübeln, ehe ich meinen Lolly hinschmierte, irgendwie. Und kriegte erst nach einer Paßkontrolle Geld.

Aber um auf die Stimme zurückzukommen: Nicht, daß ich jetzt denke, du mußt als Mann ein Organ wie ein Lastwagen haben. Keine Spur. Finde ich zum Kotzen, diese Macho-Stimmen, und Frauen, die darauf abfahren, sind Luft für mich, billiges Parfüm. Doch in meinem Alter könnte man schon ein bißchen markanter klingen. Eine Stimme sollte ein Raum sein, oder ihn wenigstens ausfüllen, sagt Kosta. Aber meine füllt höchstens eine Schuhschachtel aus, die ist so dünn wie mein Handgelenk, das linke. Das rechte ist etwas kräftiger.

Was ich sagen wollte: Es war wirklich nett, daß Burgel Umbreit mir das Gerät zur Verfügung gestellt hat. Sie ist schon eine Wucht, diese Frau, noch brillant und souverän, wenn sie einen Apfel schält. Manchmal setze ich mich einfach in das Büro, hinter die Topfblumen, und sehe ihr qualmend beim Arbeiten zu. Wie sie da zwischen den Computern und Telefonen und Faxgeräten herumgeht und immer den richtigen Knopf im richtigen Augenblick drückt, mit einem blinden Griff das richtige Formular aus dem Regal zieht, stets den richtigen Ton für den jeweiligen Besucher oder Anrufer findet, überhaupt alles richtig macht, sogar den einen oder anderen Fehler, der sich später oft als Segen herausstellt, wie sie alles im Griff hat oder laufen läßt und nie gestreßt oder unfreundlich ist, auch nicht, wenn die Luft brennt und alle Angestellten Kaffee schwitzen – also, das macht mich jedesmal aufs neue baff. Wie Tanz sieht bei ihr die Arbeit aus. Wie eine Göttin kommt sie mir oft vor mit ihren tausend Armen, der Gott Shiva des Computerzeitalters. Und dazu ist sie ziemlich sexy. Also, gute fünfzig und so, aber mit ihren kurzen Haaren voller blonder Strähnchen, dem tollen Busen, dem beschwingten Gang und dieser hellen, intelligenten Stimme, wo außer Kristall auch etwas Blattgold und Vanilleeis drin ist – mein lieber Mann... Ziemlich sexy.

Frau Umbreit ist die rechte Hand meines Vaters und einer der wenigen Menschen, die mich nicht Lolly nennen. Louis finde ich zwar auch nicht besonders geil, aber das ist wenigstens mein Name. Louis Blaul. Hört sich an wie Gugelhupf, oder? Da ist Lolly manchmal schon besser ... Naja, kommt drauf an, wers sagt. Bei meinem Vater klingt es fast immer herablassend. Wenn der Lolly ruft, meint er eigentlich »Du Lolly!«, was ungefähr soviel wie du Nichtsnutz bedeutet, du Versager, Arschgeige. Oder so. Mein Vater ist ein Virtuose der leisen Töne.

Hab ich übrigens gesagt, Frau Umbreit ist seine rechte Hand? Das stimmt natürlich nicht. Mein souveräner Vater braucht keine rechte Hand; er hat schon zwei linke, ha, ha. Der kann nicht mal einen Bleistift anspitzen, ohne den Schreibtisch umzustoßen. Und wenn er sich mit seiner Schwabbelmasse auf den Computer zubewegt, fangen alle an zu stöhnen. Er hat nämlich so fette Finger, daß er stets zwei Tasten auf einmal drückt und schon mal das ganze Firmenprogramm an den Rand des Zusammenbruchs bringt. Dann steht er inmitten seiner entsetzten Angestellten, der Tapsbär mit der schrillen Krawatte, streicht sich eine dieser langen Strähnen hinters Ohr oder ruckelt an der Hornbrille herum und scheint mit seinem immer etwas ironischen Grinsen zu sagen: »Naja, dann macht ihr das. Dann gehe ich in den Kreativ-Bereich.« – Mein Vater.

Frau Umbreit ist also nicht nur seine rechte Hand, sondern auch seine linke Gehirnhälfte, die ja bekanntlich alles Rationale, Logische, Organisatorische regelt. Ohne sie wäre er nichts. Mit ihr ist er zwar auch nicht viel mehr, aber das mit Erfolg. Ihm gehört die Werbeagentur »Pazakkas & Blaul«, er hat die meisten Großkunden in der Gegend, und der neue Firmensitz, die alte, postmodern aufgemöbelte Villa in Dahlem, ist sein ganzer Stolz. Das Dach gedeckt mit blauen Ziegeln, das Treppenhaus aus Marmor und Glas, Büros wie blinkende Raumstationen. Jedes Klo mit Musikspülung, jede Türklinke ein kleines Messingtier, und sein sogenannter Kreativbereich ist eine Kekstüte.

Ehrenwort. Illustriertenberge, Cassetten- und Diskettenstapel, Layout-Entwürfe, zerknüllte Briefe oder Manuskripte, umgestürzte Papierkörbe, und bis man an den Schreibtisch meines Erzeugers gelangt, hat man ungefähr ein halbes Dutzend Kekse zertreten. Überall stehen oder liegen aufgerissene Schachteln oder Tüten herum, keine Sorte, die es nicht gäbe, Kekse sind sein Leben. – Mein Vater ist ein sogenannter Streß-Esser. Jedenfalls sagt er das. Wenn anderen angeblich Kreativen nichts mehr einfällt, brauchen sie Kaffee, Zigaretten, Schnaps oder eine Nase Kokain. Oder sie toben sich im Rotlicht aus. Mein Daddy aber braucht einen Keks, und zwar – weil ihm oft nichts mehr einfällt – ziemlich oft. Und er kriegt ihn, immer, zu jeder Tages- und Nachtzeit, und sollte ihm der Stoff einmal ausgehen: Frau Umbreit hat im Keller ein riesiges, alphabetisch geordnetes Lager eingerichtet: Von A, gleich Anis, bis Z, gleich Zuckerfrei. Für Reuetage.

Doch wenn auch Kekse nichts mehr helfen und trotzdem innovative Ideen gebraucht werden, also nicht bloß geklaute, sondern wirklich neue, dann gibts nur noch eins: Rückzug. Isolation. »Think-Tank«.

Ich weiß nicht, ob der seine Erfindung ist – würde mich nicht wundern. Er hat ja in den frühen Siebzigern, in seiner Hippiezeit, jede Menge Yoga- und Meditationskurse absolviert (in erster Linie um abzunehmen, füge ich mal bösartig zu) und war sogar in einem japanischen Zen-Kloster gewesen, wo man unter wahnsinnigem Erleuchtungsdruck die Wand anstarrt, stundenlang, und sich freiwillig was überziehen läßt mit so einer Erweckungslatte ... Puh! Also, daß mein Vater den »Think-Tank« erfunden hat, würde ich ihm zutrauen.

Dabei ist das nichts weiter als ein kleiner Raum, eine Besenkammer, ein Meter fünfzig im Quadrat, und liegt zwischen dem Kreativ- und dem Repräsentationsbereich, in dem er seine Kunden – einfängt, wollte ich gerade sagen; empfängt, meine ich natürlich. Wenn nun nichts mehr geht und kein Keks zünden will, dann hockt sich mein Vater in diese schalldicht gepolsterte, lichtlose Butze und kommt nicht eher wieder raus, bis er den Einfall, die rettende Idee, den alle Umsätze in die Wolken jagenden Spruch gefunden hat, zum Beispiel: »Du hupst nicht für die Katz – KINDL macht dir Platz!«

Das war für eine Brauerei gewesen, die sich besorgt darüber gezeigt hatte, daß viele Verkehrsteilnehmer Anstoß an ihren überbreiten Lieferfahrzeugen nahmen. Und weil Autofahrer bekanntlich zu den besten Brauereikunden zählen, wollte man sie mit einer hübschen Plakette versöhnen ...

Man stelle sich das vor: Da hockt mein gewichtiger Vater schwitzend in seinem schwarzdunklen Tank, vor dem seine engsten Mitarbeiter, die sogenannten Kreativ-Manager, geduldig oder ungeduldig an ihren Fingernägeln oder Bleistiftstummeln kauen, auf ihre Notizblöcke starren und sich fragen, ob es in diesem Jahr wohl Leistungsprämien oder Weihnachtsgelder geben wird ... Und plötzlich: Krach! Die Tür fliegt auf, Chef Blaul springt ans Licht in seinem teuren Edelknitter, zielt mit dem Finger in die Runde und brüllt: »Du hupst nicht für die Katz! KINDL macht dir Platz!« – Und Jubel, Applaus, Champagner für alle.

Als ich mich dann lustig machte über den Slogan, der plötzlich an allen Autos klebte, irgendwas von einem Klospruch wie »Du pupst mit Bodensatz und bist der Hirsch am Platz ...« sagte, kränkte ihn das tief. Es war kurz vor meinem Auszug gewesen, beim Essen, und er stocherte im Salat herum und murmelte: »Na, dann setz du dich halt in den Tank. Vielleicht fällt dir was Besseres ein.«

Wieder so ein plumper Versuch, mich für die Firma zu angeln, und ich nahm mir ein cooles Bier aus dem Schrank und sagte: »Danke. Ich denke mit dem Kopf, nicht mit der Besenkammer.«

Doch er blieb mir keine Antwort schuldig, und an dem Abend – ich war hundemüde von der Arbeit und hatte zwei geschlagene Stunden mit Vanina gestritten – stand es unentschieden, als er sagte: »Dafür, daß du so klug bist, hättest du es wenigstens bis zum Abitur bringen können.«

2.

Dieses »Mimmi!«-Gewimmer jeden Tag macht dich kirre. Jeden Tag und jede Nacht. Es geht dir durch Mark und Bein, gerade weil du es kaum hörst. Ich meine, mich hat die Katze, diese fette, getigerte Tretmine mit den ängstlichen Augen, auch genervt; keine Stelle in unserem wackeligen Treppenhaus, die sie nicht gebeizt hätte mit ihrer Pisse. Aber das Vieh war die große Liebe der Alten, ihr ein und alles. Ohne die Katze hat sie wahrscheinlich gar keinen Grund weiterzuleben; die hielt sie auf Trab.

Im Feiertagsstaat – also Mantel mit Pelzbesatz, Hütchen und ein bißchen Rouge im Gesicht – schlurchte Tante Wolle einmal pro Woche zu »Aldi«, kaufte drei

Kiwis und ein Päckchen Toastbrot für sich und sieben Dosen »Kitekat« für Mimmi. Das war ein Ritual, das ließ sie sich nicht nehmen. Denn als ich einmal bei ihr klingelte und fragte, ob *ich* den Einkauf besorgen solle – schließlich hat sie ganz dicke Füße, kann nur in diesen Spezialschuhen gehen –, überlegte sie eine Weile, in der ich fast in Ohnmacht fiel von dem Geruch aus ihrer magensauren Wohnung, schüttelte schließlich den Kopf und sagte: »Da sind Sie bei mir an der falschen Adresse. Ich war in der Mädchensportgruppe Aurora. Kennen Sie die?«

Hatte mich also nicht verstanden, und ich wiederholte mein Angebot, illustrierte es mit einigen Handbewegungen, und sie bohrte sich einen Zeigefinger unters Kinn und zwinkerte gütig. – »Das ist ja nett! Sowas ... Aber Sie brauchen nicht für mich einzukaufen, junger Mann, wirklich nicht. Ich hab doch eine kleine Rente.«

Dann legte sie den Kopf schräg, lächelte fast kokett und fragte: »Wohnen Sie auch hier im Haus?«

Zwar waren wir uns schon unzählige Mal auf der Treppe begegnet, denn wir benutzten dasselbe Klo. Trotzdem nickte ich und zeigte hinter mich, auf meine offene Tür, durch die soeben ihre Mimmi verschwand.

»Ach, *da* wohnen Sie?« fragte Tante Wolle. – »Das ist interessant.« – Sie wies ein paar Stufen tiefer. – »Dann benutzen wir ja dieselbe Toilette!«

Ich nickte freundlich, hob zum Abschied eine Hand und wollte schleunigst in meine Zimmer; erst kürzlich hatte mir die Katze alle Kissen parfümiert. Da sagte die

Oma: »Wissen Sie was, junger Mann? Das wollte ich Sie immer schon fragen … Ob Sie denn wohl auch mal Papier kaufen könnten? Es geht ja nun nicht, daß wir dauernd nur meins benutzen.«
»Da haben Sie recht«, antwortete ich und hörte ein leises Klimpern und Klirren; vermutlich spazierte das Stinkvieh gerade über meinen Frühstückstisch. Und was das Papierproblem betraf: Ich hatte noch nie etwas von Tante Wolle genommen – ganz einfach, weil sie noch nie ein einziges Blatt in den Halter gehängt hatte. Seit ich hier wohnte, seit Monaten, verbrauchte sie ganz selbstverständlich meine Rollen, und zwar in rauhen Mengen, polsterte auch das Katzenklo damit aus, und ich sagte also: »In Ordnung. Bin manchmal etwas schusselig. Welches soll ich denn kaufen?«
»Och, das ist eigentlich gleich.« – Sie steckte eine angebissene Scheibe Toastbrot von der linken Tasche ihrer Kittelschürze in die rechte. – »Vielleicht nicht gerade dieses billige, harte. Es gibt jetzt so luftiges, wissen Sie. Vier Lagen …«
Und in meiner Küche zerschellte eine Flasche Milch.

Doch dann wurden auch vier Lagen etwas knapp, denn plötzlich kam ihre Familie, kamen Tochter und Schwiegersohn wieder, aus Bonn, und das brachte Veränderungen mit sich, die durchschlugen bis in den Darm. Die beiden wohnten in Kladow, in einer dieser neuen Beamtensiedlungen, und wann immer es ihre Dienstzeit zuließ, kreuzten sie hier auf und kümmerten sich um ihre Mutter. Erbarmungslos. Erst einmal wurde die Wohnung entrümpelt, geputzt und desinfiziert. Dann

wurde die Stinkkatze entsorgt. Und dann sah man sich nach einem Platz im Seniorenheim um.
Doch der war offenbar nicht leicht zu kriegen, und so schlurchte Tante Wolle durch die plötzlich leeren, kalt geweißten Altbauräume und wimmerte ununterbrochen: »Liebling? Mimmi? Mimmilein …«
Morgens, mittags, abends, und auch in den ganz frühen Stunden, wenn die breiten Straßen, diese sagenhaften Berliner Dämme, ohne Menschen oder Autos direkt in den Himmel zu führen scheinen und man sogar in einer Stadt wie dieser eine Ahnung davon kriegt, was Stille ist; wenn ich nach durchgemachter Nacht mit müde gelaufenen Füßen am Fenster stand, Tee schlürfte und dem heraufdämmernden Licht hinter der Kastanie zuschaute, hörte ich Tante Wolles leise, eindringliche Stimme durch die Wand: »Mimmi? Mimmilein? Bist du da?«
Nein, sie war endgültig weg.
Trotzdem taperte die Frau wie gewöhnlich mittwochs zu »Aldi«, und es schien nicht so, als wäre ihr Einkaufskarren, diese Kunstlederbox auf Rädern, nennenswert leichter geworden. Oder ließ ihre Kraft nach, jetzt, wo es niemanden mehr gab, der sie brauchte? Jedenfalls sah es zum Erbarmen aus, dieses mühevolle Dahinkartoffeln. Doch als sie wieder einmal, Stufe um Stufe rückwärts gehend, ihr Wägelchen mit beiden Händen nach oben zog und ich ihr dabei helfen wollte, schüttelte sie den Kopf. – »Ach, lassen Sie mal. Man muß allein zurechtkommen. Hat schon mein Vater immer gesagt.«
Und dann wischte sie sich mit dem gekrümmten, leicht

zitternden Zeigefinger ein paar winzige Schweißtropfen von der Nase und lächelte mich an. – »Wohnen Sie auch hier im Haus?«

Kleiner Exkurs über das Leben, den Tod und mein Schuppenshampoo: Gott ist ein Knallfrosch. Er hätte alles schon ein bißchen plausibler einrichten können, besonders das mit der Vergänglichkeit, die mir immer kurz vor Vollmond, wenn Kopfjucken und Haarschuppen zunehmen und ich meine Fingernägel wachsen fühle, quälend deutlich wird. Da riesele ich so vor mich hin mit meinen zwanzig Jahren und starre die unzähligen Flaschen, die stinkenden Tinkturen und klebrigen Shampoosorten an, die ich bis jetzt ausprobiert habe, vergeblich, und der Mond nimmt zu, das Jucken macht mich wild, und ich denke, daß ich, statistisch gesehen, noch mehr als zweimal soviel Jahre vor der Brust habe und mich unter jedem der vollen Monde fast um den Verstand kratzen werde, und eine tierische Wut auf die Shampoohersteller überkommt mich, auf ihre glänzenden Versprechen, für die Katz, immer wieder für die Katz, und ich denke, hoffentlich ist bald Sense, hoffentlich habe ich mir bald diesen ekligen Schnee mitsamt allen Haaren vom Schädel gekratzt und kann alle Tinkturen ins Klo kippen, weil ich dann nämlich kahl bin, Besitzer einer prachtvollen Pleete, an der das juckende, schuppende Leben mit seiner leeren Fülle, mit allem Nepp und Schaum vorbeirauscht – und ich und der Mond sind eins im kühlen Glanz meiner Vollglatze. So.

Aber der Tod ist keine Erlösung, sagt Kosta. Jedenfalls nicht für den, der nicht schon zu Lebzeiten erlöst wird. Und ich möchte echt mal wissen, was Jesus gegen Schuppen getan hätte und ob die damals überhaupt ein Shampoo hatten. Ich meine das jetzt überhaupt nicht zynisch. Aber es ist nun mal so, daß ich immer an kleinen Sachen verzweifle, an einem dieser Pickel im Mund, an einer Verpackung, die sich nicht öffnen läßt, oder daran, daß sich in der Sommerhitze die Brille verzieht und man wunde Stellen hinter den Ohren kriegt, die höllisch weh tun. Als würde dort das dunkle Schicksal seine Zündhölzer anreiben. Das kann mir den ganzen Tag vermiesen. Oder doch die eine oder andere Stunde.

Bin halt nicht so ein gelassener Rundumverklärter wie Kosta. Für den gibt es überhaupt keinen Grund zur Aufregung mehr. Der ist total weise, was vielleicht daran liegt, daß er doppelt so viele Jahre auf dem Buckel hat wie ich. Außerdem ist er kein deutscher Klotzkopf, sondern Grieche. In Deutschland geboren, aber Grieche. Und dann noch religiös. In seinem Zimmer gibt es fast nur Ikonen. Er wohnt in so einem Hinterhofloch, wie ich, aber wenn bei dem die Tür aufgeht, hast du das Gefühl, in die Herzkammer eines Heiligen zu treten. Tisch, Stuhl, Bett und eine Handvoll Bücher. Alles heilig. Nicht mal der Tod ist ihm ein Grund zur Aufregung, und über Haarschuppen würde er kein Wort verlieren. Sitzt den ganzen Tag vor seiner Bibel und betet oder tippt selbstverfaßte Hymnen in den Computer und surft via Internet zum Berg Athos. Er will nämlich Mönch werden, mit allen Konsequenzen. Für ihn ist

der Tod das Leben, oder wie war das ... »Der Tod in Christus ist der Tod des Todes.« So etwa.
Man muß wohl griechisch-orthodox sein, um da durchzusteigen. Ich bin nur katholisch, dem Taufschein nach, und in Wahrheit natürlich nichts, auch wenn ich den Religionsunterricht in der Schule ziemlich geil fand. Weil es in Glaubenssachen nämlich keine Virtuosen gibt und dieser ganze Leistungskrampf wegfällt und die ewig aufgeweckten, schon vor dem Abi an ihre Doktorarbeit denkenden Klassenbesten endlich mal ein dummes Gesicht machen bei Wörtern wie *Wunder*, *Zerknirschung* oder *Gnade*. – Andererseits: Die machtkranke Kirche kannst du natürlich vergessen; jede Mispel ist mehr Jesus als dieser Papst.
Doch Kosta überzeugt mich. Der braucht sich kein goldenes Kreuz um den Hals zu hängen, bei dem sieht es schon wie ein Sakrament aus, wenn er sich die Hände wäscht oder nur ein Glas Wasser trinkt. Obwohl er immer allein lebt, ist er garantiert nie einsam, und seine Armut kommt mir wie ein Reichtum vor.
»Der Tod ist der Tod des Todes.« – Mich würde doch mal interessieren, wie Vanina das sieht, in ihrem blöden Rom. Oder Mary hier, falls die noch mal die Augen aufmacht. Denn religiös kann man sie wirklich nicht nennen; Jesus Christus gehörte nie zu ihren Idolen. Dann schon eher Janis Joplin oder »Jim Beam«. – Als meine Großeltern, bei denen ich aufgewachsen bin, als Opa Jupp und Oma Mia sie kurz vor meiner Einschulung fragten, wie ich denn nun getauft werden solle, antwortete sie erst gar nicht, und als mein Vater ein Telegramm hinterherschickte, schrieb sie auf eine dieser

bunt bemalten Klinik-Karten: »Ich weiß nicht. Muß er denn getauft werden? Macht das Wasser warm. Eure Mary, tief in den Bergen.« Und kurz darauf kam ein zweiter Brief mit folgender Anleitung: »Legt ihm ein Goldstück auf das Scheitelchakra, laßt ihn beim Licht einer Honigkerze drei blutrote Lilienblätter essen und beschriftet drei weiße mit den Silben ›Olem, Mani, Uhm‹. Verbrennt sie über dem Flämmchen und bestreicht mit der Asche Stirn und Lenden (also die Gegend um den Schniepel herum). Das reicht als Taufe aus, wird auch von der UNESCO anerkannt, glaube ich. Die Silben, ein versunkenes Sanskrit aus dem Katzenschiefer, bedeuten übrigens: ›Der seiner Mutter den Leib zerriß‹. In Liebe, Eure Marianne.«
Also wurde ich katholisch getauft, wie die meisten in unserer Gegend, und bis zu meinem zwölften oder dreizehnten Lebensjahr konnte man mich, äußerlich betrachtet, durchaus fromm nennen. Ich war Ministrant und Lektor, sang im Chor und bin auch sonst zu allen möglichen Gelegenheiten in die Kirche gegangen. Doch sicher nicht deshalb, weil mir besonders viel an Gott lag oder an meinem Seelenheil; das war vorhanden, das mußte ich mir nicht zusammenbeten. Aber in der Gegend, in der ich aufgewachsen bin, in dieser halbtoten Zechensiedlung im Ruhrpott, wo jeder Tag so grau war wie der andere und kein Abend ohne Familiendrama oder Besäufnis verging, kaum eine Nacht ohne Schlägerei – in der Einöde war die katholische Kirche mit ihrem Ewigen Licht im Weihrauchduft, ihren Silberkelchen auf weißem Leinen, den üppigen Rosengestecken und atemberaubenden Priestergewändern das einzig

wirklich *Schöne* – jedenfalls für mich. Wenn ich nach einer miesen, schlecht zensierten Woche still im leeren Kirchenraum saß und ein überraschend tiefes, den ganzen Körper aufrichtendes Durchatmen mir klarmachte, wie krumm und gedrückt ich wieder in der Landschaft hing, konnten mir schon mal die Tränen kommen. Und wenn ich sonntags, nach einem rotgoldenen Hochamt voller Kerzen, Blumen und Gesang, auf meinem Bett lag und die Augen schloß, flackerte die ganze Pracht hinter meinen Lidern in hauchzarten Nachbildern weiter. Voll geil. Seitdem ist für mich das Schöne und das, naja, Göttliche ein und dasselbe.
Deswegen habe ich wahrscheinlich auch diesen Heidenrespekt davor. Ich meine jetzt das Weiblich-Schöne, das uns hinanzieht und so. Das macht mich vollkommen fertig. Manchmal denke ich, die Silhouette einer Frau ist schon ihr Heiligenschein.
Erstaunlich, wie still und leise sich das … vollzogen hat, sagt man wohl. Wie man aus heiterem Himmel eine neue Schuhgröße oder eine andere Stimmlage kriegt, wars von heute auf morgen nicht mehr der trostvolle Innenraum der Kirche mit seinen Pfeilern und Gewölben und den Sonnenstrahlen, die schräg durch bunte Fenster fielen und die Gesangbuchseiten kolorierten – plötzlich wars der Mund von Petra, Gabis Haar und der Augenaufschlag von Ivonne. Halleluja. Und der Kontrast zwischen dem Zauber der Kirche, der ja eine Zuflucht, ein Reich des Friedens war, und der weiblichen Schönheit, die wohl mehr ein Nahkampfbereich ist, hat mir anfangs nur wenig zu schaffen gemacht.

Erstmal hatte ich ganz andere Probleme. Denn ziemlich genau zu der Zeit, als mir Haare und Klamotten wichtig wurden und ich Oma Mia bat, mir nicht mehr diese billig-bunten »Woolworth«-Unterhosen mitzubringen, als ich ihr klarzumachen versuchte, wo der Unterschied zwischen einem karierten Hemd von »C&A« und einem echten »Woodmark«-Flanellhemd lag und sie anflehte, um Gottes willen nicht immer die mühsam mit der Nagelschere in die Jeans hineinoperierten Löcher zu flicken, zu der Zeit also, als mich das weibliche Geschlecht, der Anblick der Mädchen zu faszinieren begann – wurde ich kurzsichtig.

Oder vielleicht war ich es ja schon früher; nur hatte es mir bis dahin keiner gesagt. In der Schule saß ich ziemlich vorn und hatte also mit der Schrift an der Tafel keine Probleme. Und zu Hause, vor der Glotze, auch nicht. Dort war die Sitzordnung seit meiner frühen Kindheit immer dieselbe: Opa Jupp lag auf dem Sofa, Oma Mia hatte ihren Fernsehsessel mit Fußklappe neben dem Aquarium, und ich saß mit einer Tüte Chips oder Mehlwürmern und einer Flasche »Fanta« in so einer geilen, schon etwas speckigen Cocktailmuschel aus den 60er Jahren, gleich neben der Blumenbank. Und in Reichweite des Apparats. Denn ich war Opas Fernbedienung – solange wir diese Steinzeitkiste hatten. Wir waren ein eingespieltes Team. Ich wußte oft schon einen Herzschlag vorher, wann er »Schalt ma' um!« sagen würde; ich hörte das an seinem Atem. Dann brauchte ich nur den Arm auszustrecken: Zack.

So gesehen gabs mit der Tiefenschärfe vor der Glotze also keine Probleme, und sollte die Welt zwischen

Schultafel und Bildschirm etwas vernebelt gewesen sein, war mir das nicht aufgefallen. Außerdem wäre ein leiser Weichschneider meinem Harmoniebedürfnis nur entgegengekommen. Sag ich jetzt mal.

Aber dann nahte der Tag des Gerichts. Heiland-Schottland. Klasse für Klasse wurde die gesamte Schule zu einem Sehtest durch die Aula geschleust; bei uns fiel dafür eine Mathe-Stunde unter den Tisch, und entsprechend war die allgemeine Laune. – Ich selbst fühlte mich allerdings etwas flau, was wohl an den hastig gepafften Pausenzigaretten lag. Mit meinen zwölf Jahren rauchte ich zwar schon wie ein Weltmeister, konnte es aber in Wahrheit kaum vertragen. Besonders wenn ich nach einem Lungenbrötchen im Auto oder auf einem Moped mitfuhr, mußte ich fast immer göbeln. Außerdem hatten wir noch Bier getrunken, also jeder mindestens drei, vier Schluck; das Erlenwäldchen hinter dem Kiosk war wie geschaffen für solche Heimlichkeiten. Und schließlich kam der peinliche Schwanzvergleich.

Weil ich weiter als Noris und Schulz, ja zufällig sogar weiter als der sonst unbesiegbare Pummi gepinkelt hatte, rief der plötzlich: »Mann-o-Meter! Du mußt ja eine Riesenspritze haben! Zeig mal her!« – Er wußte natürlich, daß da nichts Besonderes zu erwarten war, allenfalls Durchschnitt. Es reizte ihn aber, daß ich immer so keusch aus der hohlen Hand heraus pinkelte; bin eben ein schamhafter Mensch.

Doch das wurde jetzt ignoriert. Rekordgeil hängten alle ihre Dödel in die Natur, und die Musterung begann.

Den dicksten hatte eindeutig Niko, der scheue Schulz,

und das war ihm fast unangenehm. Ein regelrechter Breitschwanzbiber, der sich sogar noch auszudehnen schien unter unseren Blicken. – »Maria!« sagte Noris. »Von dir möchte ich nicht entjungfert werden ...«
Er und Pummi hatten etwa gleich lange, fast schon erwachsen behaarte Jünglingspimmel, einen Links- und einen Rechtsabbieger, wie sie das nannten, denn jedes Organ legte sich im unteren Drittel etwas in die Kurve.
Den größten aber – man ahnt es schon –, den gewaltigsten Grund zum Gelächter bot ich. Obwohl dann niemand lachte. Sachverständige Blicke, Räuspern, Schweigen, und Pummi grinste, wollte wohl etwas anmerken. Aber Noris stieß ihm den Ellbogen in die Rippen und sagte: »Naja, wieso. Ist doch ganz ordentlich. Genaugenommen sogar ziemlich hübsch.« Und dabei griff er zu. Voll zu. Wie ein Melker.
Mir schoß sofort ein Stromstoß hoch, bis in die Haare, und ich mußte mich am nächsten Baum festhalten. Bis dahin hatte mich nämlich noch niemand so angefaßt; jedenfalls nicht, seit ich aus dem Windelalter raus war. Und in der Kindheit, von Oma Mia gebadet, kriegte ich zum Schluß immer den Schwamm in die Hand gedrückt mit den Worten: »Und jetzt wasch deinen *Birri.*« Dann ging sie aus dem Raum, und ich wusch meinen *Birri.*
»Ganz anständig«, wiederholte Noris, Zigarette im Mund. Mit nikotingelben Fingerspitzen schob er die Vorhaut zurück, und mir zitterten die Knie. – »Damit kannst du zwar noch keine Frau befriedigen, aber das kommt. Bist ’n Spätentwickler. Und wenn die paar

Härchen, dieser Kükenflaum, wenn das mal ein richtiger Busch ist, werden die Miezen sich die Finger nach dir lecken ...« – Ruhig zog er die Vorhaut wieder zur Spitze, und ich, außerstande, zu atmen oder etwas zu sagen, ich schlotterte am ganzen Körper. Ein langer, kristallklarer Samentropfen fiel durch einen Sonnenstrahl ins Gras, und dann schrillte die Klingel, und wir rafften unsere Hosen hoch und liefen in die Schule.

Die Reihe rückte vor, auf den Kartenständer zu, an dem diese Optikertafel mit den großen, kleinen und winzigen Buchstaben hing, und alle quasselten durcheinander, was höllisch hallte in der Aula, die mit Girlanden und Lampions für irgendeine Schulfeier geschmückt war. Aber in meiner Trauer über den unzulänglichen Pimmel und die Tatsache, nie im Leben eine Frau befriedigen zu können, hatte ich nur Augen für meine Schuhspitzen, ließ mich apathisch weiterrempeln und konnte wirklich nicht mitlachen, als jemand mehrmals laut die Buchstaben »S - E - X« las, »S - E - X !«.

Und dann stand ich vor dem Tisch, an dem der Arzt und seine Helferin saßen, wurde nach meinen Personalien gefragt, mußte in den Lichtpunkt einer Stablampe blicken, hatte dem pendelnden Zeigefinger des Doktors mit den Augen zu folgen und wollte nach seinem »Okay!« auch schon gehen, da sagte die Helferin: »He! Moment! Und was steht auf der Tafel? Lies mal die dritte Reihe von oben, bitte!«

Ich kniff die Lider zusammen. Die Schwade dort hinten an der Wand, das mochte ja die Tafel sein. Aber ich konnte weder ihre Umrisse noch einen einzigen der darauf befindlichen Buchstaben klar erkennen, nicht einmal den größten. – Schlagartig erwachte ich aus meinem Tran. Kalter Schweiß brach mir aus, ich rieb mir die Augen, stemmte die Fäuste auf den Tisch, beugte mich vor: Nichts. Nebel. Und ein Satz meiner Oma fiel mir ein: »Wenns kommt, dann immer haufenweise.«

Nach der Schmach im Erlenwäldchen auch noch sehbehindert und wohl bald schon Träger einer Plastikprothese mit Lupengläsern, hinter denen man aussieht, als hätte man Augen in Aspik ... Nie im Leben würde ich so etwas aufsetzen. Die Assistentin, schon mit dem Formular meines Nachfolgers beschäftigt, ermahnte mich, endlich zu lesen, der Arzt tippte irgend etwas in seinen Computer, und ich, mit dem Mut der Verzweiflung, ich atmete durch und sagte wie aus der Pistole geschossen: »A-S-D-F, J-K-L-Ö!«

Kurze Pause. Hinter mir schien niemand etwas bemerkt zu haben. Doch die Helferin, die wahrscheinlich jede Buchstabenreihe auswendig kannte, schmunzelte und blickte den Arzt aus den Augenwinkeln an. Und der, ein großer, sympathischer Kerl mit Bürstenhaarschnitt, ohne Brille, er drehte sich langsam um auf seinem Stuhl, zog einen Kuli aus der Herztasche seines Kittels, langte nach einem Block und fragte streng vergnügt: »Sag mal, Junge, hast du ’n Riß?«

Und als ich am Ende dieses glorreichen Schultags, mit einem Rezept für den Optiker versehen, die Aula verließ, kam Ivonne auf mich zu, die immer lächelnde Ivonne, der ich in unserer gemeinsamen Kindheit mal so einen roten Plastikindianer, nur die Feder, in die Muschi schieben durfte, legte mir eine Papiergirlande

um den Hals, küßte mich auf die Wange und sagte: »Mein letzter Wille: Typ mit Brille!«
Und plötzlich siehst du die Welt wie aus dem Einmachglas heraus.

3.

Daß mein Vater in Berlin Karriere gemacht hat, kann ich gut verstehen. Das ist genau das richtige Pflaster für ihn. Hier darfst du nämlich keine Empfindsamkeit haben, sonst bist du verloren. Ein sensibler Berliner, das ist ungefähr so ein Unding wie eine Currywurst mit Konfitüre.
Das Ruhrgebiet war die Härte, klar, jedenfalls in meiner Ecke. Aber auf eine proletarische Weise gab es Stil, Takt und Ehrgefühl; man hat dem anderen geradeheraus gesagt, daß er ein Arsch ist, oder ihm sogar was vor den Latz geknallt, aber dann war gut, dann ging man ein Bier zusammen trinken. Und daß die harten Bergmänner sich immer mit zartem Zeug umgeben, also mit Kaninchen, Tauben, Kanarienvögeln, Blumen, sagt doch alles. Das Ruhrgebiet ist die Herzgrube der Nation, Leute. Töffte.
Hier dagegen kriegst du immer was von hinten reingewürgt, auf die krumme Tour, hier sind sie feige, laut und feige, und wenn du wissen willst, was angesagt ist in dieser hohlen Metropole, wie es um den Deutschen im allgemeinen und den Berliner im besonderen steht, dann setz dich eine Weile ans Küchenfenster, knabbere

einen Keks und horche hinaus, in den Hinterhof. Da dreht sich dir ruck-zuck der Magen um, von der Seele ganz zu schweigen. Da hast du diesen Schnarchstaat auf wenigen Quadratmetern, mit Tränen, Scherben, Plastikherzen und Gebrüll. Verstehe manchmal echt nicht, wie ich hier leben kann.

Der Berliner Hinterhof ist ein Verbalklo, in dem es von morgens bis abends widerhallt, das Lieblingswort der Deutschen, das in jedem Sprachkurs für Ausländer fehlt, wahrscheinlich, weil es als bekannt vorausgesetzt wird. Und wenn du es mal nicht hörst, kannst du es lesen, Gesichtszüge sind auch eine Schrift. Der Deutsche hat einen Schatten, noch wenn er lacht, hängen ihm die Mundwinkel runter, jedenfalls dem deutschen Berliner. Bei allen gewöhnlichen Menschen ist Freude Lebensfreude, was sonst. Doch der Berliner kennt das nicht. Höchstens Schadenfreude. Der blickt finster aus seiner Eckkneipe heraus, wünscht allen Fremden die Krätze, schnitzt an einer Hauptstadt, vor der dir nur gruseln kann, und die einzigen, die so was wie Stil und Takt haben hier, sind die Hunde: Die kacken nämlich punktgenau da hin, wo wenig später jemand reintreten wird. Und der kratzt sich dann die Schuhe an der Bordsteinkante ab und murmelt: »Was für eine beschissene Stadt.«

Es hatte geregnet, und ich trank eine Cola auf einer Bank im U-Bahnhof und ließ einen Zug nach dem anderen vorbei. Zu voll, zu voll, zu voll. Aber als sich ein Betrunkener neben mich setzte und mit einem Fingerzeig auf meine schwarz getönte Brille fragte: »Sonne verarschen?«, nahm ich doch die nächste Bahn.

Das war auch so ein Tokio-Expreß, aber ich wollte endlich nach Hause. Irgendwer drückte mir einen Vogelkäfig in den Rücken, und sobald es in die Kurve ging, hatte ich die Lederschulter meines Vordermannes im Gesicht. Solche Situationen finde ich obertödlich. Wenn ich etwas nicht vertragen kann, dann Menschenmengen, und mitten in so einem Pulk auch noch eingezwängt zu sein, ohne Ausweg, das nimmt mir den Atem. Dann gerate ich ins Schwitzen, was bei mir sowieso ziemlich schnell geht, und wenn ich schwitze, kriege ich Angst, daß ich stinken könnte, und wenn ich stinke, drehen sich alle nach mir um, rümpfen die Nasen ... Und so weiter. Psycho hoch drei. Für Menschenmengen bin ich wirklich nicht gemacht.
Und dann kommt irgendeine Station, und ein Mädchen mit einem bunten Ranzen möchte raus. Dazu müßte es aber an mir und dem Mann in der Lederkluft vorbei, und ich mache mich so dünn wie möglich und tippe ihm sacht, mit gekrümmtem Zeigefinger, auf den Rükken, klopfe gewissermaßen an. – »Hallo? Hier möchte jemand aussteigen.«
Der Mann, Pomade im ergrauten Haar, wendet mir das Halbprofil zu, die Schnapstrinkerwange mit dem schmalen, blitzenden Auge darüber, und knurrt: »Nur zu!« – Unverkennbar einheimisch, dieser Charme.
»Ich komme aber nicht vorbei!« piepst die Kleine, und er nickt, grinst zu ihr hinunter. – »Denn sach det doch.« – Und macht einen höflichen Schritt zur Seite.
Als stände da niemand. Als wäre ich Luft.
Eine Haltestange im Kreuz, über zwei Zentner auf den Schuhen und einen grabsteinbreiten Rücken vor Brust

und Gesicht: Ich versuche, den Kerl mit beiden Händen abzuwehren. Umsonst. Und presse also »Was soll das!« hervor. – »Sie stehen auf meinen Füßen! Gehen Sie doch kurz raus!«

Nun dreht der Mann sich um, verzieht das Gesicht, als höre er nicht recht, und bläst mir seinen hochprozentigen Atem in die Nase. – »Wat?! Besoffen? Wieso soll ick'n aussteigen?« bellt er. – »Ick muß hier nich aussteigen. Ick wohne in Britz! – Paß ma uff, du Milchschnitte, dir putz ick gleich die schwarzen Gläser, dann biste die längste Zeit Ray Charles gewesen!«

Mit einem fröhlichen »Danke!« huscht das Mädchen hinaus, und ich, vor Scham und Feigheit nicht in der Lage, dem Kerl ein einziges Wort zu erwidern, und noch zehn Stationen lang von den neugierigen Blicken der Umstehenden gefoltert, ich fühle, wie mir der Schweiß ausbricht in dicken Tropfen, wie er sich staut vor den Augenbrauen, um dann plötzlich, nach einem Bremsruck der Bahn, übers ganze Gesicht und sogar über ein Brillenglas zu laufen.

Noch am nächsten Tag war ich von der Lappalie so erledigt – Lappalien schaffen mich mehr als ein Krieg irgendwo –, daß ich nicht zur Arbeit konnte. Ich meldete mich krank.

Normalerweise verdiene ich meine Brötchen in einer Druckerei am Bahnhof Zoo. »Repro-Blitz«: Drei Offsetmaschinen, drei Lichtpausanlagen und zwei Kopierer, Farbe und Schwarzweiß. Ich hab eine halbe Stelle, und obwohl ich ein Ungelernter bin, geht mir die Arbeit ziemlich gut von der Hand, besonders das Drucken.

Macht saumäßig Spaß, an diesen scheppernden Offset-Gurken zu tüfteln. Die sind mindestens so oll wie mein Chef, Karl Schramm, und der ist ein Fossil. Weißhaarig, knochig, krumm – und immer im richtigen Augenblick taub. Als er mich neulich wegen der dreifarbigen Briefköpfe lobte, trotz wackeliger Laufschiene biß keine Farbe in die andere, wollte ich die Gelegenheit beim Schopf packen und sagte, nein, brüllte zwischen den Maschinen: »Wie wärs mit'm bißchen mehr Knete?« – Und er, schon fast wieder im Büro, winkte freundlich und rief: »Vielen Dank. Für eure Feten bin ich zu alt.«
Mein Vater, der den einen oder anderen Kleinkram bei ihm drucken läßt, versteht natürlich nicht, warum ich freiwillig in so einem ohrenbetäubenden, nach Farben und Ammoniak stinkenden Betrieb arbeite, dazu für so wenig Geld. Aber ich finde, man sollte überhaupt nur Sachen machen, die Eltern nicht verstehen. Ist doch logisch. Nachher hat man ihr Verständnis, und dann steckt man in der Falle.
Ginge es nach Onkel Umsatz – so nenne ich Dad, wenn ich ihn ärgern will –, dann säße ich jetzt in einem seiner stillen, klimatisierten Büros und würde den lieben Tag lang verkaufsfördernde Slogans erfinden. Denn Onkel Umsatz meint, ich sei sprachbegabt, der geborene Werbetexter. – »*Wenn* du ein Talent hast, dann ein sprachliches«, sagte er neulich. Woraufhin ich ihn mit Stille bestrafte, fast eine Stunde lang. Echt. Ich kann Menschen in Grund und Boden schweigen.
Die Werbebranche ist schließlich nicht das letzte, sie ist das allerletzte. Wildfremden Menschen irgendwelchen

Dreck unterzujubeln, der einen selbst nicht die Bohne interessiert – tiefer kann ein Mensch doch gar nicht sinken. Du hast Ideen, bist kreativ, weißt dich in Worten und Bildern überdurchschnittlich gut auszudrücken – und dann stellst du diese Vorzüge, diese Gottesgaben in den Dienst eines Kühlschrankfabrikanten? Damit der noch mehr Geld verdient und dir etwas davon abgeben kann? Rattenhaft. Das einzige, was so einer wie Onkel Umsatz wirklich verkauft, ist seine Seele.

Und wenn er es nie besser gewußt, wenn er nie von etwas anderem geträumt hätte, wäre das vielleicht sogar in Ordnung. Aber mein Vater war ein echter Hippie, Mensch! Der mußte zu Hause um seine Haarlänge kämpfen und ist mit so geilem Zeugs wie den Beatles, den frühen Stones und Jim Morrison groß geworden! Der hat Trips geschmissen und Joints geraucht und auf Open-Air-Konzerten rumgevögelt. Da war totale Anarchie angesagt, in allem, ohne Gummi. Hab den Doors-Film fünfmal gesehen. Ein Hammer. Aufzuwachsen mit der Musik, mit den Mädchen und Hoffnungen und Freiheiten dieser Zeit – das war doch eine Gnade!

Sogar mit Alexis Korner hat er einmal auf der Bühne gestanden. Ich glaube, es war bei Braunschweig, während eines Festivals in irgendeinem Baggerloch, und ich weiß jetzt nicht genau, wer Alexis Korner ist, ein Blues-Mann wahrscheinlich. Jedenfalls gerät mein Vater in die Künstlerbaracke und raucht eine Riesentüte und trinkt eine Flasche Whisky mit ihm und seiner Band, und zum Nachtisch gibts Amphetamine und eine Nase Koks. Und plötzlich kippt der Schlagzeuger aus den

Sandalen. Kreislaufschwäche. Die waren ja auch zart damals.

»Na, dann spielen wir halt ohne«, sagt Alexis und drückt meinem Vater so ein Tamburin in die Hand, eins mit Schellen, schubst ihn auf die Bühne, zehntausend Leute, und schon gehts los. Und mein kleiner, breiter Daddy, in Ekstase, drischt sich dieses Ding ans Bein, als wollte er tatsächlich den Drummer und seine riesige, unberührt in der Abendsonne glitzernde Schießbude ersetzen, zweieinhalb Stunden lang. Und am Ende hat er sich den Jeansstoff durchgehauen und muß zum Sanitäter, um den geschwollenen Oberschenkel, den blauschwarzen Bluterguß, behandeln zu lassen.

Aber einen Sonderapplaus hat er gekriegt. – Wann immer er das erzählte, meistens sonntags, beim Frühstück, leuchteten seine Augen, denn am Ende des Konzerts, nachdem Alexis Korner seinen Saxophonisten, den Baßmann und die Pianistin vorgestellt hatte, wies er in den Hintergrund, auf meinen damals vollbärtigen, schweißüberströmten Daddy, und sagte: »And on drums, I'm proud to present you here in Braunschweig: Mister Michail Bakunin!« Und das Jubeln und Klatschen hob Papas Herz.

Mit seiner Körperfülle und den Gesichtshaaren sah er wirklich ein bißchen wie der Anarcho-Boß aus, ich hab ein Foto. Und weil er sein gesamtes Tun und Lassen damals für »politisch« hielt, war ihm der Vergleich bestimmt ein inneres Sahnetörtchen gewesen. Er arbeitete an einer Zeitschrift mit, »Radikal«, gibts wohl heute noch, saß als Jüngster zwischen langsam ergrauenden, langsam ermüdenden Achtundsechzigern und schrieb

flammende Artikel gegen alles, was brannte. Oder sensible Betrachtungen über den Neuen Mann, seine Rolle in der postfeministischen Gesellschaft und das längst fällige Ende der Penetration.
Und kaum hatte er Mary geschwängert, hängte er sein Studium an die Wand, nahm sich den Bart ab, band einen schrillen Schlips um und eröffnete eine Werbeagentur.
Und will natürlich immer noch ernst genommen werden, als Mensch, als Geschäftsmann, als toller Hecht. Jedenfalls von mir, seinem einzigen Kind. Ruft mich an, meistens nachts, und blättert mir stolz seine Erfolge hin, Vertragsabschlüsse mit irgendwelchen Ätztypen, die mich so viel interessieren wie ein Elfenpup in anderen Galaxien. Und während er redet, höre ich die Räume mit, die hohen, leeren Büros, durch die er geht, ein Glas Wein in der Hand. Wahrscheinlich mustert er die verlassenen Arbeitstische seiner Angestellten, rückt hier ein Lineal zurecht, knipst da eine Lampe aus oder schließt eines dieser Sicherheitsfenster, und es wird immer noch stiller in der großen Villa, dem Monument seiner Leistungskraft, in dem er seit kurzem auch schläft, falls er denn mal schlafen kann.
»Wir leben in einer Zeit lähmender Professionalität«, lamentierte er neulich. – »Wir bräuchten aber *Kreativität*, frisches Blut. Den Leuten fällt einfach nichts mehr ein, und das drückt die Rendite. Vermutlich muß ich bald zwei Grafiker entlassen ...« Die Mitleids-Symphonie.
»Verdammt noch mal, warum sagst du mir das!« raunzte ich ihn an. Es war nach diesem U-Bahn-

Crash. – »Meinst du, ich hab nichts Besseres zu tun, als mir so ein Gesülze anzuhören? Warum erzählst du das nicht deiner Frau?«
Und auch während er schwieg, hörte ich die Räume mit, diese toten Büros mit den Pflanzen und Luftbefeuchtern und Plastikbechern, und einen Moment lang dachte ich, er hätte aufgelegt. Aber dann sagte er leise, mit einem seltsamen Kratzen in der Stimme: »Hast du was von ihr gehört?«

4.

Meine Eltern sind schon ein Fall für sich. Hätten die mich großgezogen, wäre ich jetzt Alkoholiker oder Junkie oder Skinhead – aus Trotz. Ich glaube, diese Generation ist einfach nicht dazu gemacht, Nachwuchs zu haben. Kinder sind nämlich verdammt konservativ, die wollen klare Verhältnisse, eindeutige Zustände, einen richtig intakten Familienstaat, den sie immer mal wieder aufmischen können. Und keinen, der schon ein Trümmerfeld ist.
Von Mary, meiner Mutter, höre ich selten etwas. Manchmal schreibt sie mir eine Postkarte aus irgendeinem Winkel der Erde; manchmal ruft sie mich an. Dann braucht sie Geld. Getroffen habe ich sie zuletzt in diesem Matratzengeschäft am Alex, wo sie mir, ihrem Sohn, allen Ernstes so ein Ökokissen für hundert Mark aufschwatzen wollte. Dabei war ich nur dorthin gegangen, um sie mal wiederzusehen.

Die ganze Familie saß zuletzt vor über einem Jahr zusammen, und das wird sich so bald kaum wiederholen.
Ich lebte damals erst paar Wochen in Berlin und hatte irre Probleme mit der Schule, dem Wechsel. Es ging hier einige Zacken haariger zu als im Ruhrgebiet, wo ich immer guter Durchschnitt war. Also, den Aufbau der Facettenaugen einer Stubenfliege kann ich schon erklären. Nur Mathematik war seit jeher mein Problemfach – was ich mir eigentlich als Vorzug anrechnete. Die Mathe-Asse fand ich nämlich durch die Bank zum Würgen, besonders die stillen, vornehmen aus gutem Haus, in deren Gesichtern ich immer eine randlose Brille sah, obwohl sie gar keine trugen. Mathe war Macht, und du konntest noch so geil Französisch sprechen, Aufsätze vorlesen, bei denen der ganze Raum die Luft anhielt, oder Kunstblätter vorlegen, die alle vom Hocker rissen – nie war der stumme Respekt der Lehrer, das unausgesprochene »Donnerwetter, aus dir wird was werden!« so eindringlich wie nach einer überragenden Mathe-Leistung. Sie war die Krönung, wie Turmspringen nach einer Stunde Schwimmen, und bezeichnenderweise waren die Superrechner meistens auch die besten und elegantesten Springer. Die standen wie eine Eins auf dem Brett, breiteten die Arme aus und schrieben mit dem ganzen Körper eine schlanke, zehn Meter tiefe Gleichung voller Wirbel, Pirouetten und rechtwinkliger Querverweise in die gekachelte Luft, und wenn sie dann geräuschlos eintauchten ins Blau, war das die denkbar glatteste, kaum ein Bläschen oder eine Wasserbewegung verursachende Lösung. Voll-

kommenheit. – Während mir nur eine Arschbombe gelang, krachend, bei der das Herz mitsamt der Hose in die Knie rutschte.

Also, Mathe und Turmspringen – nicht unbedingt mein Fall. Dann doch eher Sprachen. Es ist schon ein tolles Gefühl, wenn du plötzlich ein englisches Gedicht im Original lesen kannst oder weißt, welche lateinische Wurzel irgendein moderner Ausdruck hat. Also, wenn ich was lieben kann an den Deutschen in Deutschland, dann ist es die Sprache, jedenfalls die von den Dichtern; sollte sich die Menschheit tatsächlich auf dem Weg vom Neandertaler zum Engel befinden, ist die so etwas wie der erste Flaum an ihren Schulterblättern.

Aber in der Schule war sie irgendwann nur noch Transportmittel, Informationsträger, Rohstoff für Rhetorik-Keulen. Je näher nämlich das Abi kam, desto weiter entfernte man sich voneinander. Plötzlich quatschte man nicht mehr über Mädchen, Musik oder Drogen, plötzlich war der allgemeine Notendurchschnitt angesagt und wie man welche Klausuren schreiben mußte, um für dieses oder jenes Studienfach zugelassen zu werden, in dem man nach soundsoviel Semestern und einer entsprechenden Abschlußzensur ein Dissertationsstipendium in der und der Höhe ergatterte, für volle zwei Jahre, nach denen man in der freien Wildbahn einen Marktwert von, Inflationsrate abgerechnet, monatlich zig Steinzeitäxten hatte, für die man sich eine Frau im Fell und eine Höhle für den Zweitwagen leisten konnte ... Kotz.

Ich dachte also ernsthaft daran, die Schule kurz vor Schluß zu schmeißen, und das brachte meinen Daddy, in dessen großer Charlottenburger Wohnung ich damals noch wohnte, gehörig auf Trab. Ein Sohn ohne Abitur, das war schon fast ein behindertes Kind, und da er mir nicht mehr drohen konnte – schließlich war ich volljährig –, versuchte er mich zu bestechen, indem er plötzlich rührend väterlich wurde. Wann immer er Zeit hatte, gingen wir ins Grüne oder ins Kino, und er zeigte mir irgendwelche bröckelnden Stadtteile voller Geheimtip-Kneipen, in denen bluttriefende Sarajevo-Tanzstücke aufgeführt wurden. Oder er bekochte mich mit allen Tricks und stellte mir in Aussicht, die Fahrschule und sogar einen kleinen Wagen zu bezahlen, wenn ... Ja, wenn.

Doch ich hatte mich fast entschieden. – »Abitur kommt von lateinisch *abire* ...« sagte ich, ein bißchen bedüdelt, und kippte den Rest aus meinem Rotweinglas hinunter. Es hatte frische, sehr frische, vor meinen Augen mit dem Holzhammer erledigte Forellen in einer Mandel-Senf-Kruste gegeben, und Big Daddy, ebenfalls nicht mehr nüchtern, spülte das Geschirr. Er konnte, wie viele Dicke, begnadet gut kochen, und ich lutschte die Gräten und Fischköpfe blank. – »Und das heißt *abgehen*, Alter ...«

Da klingelte es an der Wohnungstür, und er sah verdutzt auf die Uhr. Erwartete also jemanden. Wahrscheinlich sein Privatleben, eine von diesen dürren, knurrig grinsenden Gebieterinnen, die er immer vor mir versteckte, jedenfalls rief er »Laß mal!«, als ich aufsprang und durch den Flur tigerte. – »Ist wohl für mich ...«

Doch ich bog schon um die Ecke, lief durchs Berliner

Zimmer und war im nächsten Moment an der Tür, über der die wackelige Klingel Fünkchen spuckte. Mein Vater hatte uns eingeschlossen, ich mußte Riegel, Ketten und zwei Sicherheitsschlösser öffnen. Und da stand sie dann und sagte: »Hi!«
Sie hatte schwarze Stiefel und einen leicht taillierten Männeranzug an und reichte mir knapp bis zur Nase. Auch ihre streichholzkurzen Haare waren schwarz, blauschwarz gefärbt, sie trug einen Ohrclip aus Kristall, und in dem blassen Gesicht sahen die schönen, wohl gerade vor dem Treppenhausspiegel nachgezogenen Lippen unecht aus, als wären sie aus Lack. Jedenfalls, bevor sie mich küßte.
Sie roch nach Wein und Rauch und Veilchenparfüm und hatte bekiffte Pupillen, und so ein Kuß stand ihr überhaupt nicht zu. Blitzschnell, als hätte sie geahnt, daß *ich* die Tür öffnen würde, griff sie mir in die Haare, drängte sich an mich und schnappte, die Augen fast schon geschlossen, nach meinem Mund. Sie sog die Unterlippe etwas ein, wobei sie einen kleinen, wohligen Laut von sich gab, und natürlich hätte ich sie sofort wegstoßen müssen; doch diese Zärtlichkeit hatte etwas Autoritäres, wie Aprikosen, und ich fühlte, wie mir die Herzränder schmolzen.
Nur mühsam konnte ich den Kopf wegdrehen, denn sie hielt mich fest umklammert, sogar mit einem Bein, rieb den Stoppelschopf an meinem Hals, und ich zischte: »He! Hör auf! Du bist meine Mutter!«
»Ah ja?« – Sie trat einen Schritt zurück, musterte mich schmunzelnd und sagte: »Tatsächlich ... Hast *du* ein Glück.«

Der Stimme nach war sie so voll wie der Mond und ich und mein Vater zusammen. Der stand immer noch unsichtbar im Berliner Zimmer und fragte durch die Regalwand hindurch: »Ist es für mich?«
Mary wischte mir das Lippenrot mit dem Handrücken ab, säuberte ihn beiläufig an meinem Hemd, zog einen prallen Seesack in die Wohnung und sagte laut, es hallte in dem kahlen Flur: »Mein Gott, Junge! Bist du *groß* geworden!«
Und dann saßen wir zu dritt in der Küche, bei Kerzenlicht und Radiomusik, eine richtige, wenn auch etwas verlegene Familie, und rauchten einen kleinen Joint. Mein Vater entkorkte seinen Feiertagswein und briet Mary ein Krabbenomelett, und ich brachte ihr eins von meinen sauberen T-Shirts und ließ nebenan das Badewasser einlaufen.
»Welche Brausetabletten willst du? Grüne oder rote?« rief ich, und sie erzählte, wo überall sie sich herumgetrieben hatte in den letzten Monaten: Hauptsächlich in Griechenland, um irgendwelchen Geschäftsleuten Spanisch in Crash-Kursen beizubringen und dann auf einer Farm im Norden Tomaten zu ernten; dann in Bulgarien und in der Türkei, wo man ihr wegen ihrer langen blonden Haare derart auf die Nerven gegangen war, daß sie sie abgeschnitten und schwarz gefärbt hatte.
Ein Glas in der Hand, lehnte ich in der Tür und sah ihr beim Essen und Reden zu. Trotz dieser blöden Stoppelfrisur war sie total schön. Ehrenwort. Dabei sprach sie meistens auf ihren Teller hinunter und erzählte den gottverdammten Krabben, wie blau das Meer bei Izmir war. Nur wenn sie nachdachte oder einen Ortsnamen

suchte, zog sie die Nase kraus und starrte zur Küchendecke hoch, als wäre er da abzulesen. Und dann aß sie etwas von dem Ei, wirklich nur ein bißchen, kämmte die Kresse und bohrte den kleinen Finger in eine der kernlosen Oliven, die Big Daddy als Garnierung auf den Tellerrand gelegt hatte. – Immer spielt sie mit dem Essen, man kann es ihr nicht abgewöhnen, nicht einmal im Restaurant. Voriges Jahr Weihnachten hatte sie aus zwei Zahnstochern, vier Zitronenscheiben und einem teuflisch spitzen Messer eine Art Streitwagen gebastelt und über den angekippten Tisch auf meinen Vater zurollen lassen.

Auch jetzt wurde er sichtlich nervös, als sie eine Perlzwiebel aufspießte, in seinen kostbaren Roten tauchte und langsam im Mund verschwinden ließ. Nicht um sie zu essen: Um sie abzulutschen und gleich wieder in den Wein zu tunken. – Doch er nahm sich zusammen, rückte lediglich ein bißchen weg vom Tisch und trommelte mit den kurzen Fingern der Linken auf der Kante herum. Während er mit der Rechten nach dem Handy tastete. Es lag auf dem Sideboard, neben einem fettfleckigen »I-Ging für Manager«, und er stellte es aus.

Noch war häuslicher Frieden angesagt, wie immer nach Marys Heimkehr – wenn man es denn so nennen wollte; selten blieb sie lange. Doch die unsteten Augen hinter der kaum entspiegelten Brille meines Vaters, sein unablässiges Kopfnicken, auch wenn es nichts zum Nicken gab, das Durchatmen oder Stirnrunzeln, sobald Mary, deren ganzes Leben aus verlorenen Fäden besteht, wieder mal keinen Anschluß an ihren letzten Satz fand, ließen auf eine unbestimmte Gereiztheit schließen. – Nach einem kurzen Begrüßungsknuff hatte meine Mutter nämlich noch kein einziges persönliches Wort an ihn gerichtet, keine Frage, das Geschäft betreffend, sie pflegt auch nach Monaten zurückzukehren, als wäre sie kurz im Nebenraum gewesen, und todsicher war Big Daddy beleidigt, als sie sich, kaum hatte er einen Versuch gemacht, mit neuen Umsätzen zu glänzen, nach mir umdrehte und fragte: »Na, Häuptling Müdes Auge? Wie gefällts dir in Berlin?«

»Geht so«, sagte ich. »Wie lange bleibst'n?«

Nachdenkliches Nicken. – »Es ist eine gute Stadt«, antwortete sie. »Die beste in Deutschland. Jedenfalls um abzureisen und wiederzukommen. – Wenn du allerdings zu lange hier wohnst, kriegst du einen Mauerkoller, auch jetzt noch ... Du mußt reisen, hörst du. Mexiko, Peru ... Goslar ... Was weiß ich.«

Mein Vater lehnte sich zurück, ließ das Handy in die Hemdtasche gleiten und verschränkte die Finger über dem Bauch. – »Doch mach vor allen Dingen erst mal Abitur«, sagte er, und schlagartig war die Gereiztheit auf meiner Seite. Typisch, daß er dieses bescheuerte Thema an so einem Abend zur Sprache brachte. Er konnte nicht einfach mal Wein trinken und blödeln und abgedrehten Reise-Erzählungen zuhören. Seit ich hier war, bekam jedes Gespräch immer gleich einen erzieherischen Kick, als wollte er angesichts meiner plötzlichen Volljährigkeit seine ganze verpatzte Vaterschaft nachholen. Ich konnte mich kaum retten vor mündlichen, schriftlichen oder sogar auf den Anrufbeantworter gesprochenen, garantiert gutgemeinten Ratschlägen – bis zum Erbrechen wattiert mit so verlogenen

Behutsamkeiten wie »Ich schlage vor, daß du … Vielleicht solltest du … Paß mal auf, wäre es nicht gut, wenn du …«. Und so weiter. Das war wohl sein pädagogischer Eros, der da mit ihm durchging.
»Wozu Abitur«, sagte ich also. »Ich weiß doch alles: Wann die Sonne aufgeht, wie Flieder riecht, daß der Staat abkackt und wo ›Edeka‹ ist. Und daß man seine Kondome nicht ins Klo schmeißt …«
Er ließ sich so wenig wie möglich anmerken. – »Ach nein?« sagte er. »Soll man nicht?«
Ich schüttelte den Kopf. – »Ist umweltschädlich. Und wenn man es trotzdem tut, macht man keinen Knoten rein. Da kann das Ding sich nicht mit Wasser füllen und trudelt stundenlang im Topf herum!«
Nun war er still, der Dicke, und meine Mutter stand auf, fuhr mir durchs Haar und murmelte: »Mensch, hab ich einen süßen Zahn …«
Sie öffnete den Kühlschrank, blies kurz die Backen auf und ging in die Hocke. – »Umwelt gibts gar nicht. Es gibt nur Welt. Und auch das ist unsicher«, sagte sie. »Außerdem finde ich Schule sowieso blöd. Von wegen Bildung! Heutzutage machen sie einen Aktenkoffer aus dir, fertig. Ich habe Leute getroffen, die saßen nie in ihrem Leben auf der Schulbank, konnten nicht schreiben und hatten kein einziges Buch gelesen – und waren die gebildetsten Menschen des Universums. Jawohl! – Keine Götterspeise?«
Mein Vater strich sich die fettigen, das Gesicht etwas schlanker machenden Strähnen hinter die Ohren: Eitelkeit beiseite. Jetzt muß ich mal grundsätzlich werden. Und knurrte: »So ein Quatsch! Wo lebt ihr denn?«

»Im Reich der Träume«, sagte Mary. – »Nicht mal Eis? Naja ...« Sie schlug die Schranktür zu. Und statt sich wieder zu setzen, fingerte sie eine Zigarette aus meiner Schachtel und nahm sich Feuer von der Kerze. – »Auch ich werde ohne Doktortitel sterben, Leute.« Sie blies einen Rauchring in die Luft. – »Aber mit Führerschein. Muß noch jemand pinkeln? Ich geh nämlich jetzt in die Wanne ...«

Big Daddy, als hätte man ihm den Teppich unter den Füßen weggerissen, ruckte herum auf seinem Stuhl und konnte offenbar kaum glauben, daß so viel Zentner Mensch so leicht übergangen wurden. Und doch war das, trotz seiner Abruptheit, der denkbar beste Schluß des Abends. Denn wahrscheinlich witterte Mary genau wie ich, daß er noch eine pädagogische Prinzipienfechterei auf Lager hatte, und von Erziehung hielt sie nun mal nichts. Ihrer Meinung nach sollte die allenfalls darin bestehen, daß man Kinder sich entfalten, sie Erfahrungen machen ließ, auch wenn dabei etwas zu Bruch ging. Das aber war für meinen Vater pure Anarchie, und die hatte er seit Jahrzehnten hinter sich. – Sie leerte ihr Glas in einem Zug, stellte es in die Spüle und sagte im Davongehen: »Wolltest du nicht telefonieren?«

Er stieß nur etwas Luft durch die Nase, und als Mary an mir vorbeikam, drückte sie mir einen Finger in den Bauch.

»Danke für die Briefe, du romantischer Esel.« – Ich hatte ihr auf gut Glück nach Athen geschrieben, postlagernd, aber nie eine Antwort erhalten. – Dann sah sie mich aufmerksam an und sagte leiser, lächelnd: »Du hast 'n Mund wie deine Schrift ...«

Trotz des Weins hatte ich Schwierigkeiten einzuschlafen, und nach zwei Stunden, die mir wie zwanzig vorkamen, stand ich auf und holte mir Baldriantropfen aus dem Spiegelschrank im Bad. Der Mond strahlte so hell durch die hohen, immer noch vorhanglosen Fenster, daß ich keine Lampe anschalten mußte. Ich ging auf Zehenspitzen durch das Berliner Zimmer. In einer Ecke des riesigen Sofas, einen Arm über die Augen gelegt, schlief Mary, schnarchte leise, und auch der pralle Seesack, so schräg wie er am Fußende lehnte, die geöffnete Bibel wie ein Dach obenauf, schien eingenickt zu sein. Auf dem Parkett, in einem schmalen, vom Fensterkreuz geteilten Lichtfeld lagen ein paar Silberringe und der Ohrclip aus Bergkristall, in dem sich weiß der Mondschein brach; irgendwie war eine Melodie darin, ein lautloser, manchmal in Regenbogenfarben aufscheinender Gesang. Aber ich bin ja ein romantischer Esel.

Am nächsten Nachmittag, es war schon fast Abend, kam Mary in mein Zimmer und half mir, das Zelt aufzubauen, das ich am Wochenende ertrödelt hatte. Es war ein tolles, federleichtes Zwei-Mann-Tipi, dunkelgrün, hatte aber leider ein paar Risse und Löcher, die ich mit Minutenkleber ausbessern wollte.

»Der heißt Sekundenkleber« sagte Mary, und da wir auf Heringe verzichten mußten, wickelten wir die Leinen um Schrankbeine und Bücherstapel – eine wackelige Angelegenheit; die Plane ließ sich nie straff genug spannen, und ich konnte kaum erkennen, wo die oft winzigen Löcher waren.

»Ach, Mist!« sagte Mary, nachdem uns das Ganze zum dritten Mal zusammengesackt war. Sie langte unter den Saum ihres T-Shirts und zog die cremefarbenen Leggins hoch. – »Hau halt ein paar Nägel rein ...«

»Nägel?«

»Zwölfzoller, oder? Ist doch alles Holz hier.«

Und dann kramten wir im Gäste-WC, das noch als Werkzeugkammer diente, und fanden tatsächlich ein ganzes Paket dieser Oschis. Und eine Art Fäustel dazu.

Mary wollte sie einschlagen, konnte den Hammer aber nur mit beiden Händen heben, ihrer zarten Gelenke wegen, und während sie – ein Auge zugekniffen, die Zungenspitze zwischen den Lippen – hoch ausholte mit dem schweren Ding, hielt ich den Nagel am weit fortgestreckten Arm nur mit den Fingerspitzen und zog die anfangs vor Angst schon zurück, ehe der Hammer den Nagelkopf traf ...

Die ersten drei Versuche mißlangen also krachend, der Aufprall, das Schmettern des Fäustels auf dem Parkett, schmerzte in den Ohren. Und beim vierten mußten wir schon vorher so lachen, daß auch der danebenging. Dann klingelte das Telefon, und Mary, den Hörer am Ohr, sah mich mit großen Augen an. Herr Gruschinske vermutlich, Parterre rechts. – »Nein«, sagte sie. »Durchaus nicht. Jawohl. Noch fünf Minuten. Ja. Hier wird ein Liebesfilm synchronisiert.«

Die nächsten Nägel traf sie auf Anhieb, und da es – Altbau – hier und da Hohlräume geben mußte im Boden, trieb sie manche tiefer als nötig hinein. Dabei wurde sie rot vor Eifer, Schweißperlen glitzerten auf ihrer Ober-

lippe, und wenn es ihr gelang, einen Zwölfzoller schon beim ersten Schlag bis zum Kopf zu versenken, ließ sie entzückte Schreie hören: Süßer Schreck des kleinen Mädchens, dem der Vater jäh in die Rippen greift. Und dabei lächelte sie mich an, als würden wir was Diebisches verbocken.
Eine ganze Weile ging das so: Nagel, Schlag, Nagel, Schlag, Schrei, Schlag – ich konnte nicht genug kriegen von ihrer Wildheit, dem Strahlen, und am Ende hatten wir das ganze dicke Paket verballert und blickten, immer noch auf den Knien, selig keuchend im Raum umher. In dem schräg einfallenden, vom Staub durchwirbelten Nachmittagslicht schimmerte eine silberne Schrift auf dem Parkett, ein Satz aus hundert Punkten, und Mary pflanzte den Hammer wie ein Ausrufzeichen an den Schluß.
Acht dieser Nägel mußten wir dann wieder rausprokeln, um das Zelt festzumachen, und als es stand, mitten im Raum und straff gespannt, kam mir die Idee, meine Matratze, meine Bücher und den Walkman da hineinzupacken. Und eine Flasche Saft und Schokoriegel. Zack. So wollte ich von jetzt an wohnen. Das Zimmer war mir eh zu groß.
Mary gefiel der Einfall. – »Fehlt nur noch ein Propangaskocher«, sagte sie. »Dann bist du autark. Ich wärm uns mal 'ne ›Zehn-Minuten-Terrine‹ auf, oder?«
Ich blätterte in einem lange vermißten, beim Umräumen entdeckten Fotoband, Indianer Nordamerikas, und sagte: »Die heißen ›Fünf-Minuten-Terrinen‹.«
»Um so besser«, murmelte sie und verschwand in der Küche.

Als mein Vater nach Hause kam, hockten wir vor dem Tipi und löffelten diese Plastikbrühe mit Nudeln, und ich glaube, er fand das auf den ersten Blick ganz witzig. Er lehnte sich in den Türrahmen, riß eine Dose Bier auf und erzählte, daß er in seiner Jugend mit einem ähnlichen Zelt auf dem Rücken durch die Highlands in Schottland gewandert sei. Schöne Zeit. – »Leider hat es mir der Sturm von den Klippen gefetzt.«

Dann bemerkte er die Zwölfzoller, an denen meins befestigt war, runzelte die Brauen, und ich neigte mich tiefer über die Suppe und blickte dem Fettfilm fest in die Augen. Auch Mary ahnte wohl nichts Gutes. Sie nahm den Saft und verkroch sich ins Zelt.

Doch Daddy gab sich alle Mühe, ruhig zu bleiben. – »Übrigens habe ich den Auftrag gekriegt«, sagte er. »Dein Spruch hat überzeugt. Jedenfalls diese Diätmittelfirma.«

»Ach ja? Schön«, sagte Mary hinter mir, es klang gelangweilt, und ich fragte: »Was für'n Spruch?«

Mein Vater machte einen Schritt ins Zimmer und betastete die eingeschlagenen Nägel mit der Schuhspitze – vorsichtig, als wäre dem Boden nicht mehr zu trauen. Dann ging er in die Hocke und strich mit der Hand über die bündig eingeschlagenen Köpfe. – »War hier was locker?«

Ich kratzte die Luft aus der leeren Suppentasse. – »Nicht direkt ...« sagte ich, und Mary kicherte. Sie ist manchmal wirklich noch Göre, und ich langte hinter mich, kniff ihr ins Bein und wiederholte: »Was für ein Spruch denn?«

Big Daddy erhob sich, trat ans Fenster, sah hinaus, und

wahrscheinlich schäumte das Bier noch einmal in ihm auf. Die Sonne ging unter, im Hof rauschte Wasser, und irgendwelche Vögel machten einen irren Lärm, weil Gruschinske, der Hauswart, mal wieder ihre Nester aus der Efeuwand spritzte. Voll krank, der Typ. – Mein Vater drehte sich um und klopfte mit der Faust gegen seinen runden, weich über den Gürtel sackenden Bauch. Eine enorme Silhouette. Die Brillengläser reflektierten das Abendlicht.

»Deine Mutter fand es gestern noch charmant, darauf hinzuweisen, daß ich in ihren Augen weniger als nichts geworden bin.« – Weiß Gott, was er damit andeuten wollte.

»Blödsinn«, murmelte Mary, und er ging wieder umher und starrte kopfschüttelnd auf den Fußboden.

»Sagt mal ... Was hat das hier eigentlich zu bedeuten? Seid ihr plötzlich unter die Heimwerker gegangen? Oder ist das am Ende Kunst? Das kann doch wohl nicht wahr sein ... Wißt ihr, was so ein Quadratmeter Parkettboden kostet?«

Ich nickte, obwohl es da nichts zu nicken gab. Ich hatte keine Ahnung. Das Geschrei der Vögel wurde immer noch lauter, das Wasserrauschen klang wie Fauchen, und Mary, die sich meine Sonnenbrille aufgesetzt hatte, fragte leise in die muffige Zeltluft hinein: »Viel?«

Ich unterdrückte ein Grinsen, und mein Vater stürzte das Bier hinunter und schmiß die Dose ins Eck.

»He!« sagte ich. »Das ist mein Zimmer ...«

»Ja, *viel*!« brüllte er. »Sehr viel, wenn du es genau wissen willst. Mehr, als mir dein blöder Slogan einbringen wird!« – Er war seitlich an das brusthohe Zelt getreten, stemmte die Fäuste an die Hüften und schrie durch die Plane: »Ich bin es langsam leid, Marianne! Das Leben ist auch ohne deine Verrücktheiten anstrengend genug. Wenn du immer nur herkommst, um alles kaputtzuhauen und herumzutreten auf unseren Seelen, dann bleib doch lieber ganz weg! Ich habe diese Wohnung für *uns* gekauft, verstehst du! Hier könnte man was *aufbauen*, verstehst du! Hier könnte man sich einrichten und sich wohlfühlen. Ich bin nicht dein verfluchter Wasch- oder Wartesalon oder was! Ich bin ein Mensch!«

Er stampfte aus dem Zimmer, ohne mit der Tür zu knallen, und ich staunte doch sehr. – Daß dies eine Eigentumswohnung war, hatte ich bisher nicht gewußt; wie konnte man sich da über ein paar Nägel im Fußboden ärgern?

Zigarette im Mund, kroch Mary auf allen vieren aus dem Zelt, setzte sich umständlich auf den Matratzenrand und begann, ihre Tennisschuhe anzuziehen. Und plötzlich flog die Tür noch einmal auf, beide zuckten wir zusammen, und mein Vater, schwitzend und puterrot, riß sich die Brille vom Gesicht, zeigte mit dem zitternden Bügel auf seine Frau und schrie: »Auch *Dicke* wollen geliebt werden! So!«

Und krachend flog die Tür ins Schloß.

Wir schwiegen eine Weile, starrten vor uns hin. Das Geschrei der Vögel war verstummt, Wasser tropfte auf das Fensterblech, und schließlich drückte Mary ihre Kippe in der Tasse aus und hielt mir einen Fuß hin, die losen Schnürsenkel. Ich machte eine doppelte Schleife.

»Lieber Himmel ... Was hast du ihm denn *gesagt*?«

Sie zuckte mit den Schultern. – »Weiß nicht. Bißchen Zen aus der Hausapotheke. Warte ... Wer zunimmt ...« Sie überlegte, kratzte sich den Kopf. »... nimmt in Wahrheit ab. Oder so ähnlich.«

Dann gingen wir ins Kino, wo sie wie immer einschlief. Dabei war der Film nicht übel, »Zabriskie Point«, eine Schnulze aus den siebziger Jahren. Freie Liebe in der Wüste. Gegen Schluß – zu so einem Endlosschrei von einer berühmten Band, die heute Reklame für Volkswagen macht, hab den Namen vergessen – flog alles in die Luft, und am nächsten Morgen war Mary weg, ohne ein Wort oder eine Zeile, ohne ihre Wäsche aus der Maschine zu nehmen. Und ich zog die Nägel aus dem Parkett und schmierte die Löcher mit Holzspachtel zu.

5.

Achtung, Achtung, hier spricht Doktor Lolly, der Liebhaber des Augenblicks, der Freund aller streunenden Hunde und enttäuschten Frauen, ihr Ratgeber in gynäkologischen Fragen. Ich hoffe, Sie verstehen mich, denn ich kann im Moment nur flüstern. Sitze am Fenster, toter Winkel, und sehe der bayrischen Blonden von gegenüber beim Putzen zu. Ich habe sie »Glanz und Fülle« getauft. Ihr Mann, der Rotzer, ist immer noch nicht zu Hause, und sie läßt ihre Wut am Wischlappen aus, wringt ihn, daß die Fasern knacken. Sie ist unge-

fähr dreimal so breit wie ich, was mir ziemlich gut gefällt; runde Frauen ziehen mich mächtig an. Das kommt wohl daher, daß ich so ein Schmalhans bin; die Natur pflegt ihre eigene Dialektik. Ich hatte zum Beispiel noch nie eine schwarzhaarige Freundin; immer blonde, manchmal dunkelblonde, oft rote. Und das liegt daran, daß ich selbst fast schwarze Haare habe; also fallen mir dunkle Mädchen kaum auf.
Doch von wegen Freundinnen: Das waren höchstens Flirts, mal ein Kuß, mal eine Stunde Gefummel hinterm Jugendheim; richtige Romanzen hatte ich vor Vanina kaum. Nicht, daß es da keine Sehnsucht gegeben hätte. Ich liebe Frauen, schon allein ihren Anblick; jede hat etwas Zauberhaftes, wirklich jede. Ich könnte stundenlang dasitzen und ihnen zusehen. Beim Nägellackieren zum Beispiel, oder wenn sie eine Bohrmaschine reparieren. Solange es Frauen gibt, möchte ich nicht sterben.
Aber mein Problem ist, daß ich total schüchtern bin. Wie ein Reh, sagt Vanina oft, und da hat sie recht. Ich traue mich einfach nicht, ein Mädchen anzusprechen. Habe ich noch nie gemacht. Ich wüßte gar nicht, was ich der sagen sollte; bin absolut kein Konversationstyp. Mädchen sind einfach zu schön für diesen »Hi, wie gehts? Öfter hier? Wie findst du die Musik?«-Schwachsinn. Damit versaust du ihre Aura.
Aber Tiefsinn habe ich auch nicht auf Lager. Also halte ich lieber die Klappe, greif mir eine Flasche vom Tresen, stell mich in die Ecke und schau mir die Menschen an. Das ist überhaupt das Tollste. Leute angucken, sich Geschichten ausdenken zu den Gesten und Gesichtern, kleine Kammerspiele im Hinterstübchen inszenieren,

Psychothriller – das könnte eine abendfüllende Beschäftigung sein. Aber nach dem dritten Bier sinds wieder nur Sex-Filme.
Denn ich bin nicht nur schüchtern; das ginge ja noch. Ich bin gleichzeitig immer geil. Brandgeil. Eine fatale Mischung. Das ist wie auf dem Streckbett, damit kommst du in Teufels Küche. Und dann werde ich melancholisch, weil ich alle Mädchen haben möchte und keins kriege, verfluche das Leben und die Liebe, diesen Fleischmarkt, und hoffe, daß ich bald fünfzig bin und fett, und alles ist vorbei ... Also, schräger kann ein Reh kaum in der Wildnis stehen.
Dabei bin ich trotz aller Geilheit nur ein mäßiger Liebhaber, glaube ich. Nicht, daß ich Probleme mit der Potenz, mit der Erektion hätte. Im Gegenteil. Ich kriege zu allen möglichen und unmöglichen Zeiten einen Ständer, deswegen trage ich auch keine Boxershorts. Ich kriege einen Ständer, wenn ich aufwache; ich kriege einen Ständer, wenn ich esse. Ich kriege einen Ständer, wenn ich mich langweile, und ich kriege einen Ständer, wenn ich im Streß bin. Sogar beim Scheißen kriege ich oft einen Ständer, und manchmal werde ich nachts wach und muß pinkeln und habe gleichzeitig ein Rohr, das sich partout nicht legen will, auch nicht nach einem kalten Guß. Dann muß ich mich abknicken vor dem Klo, damit ich mein Wasser lassen kann; ein pinkelnder rechter Winkel.
Und wenn es irgendwie abstrakt oder theoretisch wird, dann ist es ganz schlimm. Als wir in den letzten Philosophiestunden die »Phänomenologie des Geistes« durchgebetet haben, Paragraph für Paragraph, Satz für Satz,

kriegte ich immer schon nach zehn Minuten diese wehe Dauerlatte – als wollte sich alles malträtierte, von Hegel verdünnte Gehirnblut ins pralle Geschlechtsleben retten. Echt. Das war ein richtiger Theorieschmerz. Und als dann vor mir die schöne, andächtig über ihr Buch geneigte Maria immer mal wieder hinter sich langte und ihren Halter unterm Pullistoff zurechtschnippte, als wäre auch ihr etwas zu eng, als würden ihr die Knospen schwellen über diesem blöden Hegel, der mit Geist so viel zu tun hat wie eine Kuh mit der Milchstraße, da hab ich es nicht mehr ausgehalten und mich abgemeldet, aufs Klo.

Wobei wir wieder beim Thema wären: Der laue Liebhaber. Denn eigentlich bin ich zu nervös, um ausdauernd und zärtlich zu sein; jedenfalls bei einer, mit der ich es noch nie gemacht habe. Da hat mich der ganze Affentanz Richtung Bett schon so aufgekratzt: Kaum stecke ich da, wo ich hinwollte – Tüte voll. Und das finde ich so peinlich, daß ich auch später nichts mehr auf die Reihe kriege. Denn abzuschlaffen bei einer Frau ist für einen Mann doch ziemlich einschneidend, oder? Der eigentliche Verlust der Unschuld.

Das beste wäre, mal eine zu treffen, die einen ruhig und geduldig in die Schule nimmt. Schon als Vierzehnjähriger habe ich mir immer ein Verhältnis mit einer dieser Hausfrauen gewünscht, die sich in ihren gut ausgefüllten Kittelschürzen aus dem Fenster lehnen und den Kindern beim Spielen oder den Hunden beim Pinkeln zusehen und in ihrem Rücken eine ganze Wohnung voller Betten haben, dreieinhalb Zimmer Langeweile. Da hätte ich mir gern etwas beibringen lassen über sie und mich und die Liebe, und wie man überhaupt mal fertig wird mit diesem Trieb, der so einen tropfenden Trottel aus dir macht und dich von einer kindischen Situation in die nächste rempelt. Das lerne ich nämlich nicht von Hegel. Das lerne ich höchstens von dem Prachtstück da, der bayrischen Nachbarin, die immer noch ihr Wischtuch wringt und dem gerade heimgekehrten Rotzer etwas zuruft, das ich nicht verstehe. Eben weil er rotzt.

Dieser Ton, von der hohen Wohnung höllisch verstärkt, geht dir durch alle Knochen. Als würde er sich irgendwelche Teerbeläge aus der Kehle shreddern, der Mann, um sie dann genüßlich, mit einem saftigen »Flatsch!«, ins Klo zu spucken. – Schließlich brummelt er etwas in Kühlschranknähe, ich höre Flaschen klimpern, Korken ploppen, und »Glanz und Fülle« wirft den Lappen in den Eimer und stürmt vor.

Das heißt zurück, ins Innere der Wohnung. Offenbar verfolgt sie ihn durch mehrere Zimmer, ich kann nur Satzfetzen hören. – Sie: »Wos soll des jetza ... Host mia net versprochn ... I mogs net glaum ...« – Er: »Brummel, brummel.« – Sie: »I werd no ... Die Muatta woaß... Des is so gmein ...!« – Er: »Brummel, brummel.« – Sie: »Liaba Gott, wos hob i denn verbrochn ...« – Dann knallt eine Tür, und plötzlich steht sie wieder am Fenster, die Gute, und weint und schnieft und würgt den Lappen. Um ihn gleich darauf ins Wasser zu pfeffern, sich umzudrehen und hörbar für das ganze Haus zu rufen: »Und des soag i dir: Auf *mein* Leib komscht nimmermehr!«

Also, Schreiben stelle ich mir wahnsinnig vor. Das alles so hinzufummeln mit den Sätzen und der Grammatik und so … Ginge mir echt zu langsam. Du fühlst etwas, willst es ausdrücken, und dann überlegst du, wie das mit diesen Relativpronomen war, und ob eine Genitivkonstruktion jetzt stilvoll ist oder nicht, und welchen Verlag du nimmst, und plötzlich – flupp – ist das Gefühl weg. Dabei hast du noch kein Wort geschrieben!
Außerdem: Wer liest denn heute noch. Früher, ja, da habe ich die Bücher verschlungen, hatte immer eins vor der Nase. Erst Kinderkram, dann Enid Blyton und Karl May, dann Stephen King. Aber wenn ich ehrlich bin: Konzentriert gelesen habe ich sie selten. Brauchte sie eher, um mich dahinter zu verschanzen und meinen eigenen Träumen nachzuhängen. Denn wer las, war unantastbar, dem ging keiner an den Kragen; vor der Intelligenz, auch vor der vermeintlichen, hatte man so viel Respekt wie vor dicken Muckis. Und wenn Opa Jupp wieder einen Sklavendienst von mir wollte, Bier holen, Kompost stechen, Taubenschlag auskratzen, zischte Oma Mia: »Laß den Jungen in Ruhe, der liest!« – Ein feiner Trick.
Mein Geschriebenes würde sowieso keiner drucken. Als Realist bin ich völlig untauglich. Aber erfinden könnte ich auch nichts. Wirklichkeit, Fiktion, was für bescheuerte Begriffe. Alles ist doch wunderbar! – Ich würde nur über das Wunderbare schreiben, also über Blumen, das Herz einer Hummel, Silberreiher im Luftkampf oder Milch – wie toll das aussieht, wenn die überkocht. Und über Frauen natürlich, ihre Schönheit,

die einem oft mehr zu schaffen macht als das Licht von zwanzig Wintern.
Das kommt wahrscheinlich daher, daß ich bei einer gutaussehenden Frau immer eine reine Seele voraussetze. Schön gleich edel, da bin ich unbelehrbar. Daß Frauen auch anders sein können, vergesse ich ungefähr so regelmäßig wie die Tatsache, daß sie Achseln haben und schwitzen und so. Eine Frau verkörpert für mich den Wohlgeruch, auch ohne Parfüm und Deodorant. Nur Männer stinken.
Dachte ich. – Entsprechend groß war dann der Schock, als ich Maras Achselschweiß roch. Entzauberung der herberen Art. Als ob du dich einem Kirschbaum näherst, einem weiß blühenden Wunder, aus dem es plötzlich »Fick dich!« zischt.
Mara kommt aus gut betuchter Familie, und ich finde, man sieht ihr das an. Obwohl sie oft die letzten Lumpen trägt. Aber wenn dir während deiner Kindheit nie ein Wunsch versagt wurde – sie hatte ein Elektroauto, ein Segelboot und ein Pony –, gibt das deinem Auftreten, deinen Äußerungen und Gesten diesen beiläufigen Geldglanz, und weil du selbstverständlich davon ausgehst, daß auch in Zukunft jeder Traum wahr wird und du die Erfüllung nicht mit dem leisesten deiner Hintergedanken bezweifelst, tritt sie meistens ein. Und das gibt dir so eine vornehme Ungeduld und spöttische Verständnislosigkeit allen Menschen gegenüber, die zögerlicher durchs Leben gehen, zweifelnder und scheu. – Mitte Zwanzig ist Mara schon eine voll ausgewachsene Klassefrau, und sogar beim Umzug in die große, gemeinsam mit Vanina gemietete Wohnung, sogar in

T-Shirt und zerfetzter Jeans trug sie ein paar Stücke ihres edlen Familienschmucks, alles Unikate. Und sie stank nach Schweiß.

Dabei war ich es, dem das Wasser in Strömen vom Körper lief; ich trug die Bücherkisten in den vierten Stock. Sie studiert nämlich nicht nur Literaturwissenschaften, sie hatte auch noch die riesige Bibliothek einer Tante geerbt, schwere, schweißtreibende Lederbände. Und ein Kraftei bin ich wirklich nicht.

Als ich Mara zum ersten Mal sah, fiel ich fast vom Stuhl. Oder, um genauer zu sein, aus dem Bett, in dem ich mit ungefähr zwanzig Leuten lag. – Rosinger, mein Freund und Vormieter hier, hatte den Einfall gehabt, an Silvester ein Abschiedsfest für wildfremde Leute zu geben; er mußte Anfang des Jahres zum Bund und wollte noch einmal die Sau rauslassen. Also klebten wir Zettel an die Türen vom »Subground«, vom »Kit Kat« und aufs Klo der »Insel«: Dance-Party da und da, kommt alle, bringt Getränke mit. Nur 60er- und 70er-Jahre-Musik. Denn Rosinger, der schulterlange Haare hatte, war ein beinharter Beatles-Fan.

Aber deren Zeit ist offenbar endgültig vorbei. Jedenfalls feierten wir fast allein Silvester. Nur ein stummer Kiffer und der Kiez-Poet mit der Pudelmütze, der einem immer diese handgeschriebenen Gedichte verkaufen will, hatten sich in unseren Hinterhof verirrt, und wir hörten alte Blues-Nummern und tranken den Abwesenden zu. Und kurz nach eins, zu den Klängen der amerikanischen, von Jimi Hendrix gespielten Nationalhymne, starb auch noch Pluto, Rosingers Meerschwein.

Wenn es nicht gerade den Teppichboden fraß, lebte es

unter dem Fernseher, in einer Plastikschüssel, und irgendwer hatte seine Tasse mit Wodka Lemon daneben gestellt. Der immer neugierige Pluto tauchte seinen Kopf hinein und trank einen Schluck, und kurz darauf kriegte er diese gottserbärmlichen Zuckungen, die gar nicht mehr aufhören wollten. Er lag auf der Seite, Schaum vorm Maul, und trabte mit seinen Pfötchen durch die Luft – während Rosinger und ich uns anbrüllten, daß die Fetzen flogen. Ich wollte Pluto nämlich ins Krankenhaus schaffen oder zu irgendeinem Notdienst, während Rosinger meinte, an Silvester gäbe es keine tierärztliche Ambulanz, oder wenn, dann nur für Katzen, Hunde oder Pferde, also für wichtige Tiere.
»Idiot!« schrie ich. »Wer bringt an Silvester sein *Pferd* zum Arzt! – Du hast doch nur Angst, daß Pluto dich was kosten könnte!« Er war nämlich geizig wie die Nacht.
Und während wir uns stritten, hockte sich der Poet mit der Pudelmütze vor die Schüssel, legte dem Meerschwein die Hand auf den Leib und murmelte ihm irgend etwas zu. Auch der Kiffer kam aus seiner Ecke und versuchte, es mit einem Blättchen der Zimmerlinde zu füttern. Vergeblich. Und dann starb es, und wir wickelten es in Zeitungen und legten es neben den Abfallsack.
Kurz nach zwei war der letzte Alkohol getrunken, wir beschlossen, noch eine Tour durch die Clubs zu machen, und ich steckte mir einen Suppenlöffel in die eine und den verpackten Pluto in die andere Parkatasche, wollte ihn irgendwo draußen vergraben, unter einem Baum. Doch plötzlich klingelte es Sturm, und dann standen die Clubs vor unserer Tür.

Von einer Viertelstunde zur anderen war die Wohnung zu eng, und auch der Kühlschrank faßte die Flaschen nicht, die mitgebracht wurden. Irgendwer stellte ein komplettes Mischpult und zwei Plattenspieler auf, sogar im Treppenhaus wurde getanzt, und die Nachbarn, Tante Wolle und Porno-Paul, der Klempner von oben, setzten sich zu uns auf die Stufen. Das Außenklo war dauernd besetzt.

Und morgens gegen sieben, die Polizei war schon zweimal dagewesen, und es lief nur leise Musik, lagen immer noch zwanzig Unermüdliche auf dem orientalischen Matratzenlager in Rosingers Zimmer und tranken und knutschten und fummelten ins neue Jahr hinein. Nur ich hing solo in den Kissen, ein Buch vor der Brust. Ich bin ja schüchtern.

Auch Alkohol hilft da wenig, das heißt zuviel, denn kaum habe ich mir Mut angetrunken, werde ich übermütig. – Auch ich hatte ein Mädchen kennengelernt, so ein niedliches, zartes mit ganz kurzen Platinhaaren. Oder sie hatte mich kennengelernt, fand mich wohl irgendwie interessant mit meiner dunklen Brille; jedenfalls kam sie schnurstracks auf mich zu und sagte: »Interessant ...« Und als ich so cool wie möglich »Wer?« fragte, meinte sie, es wäre interessant, daß ich nicht »Was?« geantwortet hätte. Weiber ... Und dann redeten wir über alles und nichts, das heißt: Sie redete. Kulturzeugs. Wollte zum Theater. Da müsse man aber Beziehungen haben, bla, bla. Und ich hörte scheinbar zu und war doch viel zu breit, um aufmerksam und geduldig zu sein. Aber dann gab es ein Loch im Redeschwall; die Schöne steckte sich eine Zigarette an, und

ich beugte mich vor, berührte mit der Nasenspitze den Silberring an ihrem Ohr und murmelte: »Weißt du was? Kunst ist ein Umweg. Ich würde gern mit dir vögeln.«
Sie stutzte nicht mal, blies den Rauch steil hoch und schenkte mir ein breites Lächeln. Es war weiß und strahlend und steril wie die Ambulanz einer Frauenklinik. Dann klopfte sie die Asche ihrer Zigarette mit dem Zeigefinger ab – es hatte sich noch keine gebildet, aber sie klopfte sie ab –, sagte immer noch lächelnd: »Ah ja? Du?« und löste sich in Luft auf.
So blieb ich denn allein am Rand des Matratzenlagers, fischte mir eins von Rosingers Büchern aus dem Regal und hielt es mir vors Gesicht. Und während ich mit gespitzten Ohren achtgab, ob nicht irgendwer zwischen den Kissen einen Kleinen versteckte, hörte ich ein Rumpeln in der Diele, dann ein Kichern, dann ein »Au!«. Und plötzlich stand sie im Raum.
Klein, mit ganz großen, erwartungsfrohen Augen, brachte sie einen Schwall frischer Winterluft mit, und die Flämmchen ruckten herum, schienen momentlang neben den Kerzen zu brennen. Sie hatte halblange, dunkelblonde Haare, trug eine grüne Baseballmütze mit hochgeklapptem Schirm, einen schwarzen Pullover, V-Ausschnitt, und von ihrem Lächeln hätte Oma Mia gesagt: »Mein Gott, die frißt eine Banane quer!« – Ziemlich flachbrüstig kam sie mir vor, doch ihre Hüften waren doppelt so breit wie die Schultern, und als sie sich noch mal umdrehte und »Komm schon! Ich kenne hier auch keinen!« ins Treppenhaus rief, zeigte sie allen einen Hintern, wie man ihn selten sieht. Selbst wenn die

Kleine zwei Meter groß gewesen wäre, hätte dieser Po, so ausladend wie er sich über den kurzen Beinen ins Zimmer wölbte, etwas Enormes gehabt; man wunderte sich unwillkürlich, daß er überhaupt in eine Hose paßte. Auch Rosinger, der mit zwei Kahlköpfigen voller Tattoos in der Ecke lag, blies erstaunt die Backen auf. Machte aber sofort wieder ein nettes Gesicht, als die Süße näher kam auf ihren flinken Stampfern.

»Hi!« sagte sie. »Schon alle im Bett? Ich dachte, hier ist 'ne Party …«

Ihre Stimme war wirklich ein Hammer. Ein zartes Silberhämmerchen. Diese Glockenbäume der Bergmannskapellen im Ruhrgebiet fielen mir ein. Und gleichzeitig war so ein Gurren darin; ein Wimpernschlag, und aus niedlich wurde sinnlich, ohne alle Schauspielerei. Doch ihre Figur, diese Birnenform in Jeans, relativierte das wieder.

»Na, was siehst du denn hier!« sagte Rosinger und zeigte in die Runde, auf die Bedröhnten, Knubbelnden, Schlafenden. – »Ist das etwa kein Fest? Leg dich mal rüber zum Lolly. Der ist unser Spezialist für Natursekt.« Echt ein Vollarsch, dieser Kerl.

Er sank zurück, zwischen seine Glatzen, die sich jeden erdenklichen Körperteil gepierct hatten, sogar die Zungen; wenn die knutschten, klang das, als würden sich zwei Drahtzäune küssen. Und dann ging die Tür noch etwas weiter auf, und Rosinger federte wieder hoch.

Als risse sogar der Rauch die Augen auf, schienen die Kerzen plötzlich heller zu strahlen, und wer bis dahin gedöst hatte, ich meine jetzt die Männer, wurde schlagartig wach. Man harkte sich mit den Händen durchs

Haar, zerrte an den verrutschten Klamotten herum, langte noch mal nach den Zigaretten und sah: Ein Traum betrat den Raum. Lange Beine, runde Hüften, steile Brüste, Kupferlocken. Das Fest begann.

»Ich bin Vanny«, sagte die kleine Dicke. »Und das ist meine Freundin Mara.«

Diese, ganz in enges Schwarz gekleidet und hier und da ein wenig goldverziert, setzte sich auf eine Stuhlkante und lächelte in die Runde, als wollte sie nun wirklich keinen Dank dafür, daß wir mit dem Klang ihres Namens beschenkt worden waren. Den gabs heute mal gratis. Und dem einen oder anderen Jungen, der die Augen nicht von ihrem hohlwangigen Rassegesicht lassen konnte, gönnte sie noch ein kurzes Schließen der Lider. Dann war aber Schluß. Dann schlug sie die Beine übereinander, verschränkte die Hände vorm Knie, richtete sich gerade auf und musterte die Kissenhöhle.

»Also was«, sagte sie halblaut zu ihrer Freundin und zog kopfschüttelnd die Nase kraus, als ihr jemand eine Bierdose hinhielt. – »Gehn wir wieder?«

Doch die Kleine, die es sich auf der Ottomane bequem gemacht hatte, stellte sich einen großen, noch immer nicht ganz geplünderten Weihnachtsteller auf die Schenkel und wühlte zwischen Nüssen und Printen herum, suchte wohl Schokolade. – »Och, wieso?« fragte sie. »Ist doch nett hier, oder?«

»Und wird immer noch netter!« grölte Rosinger, räumte ein paar Socken weg, einen Slip, lief in die Küche, um die Aschenbecher auszuleeren, und ich weiß nicht, ob stimmt, was die Klassiker sagen: Daß eine schöne Frau die Sitten veredelt. Die Trinksitten jeden-

falls veränderte diese Mara sehr. Denn plötzlich gab es frisch gespülte Gläser und Sherry und italienischen Schaumwein, den Rosinger irgendwo gebunkert hatte, und er band sich die Haare zu einem Zopf zusammen und zog seine fade Geräuschnummer ab. – Wenn er, der leidenschaftliche Comic-Leser, dir zum Beispiel eine Zigarettenschachtel hinhält, dann oft mit so einem Quietschen, als hätte er ein rostiges Armgelenk. Und Feuer kriegst du mit dem Fauchen eines Flammenwerfers. Wahnsinnig komisch. Doch weil er genervte Blicke einfach ignoriert und auch das Weinausschenken mit einem fröhlichen »Gluck-gluck-*gluck*!« synchronisiert, quetscht er früher oder später ein Lächeln aus der sauersten Braut.
Ein hauchzartes, wie in die Luft gezeichnetes Glas in der Hand, begann Mara sich wohler zu fühlen. Sie mochte es sichtlich, in der Mitte des Zimmers zu sitzen – um so mehr, als ihr Stuhl in der Ecke stand. Man überschlug sich gerade im Witze-Erzählen, sie lachte auf bei dem Wort »Babykonzentrat«, und während ich sie und das balzende Treiben ringsum beobachtete, kam mir der leise Verdacht, daß sie sich in Wahrheit gar nichts aus Männern machte, es aber sehr wohl genoß, wenn die sich ihretwegen den Arsch aufrissen. Und zugegeben, beim Anblick ihrer langen, alabasternen Hände und den leicht bedeckten Himmelfahrtsbrüsten wuchs auch mein Körper ein beträchtliches Stück über sich hinaus. Doch gleichzeitig sagte mir etwas in ihren Augen: Sie sieht zwar geil aus, *ist* es aber nicht. – Also wendete ich mich ab und blätterte weiter in dem Buch, einem Bildband über Ratten.

Und plötzlich hockte, nein, drängte sich diese Kleine mit der Baseballkappe zwischen mich und die Lampe, begutachtete meine Lektüre, und ich neigte den Kopf und blickte vorsichtig über den Rand meiner Sonnenbrille.

Die Frau hatte zartblaue, fast graue Augen, ein paar Sommersprossen auf der Nase, und der schöne breite Mund wies in den Winkeln ein wenig nach oben; wahrscheinlich sah das noch lächelnd aus, wenn sie traurig war. Mit einem kleinen Weihnachtsmann aus Schokolade wies sie zu den anderen hinüber. – »Magst du keine Witze?«

Ich schüttelte den Kopf, und sie sagte: »Ich auch nicht. Oder nur wenige. Kennst du den? – Zwirnchen, fünf Jahre, kommt aufgeregt zu seiner Schwester Pia, drei, und sagt: ›Stell dir vor, heute früh hab ich auf der Veranda ein Kondom gefunden!‹ Und sie: ›O wirklich? Geil! Was ist eine Veranda?‹«

Dann biß sie dem Weihnachtsmann die Mütze ab, strahlte mich kauend an und sagte mit dieser Stimme, die alles in mir prickeln ließ: »Wieso heißt du denn Lolly? Magst du auch so gern Süßes?«

Obwohl die Rumpelkammer, die ich damals bewohnte, kaum beheizbar war, es gab nur ein Warmluftgerät mit Propeller, wollte Vanina mit mir dahin, und wir legten uns in allen Klamotten auf die Schaumstoffmatratze, zogen die dünne Steppdecke bis unter die Nasen und schliefen ein, ohne uns auch nur geküßt zu haben.

Nicht, daß ich gehemmt gewesen wäre. In Rosingers

Höhle hatte ich ihr ein paar Schokoladenkrümel aus dem Ausschnitt geleckt. Doch hier, allein mit ihr, gab es plötzlich irgend etwas Eigenartiges zwischen uns, so ein hauchzartes, im Unsichtbaren glitzerndes Gespinst, und durfte noch nicht zerrissen werden. Das war sogar mit einem dicken Kopf zu fühlen.

Als der mich pochend weckte, war das Fenster voller Eisblumen, und die türkische Hauswartfrau mit der roten Mütze ging vorbei und rief irgendwem »Scheiß Neujahr!« zu. – »Wieder Schnee! Muß ich kratzen schon bei Früh!«

Das Zimmer roch nach Ruß und alter Wäsche, und ich fror und wollte mich fester in das Zudeck wickeln – wobei es Vanina von der schmalen, runden Schulter glitt. Sie lag auf der Seite, die Wange auf dem angewinkelten Arm, und schnaufte leise. Der Mund war leicht geöffnet, ich sah einen Schimmer der Zähne, weißer als weiß, rückte näher an sie heran und fühlte: Nicht nur die Schulter, die ganze Frau war nackt, trug nicht einmal einen Slip. Und während mir meine Füße vorkamen wie zwei Eis in Socken, war ihre Haut ganz warm, glatt und warm und hell-karamel; auch die Farbe der Brustwarzen unterschied sich davon kaum. Die kurzen Oberschenkel waren fast doppelt so dick wie meine, und als ich vorsichtig über ihren Hintern strich, schrieb sich die Rundung wie eine süße Prophezeiung in meine Handfläche ein.

Am erstaunlichsten aber fand ich ihre Waden. Was *die* Region betrifft – sie sagt alles über Vitalität und so –, bin ich wahrscheinlich ein gottverdammter Fetischist. Die Frau schob ein Bein auf die Steppdecke und noch nie hatte ich bei einer, die doch sehr wahrscheinlich nicht beim Ballett war, so schöne kräftige, wohlgeformte Waden gesehen. Ich war völlig durch den Wind. Da schlief sie friedlich in der Kälte, diese Butterblume, und plötzlich ging mir auf, daß das Wort Wade irgendwas mit Vase zu tun haben muß. Oder umgekehrt. Und dann nickte ich wieder ein.

Als ich das nächste Mal wach wurde, hatte sie mich wohl schon länger betrachtet. Halbaufgerichtet, das Kinn auf die Hand gestützt, lächelte sie mich an, zupfte mir ein Konfettiplättchen aus den Haaren, und dann räkelten wir uns und knubbelten rum und vermieden es immer noch, gefährliche Stellen zu berühren. Auch geküßt haben wir uns nicht; nur einmal, fast zufällig, streiften sich unsere trockenen Lippen: Blitzartig kriegte ich ein Rohr, und Vanina sprang auf, stampfte wie ein kleiner nackter Donner in den Raum, der Küche, Bad und Müllhalde in einem war, und putzte sich die Zähne.

»Laß doch schon mal Frühstück kommen!« rief sie. »So ein richtiges Neujahrs-Brunch! Mit guten Vorsätzen in Sauerrahm.«

Bei mir gab es nicht mal Knäckebrot, nur zwei Beutel Yogi-Tee, und wir zogen uns an und suchten in der Nähe nach einem Café; doch alles war geschlossen an diesem eisigen Feiertag. Also fuhren wir zu ihr, in den Wedding, Barfußstraße. Es war eine große, etwas düstere Wohnung mit zwei Eingängen und einem Berliner Zimmer, und es gab drei oder vier Mitbewohnerinnen. Am Postkasten standen nur die Familiennamen, an der Türklingel: Vanny, Luzie, Lia, Ria, Dörte (Kim).

Ich muß gestehen, ich finde Wohngemeinschaften ... Naja. Räume, in denen eine WG lebt, sind irgendwie raumlos; da fühle ich mich überhaupt nicht geerdet. Du weißt nie, wo wessen Intimsphäre beginnt, oder ob es überhaupt so etwas gibt. Und wenn die dann noch keinen Riegel an der Klotür haben ... Aber die vier Frauen in der Küche voller rankender Pflanzen schienen ganz nett zu sein. Sie hatten an dem Nachmittag schon die eine oder andere Flasche geleert, begrüßten Vanina mit großem Hallo, mit Küßchen, Umarmung und »Prost Neujahr!« und boten auch mir Champagner an. Doch Vanina verneinte für uns beide, wir wollten ja frühstükken, und während sie mir ein Tablett in die Hände drückte und Brot daraufpackte, Milch, Butter, Obst, erzählte sie den neugierig fragenden Frauen, alle schon über dreißig, mit wem sie wo gewesen war in der letzten Nacht.

»Ah, mit Mara!« sagte eine, ganz in Violett, leckte sich die Mundwinkel, und die anderen riefen: »Mara? Ah!«

»Na warte ...« murmelte eine andere. Sie hatte einen hauchfeinen Lippenbart und starrte grimmig in ihr Glas. – »Die reib ich mir auch noch rein.«

Man schlug sich lachend auf die Schenkel, und eine, in schwarzer Motorradkluft, prustete etwas Wein in die Blumen.

»Luzie, ich bitte dich!« sagte Vanina. »Hier steht ein Herr ...«

»Und ein schöner, schüchterner dazu«, sagte die in Violett. – »Kann er mich hören, oder ist er blind?«

Und Vanina: »Das ist eine Röntgenbrille.« – Sie stellte

den Toaster auf das Tablett. – »Ich hoffe, du hast saubere Wäsche an.«
»Die hat gar keine an!« sagte die Motorradbraut.
Dann wies sie mit einer Kopfbewegung auf die Frau, die ihr gegenübersaß: »Hier, Lia hatte gestern auch einen Kerl. Stimmts, Süße? Einen richtig großen Räuberhäuptling. Wieviel Zentimeter?«
Ich kriegte Harndrang von dem folgenden Kreischen.
Doch Lia wurde rot. Sie zupfte an den Bündchen ihres Baumwollkleids, strich sich eine Locke vom Spitzenkragen und hauchte: »Hört sofort auf!«
»Warum denn?« sagte die Lederne und blickte sich nach Vanina um. – »Sie hat *so* schön gestöhnt. Du glaubst es nicht. Ganz, ganz lange. Wir saßen hier und haben gelauscht und uns gefragt, was *das* wohl werden mag: Ein Junge oder ein Mädchen ...«
»Ach, du bist blöd!« rief Lia. »Aber echt! Man machts doch nicht nur *deswegen*, oder?«
Das Tablett war voll, Vanina schob mich aus der Küche, und ich hörte noch, wie der Damenbart hinter mir sagte: »Ach nein? Weswegen sonst?!«

In den ersten Tagen küßten wir uns nur. Knutschten uns fast um den Verstand. – Ehrlich gesagt, bisher war Küssen für mich immer nur die Vorbereitung aufs Vögeln gewesen. Ich absolvierte das zwar, weil es dazugehörte; doch in Gedanken war ich mit der Zunge längst woanders. – Jetzt, mit Vanina, wurde das Küssen zur Sensation, nicht nur weil sie so einen schönen vollen, alles verschlingenden Mund hatte. Es mag ja etwas technisch klingen, aber wir paßten augenblicklich zusammen, ohne jedes peinliche Probieren linksrum, rechtsrum oder wie – mein Gott, was kann das für ein Gewürge sein. Wie zwei glatt getrennte und gleich wieder zusammengehaltene Apfelhälften saugten wir uns aneinander fest, rollten quer durchs Zimmer und fielen erst wieder auseinander, wenn das süße Ziehen in der Brust nicht mehr auszuhalten war. Dann starrten wir japsend die Lampe an, tranken einen Schluck Wasser, machten ein paar Züge von der gemeinsamen Zigarette und sagten nichts. Und kaum hatten wir wieder Atem genug, bissen wir uns erneut in die Lippen und wären am liebsten nur noch Kuß gewesen, ganz ohne Körper und Zubehör.

»Jesus …«, keuchte Vanina in einer dieser Pausen. »Willst du nicht mal die Brille abnehmen?«

Ich erschrak ein bißchen, aß eine Traube, schüttelte den Kopf.

»Warum trägst du die überhaupt?«

»Na, weil ich kurzsichtig bin.«

»Schon klar. Aber wieso ist die so verteufelt schwarz? Willst du auch noch nachtblind werden?«

Vanina ist Krankenschwester, und wahrscheinlich hatte sie recht. Nach Sonnenuntergang sehe ich oft gefährlich wenig, der geborene Geisterfahrer. Doch das ist mir fast egal. Hauptsache, meine Augen bleiben im Dunkeln.

»Und wieso?« fragte sie. »Weil du das cool findest? Weil das so junkiemäßig abgefahren aussieht in den Clubs?«

Sie ließ nicht locker, und ich zerbiß die bitteren Kerne

und überlegte, wie ich es ihr sagen sollte. So beiläufig wie möglich, klar, aber ging das überhaupt? Es gibt Dinge, die scheppern noch in der Atmosphäre nach, wenn du sie nur denkst, und ich zog Vanina wieder an mich, zerwühlte ihre Haare, atmete durch und flüsterte es in ihren halb schon kußbereiten Mund.

Sofort stieß sie mich weg.

Das hatte sie natürlich nicht erwartet. Das vermutet keiner hinter dieser geilen Brille ... Da steht so ein hagerer, asketischer, fast immer dunkel gekleideter Typ mit traurigem Gesicht in der Landschaft herum, trinkt die Bitternis aus Flaschen, und du denkst dir übernächtigt brennende, alles durchschauende, weltmüde Existentialistenaugen hinter den schwarzen Gläsern – und dann das!

Vanina lächelte traurig, setzte sich auf, stopfte das T-Shirt in die Hose.

»Ach, so ist das?« sagte sie und holte geräuschvoll Luft. – »Naja, hätte ich mir eigentlich denken können.« Sie starrte vor sich hin und nickte, nickte, wollte gar nicht mehr aufhören mit diesem blöden Nicken. Auch blasser kam sie mir jetzt vor, tief enttäuscht.

»Wenn ich schon mal einen Typen kriege, dann immer mit Aids oder Jagdschein und so ...«

Charmanter konnte mans kaum sagen. Es wurde dämmrig im Zimmer und plötzlich auch kühl, und ich knöpfte mein Hemd zu und hätte mich gern für immer in eine dieser Blattpflanzen verwandelt. Oder in einen Radiergummi oder was. Und plötzlich fiel mir ein, daß ich Pluto noch begraben mußte.

»Armer Kerl ...«, murmelte Vanina. »Sowas ist nun wirklich Pech.«
Und als ich mich aufrichtete, nach Feuerzeug und Zigaretten langte und sie in die Taschen meiner räudigen Wolljacke stopfen wollte, fuhr sie herum, die Frau, drückte mich mit ihrem ganzen Gewicht auf den Teppich zurück und sagte: »So kommst du aber leider nicht davon, Honey. Wer mich hat, kriegt auch meine Makken. Zufällig finde ich Schielen nämlich *geil*!« – Und schneller, als ich mich wegwenden konnte, riß sie mir die Brille vom Gesicht.
Die Augen zuzukneifen, fand ich dann affig. Sollte sie ihn verlachen, meinen Silberblick; auch das ging vorbei. Und lange, eine quälende Ewigkeit lang sahen wir uns an, und ich überlegte, ob ich Pluto nicht einfach in die Mülltonne werfen sollte. Schließlich war die Erde hart gefroren, und ich hatte nur diesen Suppenlöffel.
Vanina schüttelte den Kopf und hielt sich eine Hand vor den Mund. – »Mein Gott!« – Sie flüsterte hinter den Fingern, und ihre Augen wurden immer noch größer. – »Das gibt es nicht ...«
Ich nickte, setzte meine Brille wieder auf, und die Frau lehnte sich zurück und steckte zwei Zigaretten an. Ihr Lächeln kam mir erst spöttisch vor, aber eigentlich war es ein Licht im Rauch. – »Das ist ja furchtbar, Mann. Echt schlimm. Wer um alles in der Welt hat dir gesagt, daß du *schielst*?!«

6.

Noris war immer unheimlich dezent, der geborene Gentleman. Noris trank sein Bier aus, zog den Reißverschluß auf, ließ sein Tier ans Licht und sagte: »Na los, mein Schatz!«

Fast jeder, der damals in die alte, aufgegebene Sargtischlerei hinter der Zeche kam, um mit uns zu kiffen oder zu trinken, wollte irgendwann von mir gewichst werden. Wahrscheinlich, weil ich so mädchenhaft aussah, so sanft. Wenn wir ein paar Bier zuviel getrunken hatten und alle neuen Pornohefte durchgeblättert waren, hätte ich vermutlich so eine Handgelenksbandage gebraucht. Kam aber nicht in Frage, auch Blasen und Küssen nicht, da blieb ich stur, und im nächsten Sommer waren die Interessen sowieso ganz anders gelagert. Denn wie auf eine stillschweigende Verabredung hin hatten plötzlich alle Freundinnen, auch solche wie Otten oder der beknackte Noll, der keine drei zusammenhängenden Sätze bilden konnte und Staubsaugertüten gequalmt hätte, wenn das berauschend gewesen wäre ... Sogar der kreuzte mit einer wirklich hübschen Mieze auf, war sichtlich enttäuscht, daß Noris und ich zwischen den Särgen saßen und dauernd »Sixteen« von Iggy Pop hörten, und zog wieder ab mit ihr, wahrscheinlich in die alte Ziegelei.

Plötzlich schien jeder etwas zu verschweigen und um ein Geheimnis reicher und erwachsener zu sein, überall lagen gebrauchte Kondome herum, und als mein Banknachbar Schulz einmal auf einer neuen Geländemaschine vorbeiknatterte und der Fahrtwind seiner Schö-

nen auf dem Sozius das zarte Kleid von den Schenkeln streifte, entfuhr mir ein derart sehnsuchtsvolles Seufzen, daß Noris lachte.
Und der wußte natürlich genau, warum ich keine Freundin hatte.
»Das hat überhaupt nichts mit deiner Scheu zu tun«, sagte er. – »Im Gegenteil. Mädchen mögen es, wenn Jungen etwas schüchtern sind; jedenfalls die guten Mädchen. Und auch, daß du nicht so männlich aussiehst wie Richter oder Heep, ist völlig egal. Ein sanfter Lolly bringt die doch viel mehr auf Touren – weil die vor dem weniger Angst haben, verstehst du?«
Und wieso war ich dann nicht von ihnen umlagert?
Noris hielt mir eine von seinen »Davidoff«-Zigaretten hin und sagte: »Ich will dir ja nicht zu nahe treten, aber du hast echt 'n Handikap, Kleiner. Hat dir das noch keiner gesagt? Du bist hübsch und alles, klar. Du hast sogar Klasse. Ein tolles Profil. Aber mit deinen Augen stimmt was nicht ...«
»Ich bin kurzsichtig! Das ist doch wohl kein Aussatz, oder?«
»Nein, nein.« – Er zupfte an seinem Ohrring herum. – »Davon spreche ich nicht. Ein bißchen unscharf sehe ich auch. Ist ja manchmal sogar ein Segen. Ich meine deinen ... Silberblick. Dein Schielen.«
Das war mir nun selbst neu.
»Mein *wie bitte*? Du spinnst wohl! Was verstehst du unter Schielen?«
Wahrscheinlich meinte er dieses blasse, mondfarbene Augenumfeld und den damit verbundenen Ausdruck, wenn ich die Brille abnahm. Ich selbst muß dabei oft an

Sommergras denken – nicht an das satte, grüne natürlich; an die Stellen unter den Steinen. Doch Noris schüttelte den Kopf.
»Schielen ist schielen«, sagte er, sah mich groß an und verdrehte die braunen Augen Richtung Nasenspitze.
Das gab mir dann doch einen Stich. Denn es stimmt zum Beispiel, daß ich so gut wie gar kein Augenmaß besitze. Ich sehe einfach nicht, ob etwas schief oder gerade ist, jedenfalls nicht genau, war deswegen aber nie auf den Gedanken gekommen ... Schließlich gibt es auch Leute, die sehen keinen Dreck. Und erst vor wenigen Tagen, beim Hochziehen des neuen Hühnerstalls im Garten, hatte Opa Paul mir die Kelle aus der Hand gerissen und »Geh!« gebrüllt. – »Hau ab zur Oma, Kaffee trinken. Du hast 'n Augenmaß wie 'ne Kuh!«
Sollte es also *daran* liegen?
»Ach, Quatsch!« sagte ich zu Noris. »Wäre mir wohl aufgefallen. Sehe doch jeden Tag in den Spiegel!« – In Wahrheit schaute ich sogar jede Stunde in den Spiegel. Sobald ich allein bin, mache ich mir richtig Spaß.
»Eben nicht«, sagte Noris. »Wenn man schielt, wenn die Iris-Achsen nicht parallel ausgerichtet sind, kann man das natürlich selbst nicht erkennen. Man steht ja nicht neben sich, oder? Der Schielende sieht sich immer gerade in die Augen. Frag den Arzt!«
Das saß. Das war bezwingend, machte mir schlagartig einiges klar. Schließlich, welchen Grund sollte Noris haben, mir irgendeinen Stuß einzureden; er war ein echter Freund. Und hatte ich im Hinblick auf die Mädchen nicht selbst schon den Verdacht gehabt, daß etwas nicht stimmte mit mir, irgend etwas Grundsätzliches,

das man mir mitleidig-taktvoll verschwieg? Nun war es also ausgesprochen.
Noris nickte. – »Das bringt die Bräute nicht unbedingt zum Jubeln, Mann. Die wollen knallharte Romantik. – Stell dir vor: Mondschein, laue Luft im Mai, der Flieder duftet sich fast den Arsch ab, und du flüsterst ›O Baby, Baby, ich liebe dich! Ich liebe dich so!‹ Und dabei umfaßt du ihre Hüften und siehst sie an mit diesem ausgerenkten Blick. – Welche Frau würde da keinen Lachanfall kriegen?«
Er griff nach meiner Hand, und plötzlich fiel mir auf, wie kalt, wie eiskalt meine Finger geworden waren. Ich schleuderte die leere Flasche in einen Sarg.
Noris grinste herb. – »Ja, sie können unvorstellbar grausam sein. Die wahren Opfer Hollywoods. Sie haben ganz feste Vorstellungen von Schulterbreite, Stimmtiefe oder Schwanzdurchmesser. Und wenn du denen nicht entsprichst, taugst du bestenfalls zum Pausenclown, aber nicht zum Kerl, zum Liebhaber, weißt du.«
Die riesige Fabrikhalle mit den zertrümmerten Fenstern, den Ölpfützen und Schutthaufen überall kam mir plötzlich wie mein eigener Innenraum vor, und ich kämpfte erst gar nicht mit den Tränen, war schon besiegt. Doch drehte ich mich etwas weg, damit Noris mein Gesicht nicht sah.
»Gott, was ist eine Frau ...«, sagte er tröstend und legte mir einen Arm um die Schultern. – »Kein Grund zum Weinen, oder? Tricks und Gerede – das ist eine Frau. Und später ein Haufen dreckiger Windeln.«
Er rückte näher, zog meine Hand in seinen Schoß, auf

das unmerklich herausgeschlüpfte, heiße Glied, das er sich immer mit Aftershave abrieb, und flüsterte nah an meinem Ohr: »Für diese Biester bist du einfach zu schade, zu zart ... Die machen dich fertig, Mensch. Die nehmen alles und geben dir nichts.«
Und ich, im Schock, ich ließ mich küssen, immer wieder, und heulte Rotz und Wasser, während ich ihm einen runterholte.

»Aber warum ...«, sagte Oma Mia. – »Schau in den Spiegel!«
»Ein Schielender kann doch nicht sehen, daß er schielt!«
»Nein? Wieso denn nicht?«
»Keine Ahnung. Das hat was mit seiner Achse zu tun oder so. Ich zum Beispiel sehe mich immer mit ganz normalen Augen. – Aber du, wie siehst du mich?«
»Ich? Mit meinen Augen natürlich, ganz normal.«
»Schon klar. Aber wie stehen *meine*? Sehe ich dich gerade an? Oder ein bißchen schräg? Oder wie?«
»Schräg? Eigentlich nicht.«
»*Eigentlich* nicht? Also doch ein wenig?«
»Nun ja ... Wenn du den Kopf so drehst ... Früher hab ich manchmal zum Opa gesagt: ›Schiel mir nicht in den Ausschnitt, du!‹ – Hatte er natürlich nicht getan. Aber ich wollte ihn mal wieder daran erinnern, daß ich ’ne Frau bin, weißt du.« Sie kicherte.
»Also, ich schiele, wenn ich den Kopf drehe?«
»Ach, du guckst dann schräg, wie alle!«
»Aber warum nennst du das *schielen*?«

»Weil man es eben so nennt. Weil die Augen dann nicht gerade stehen.«
»Und wenn ich den Kopf gerade halte – jetzt –, stehen die Pupillen dann genau in der Mitte?«
»Warte mal ... Ja ... Doch. Sind in der Mitte.« – Sie band sich eine Schürze um, Karos, Gurken, Rosen. – »Aber du hältst den Kopf nicht gerade.«
»Was sagst du! *Nicht?!*«
»Dreh das Kinn mal ein bißchen nach links ... Gut. Jetzt sitzt er richtig.«
»Aber Oma! So können die Pupillen doch nicht mehr in der Mitte stehen!«
»Nein? Ach Gott ... Dann eben nicht. Kein Mensch hat zwei gleiche Augen. Und jetzt laß mich mal in Ruhe. Ich muß Kartoffeln schälen.«
Meine Oma.

Stundenlang saß ich dann vor ihrer alten Frisierkommode und versuchte, mich in den Tiefen des dreigeteilten Klappspiegels bei einem beiläufigen, also nicht auf mich selbst gerichteten Blick zu erwischen. Doch wenn das einmal glückte, dann am weit entfernten Ende einer langen Reihe angestrengt starrender Lollys, wo die Sicht zu schwach für eine genaue Diagnose war. Also fuhr ich in die Innenstadt und taperte von einem Paßbildautomaten zum nächsten, ließ mich aus allen möglichen Blickwinkeln knipsen und kam mit Dutzenden dieser Fotostreifen in der Tasche nach Hause, um sie unter meiner Schreibtischlampe auszuwerten.
Doch auch hier gab es keine eindeutigen Ergebnisse. Blickte ich von links in die Kamera, schien der Rand

der rechten Iris näher am rechten inneren Augenwinkel zu liegen als der Rand der linken Iris am linken äußeren. Rein vermessungsmäßig konnte man hier also von einem Schielen sprechen. Blickte ich dagegen gerade in die Kamera – aber was heißt gerade –, kam mir manchmal das rechte, manchmal das linke Auge größer vor, und auch dieser Umstand, obwohl er etwas mit dem Biorhythmus und dem jeweils vorherrschenden Yin oder Yang im Körper zu tun hat, gab dem Blick etwas Ungleichmäßiges. Außerdem machte er ein genaues, mit dem Lineal vorgenommenes Messen des Augenabstands eher schwierig: Was war, unter diesen Bedingungen, genau?

Den deutlichsten Befund lieferte dann ein Farbbild, auf dem ich, schon etwas müde nach der Knipserei in allen möglichen Automaten der Stadt, von *rechts* in die Kamera blickte. Denn während die rechte Iris schön symmetrisch von meinem Augenweiß umrahmt wurde, war der Abstand der anderen zum linken inneren Augenwinkel überhaupt nicht mehr vorhanden! – Damit hatten wir den Beweis. Das Urteil. Die Schmach. Schlimmer konnte man kaum schielen.

Und während ich erschüttert auf das Foto starrte, fiel mir ein, daß mir kurz vor der Aufnahme, in der Ladenpassage, ein Staubkorn unters Lid geweht war und ich panisch daran herumgewischt hatte. So war, was ich noch für die rehbraune Iris hielt auf diesem mäßig guten und auch winzigen Foto, bereits der rotgeriebene Innenwinkel meines Auges?

Ich konnte keine Klarheit finden, auch nicht bei den Freunden, die ich außer Noris hatte. Zwar antworteten sie auf meine löchernden Fragen immer wieder, daß ich *nicht* schielte, aber ich sah ihnen das mühsam unterdrückte Grinsen an. Es ist doch klar, daß dir nahestehende Menschen in so einem tragischen Fall nie die ganze Wahrheit sagen. Um dich zu schonen. Und die anderen gucken kaum richtig hin bei ihrem Tanz um das goldene Ich, sehen immer nur die eigene, ach so kostbare Nase. Nicht einmal auf meine leibhaftige Mutter war Verlaß.

Sie wohnte damals ein paar Tage bei uns, wartete nervös auf eine Bewilligung aus Bonn. Ihr auf zehn Jahre begrenztes Einreiseverbot für die Schweiz war noch nicht ganz abgelaufen, und nun lag der Mann, der sie damals aus allem herausgehauen hatte und dem sie letztlich ihr Leben verdankte, schwerkrank in einem Spital bei Chur. Er war selbst Arzt, rechnete mit seinem baldigen Tod, und meine Mutter bekniete einen Botschaftssekretär nach dem anderen mit der Bitte, die sowieso bald hinfällige Sperre für drei oder zwei Tage aufzuheben. Sie führte also einen Kampf mit den penibelsten Beamten der Welt und brachte abends nur noch wenig Geduld auf für ihren Sohn und seinen vermeintlichen Knick in der Optik.

»Nerv mich nicht«, sagte sie und zog ihren verschwitzten BH unter dem T-Shirt hervor, schmiß ihn in die Ecke. – »Ich war heute mit lauter korrekten, völlig geradsinnig dreinblickenden Staatsangestellten zusammen. Also schiel mir was vor, wenn du willst. Ich werds genießen ...« Und dann trank sie einen Schluck Cognac aus der Flasche und stieß leise auf.

»Also findest du auch, daß ich schiele?« fragte ich und

schüttelte den Kopf, als sie mir einen ihrer holländischen Joints hinhielt.
»Jeder Mensch schielt ab und zu ... Wenn du müde bist oder vollgedröhnt oder richtig deprimiert, verrutscht dir doch das ganze Gesicht!«
»Aber ich *bin* jetzt nicht müde«, sagte ich. »Schau dir meine Augen an!«
Sie kratzte sich den Kopf, blies einen tief inhalierten Zug in Oma Mias Spitzengardine und sagte leise: »Wow!« Dann starrte sie eine Weile auf das goldgerahmte »Gletscherglühen« an der Wand, trank noch einen Schluck aus der Flasche und lächelte mich an. – »Wie? Was hast du gesagt?«
Ich wiederholte meine Bitte, und sie nickte, zog ihren Stuhl vor meinen, stemmte die Hände voller Silberschmuck auf beide Knie und sah mir, die Stirn gerunzelt, in die Augen.
»Tja ...«, sagte sie. »Gar nicht so einfach.«
»Was heißt das!« fuhr ich sie an. »Man sieht doch wohl deutlich, ob ein Mensch schielt, oder?«
Sie zog schon wieder an dem Joint, schloß die Lider und legte, während sie das Zeug in der Lunge behielt, den Kopf in den Nacken. Dann stieß sie den Rauch so nachdrücklich aus, daß die Fransen an der Deckenlampe tanzten.
»Nicht immer«, sagte sie endlich. – »Gib mir mal die Brille ... So. Entspanne dich. Und jetzt schau hierher, zwischen meine Brauen. Genau. Das ist das Stirn-Chakra, weißt du ... Indigo.«
Eine Weile saßen wir uns reglos gegenüber, und ich begann, mich leicht benebelt zu fühlen von dem Geruch

im Raum. Gras und Haschisch sind echt nicht mein Fall; da könnte ich genausogut Baldrian rauchen. Und Schlafschwierigkeiten habe ich wirklich nicht; brauche nur die Augen zu schließen, schon bin ich eingenickt, wie ein Tier. Ich schreckte zusammen, als Mary nach meinen Händen griff.

»Spürst du es?« flüsterte sie. Ihre Pupillen waren jetzt winzig.

»Was?« fragte ich, ebenfalls flüsternd.

Da gab sie mir die Brille zurück und murmelte: »Ach, egal ...«

Sie schien mein Problem schon wieder vergessen zu haben, stand auf, öffnete ihren Gürtel und zog die Jeans aus. Dann sah sie sich im Zimmer um, kickte meinen kleinen, vom Regal gefallenen Kinderteddy aus dem Weg, und die Art, wie sie zum Kleiderschrank ging mit ihren sonnengebräunten Beinen, dieses selbstgewisse, den alten Dielenboden erschütternde Auftreten, machte mich irgendwie stolz auf die Frau.

»Tut so eine Tätowierung weh?« fragte ich. – Sie hatte sich einen winzigen Kolibri an die linke Fessel stechen lassen.

»Paß auf, Kleiner ...« Zigarette zwischen den Zähnen, stieg sie in ihren weiten, zerknitterten Baumwollrock mit Gummibund und wußte sehr wohl, daß ich »Kleiner« nicht ausstehen konnte; schließlich war ich ganz normale eins achtzig groß, überragte sie also beträchtlich. – »Mutter Mary sagt dir mal was ...«

Sie setzte sich aufs Bett, langte nach der Flasche und warf mir den Korken an den Kopf. – »Du hast 'n Knall. Aber gewaltig.«

»Was meinst du jetzt?« fragte ich erleichtert. »Ich schiele *nicht*?«
Sie schmunzelte und sank zurück, in die Kissen. – »Ich würds anders formulieren. Also, wenn du die Brille abnimmst, ist da schon etwas. Vielleicht so ein ganz, ganz leises … Wie heißt das noch? ›Strabismo di Vênere‹, glaub ich.«
»*Was?!*«
»So nennen es die Italiener. ›Das Schielen der Venus‹. Damit meinen sie diesen hauchzarten, kaum merklichen Silberblick bei manchen Frauen. Er wird als Zeichen von Kraft und sexueller Vitalität gedeutet.«
Sie beulte sich die Wange mit der Zungenspitze aus, raffte den Rock hoch, zwischen die Schenkel, und trat mir vors Knie. Ich hatte nämlich damit begonnen, Omas Alpenveilchen ein Ohr abzureißen.
»Laß den Quatsch! Komm, leg dich her und erzähl mir was. Von deiner Freundin, zum Beispiel. Ist sie nett? Machst du sie glücklich?«
Ich blieb sitzen und sagte: »Ich hab keine Freundin.«
Sie grinste. – »So siehst du aus … Natürlich hast du! Und wahrscheinlich ist sie richtig hübsch. Welche Art Frauen magst du? Solche wie mich? Blond, nicht zu groß, nicht zu schlank? – Ich glaube, da gibts eine Art psychologischer Grammatik, oder? Ich habe mir immer Männer gesucht, die ein bißchen wie mein Vater waren, also dunkelhaarig, nicht zu klein, nicht zu jung, und vor allem schlank bis hager, Asketen eben.«
Ich lachte auf. – »Da hast du mit Big Daddy ja einen Volltreffer gelandet!«
Sie ging gar nicht darauf ein, schloß nur einmal kurz

die Augen und sagte: »Meine Eltern haben mich auch immer gefragt: ›Na, noch keinen Freund?‹ Und ich: ›Nö, nö ... Wozu?‹ Und als ich fünfzehn war, kam mein Vater ins Zimmer, räusperte sich, knackte mit den Fingerknöcheln und fing allen Ernstes an, seine kleine Tochter aufzuklären darüber, was die Bienen in den Blüten treiben, und so weiter. Wirklich süß. Atemlos hörte ich mir den Vortrag an, eine geschlagene Stunde lang, total geschockt. Denn plötzlich wurde mir klar, wie weit ich mich von meinen Eltern entfernt hatte, von ihren Vorstellungen von mir. Seit zwei Jahren vögelte ich mit allen möglichen Jungs herum, hatte immer eine Packung Präser in der Tasche. Und die erzählen mir was von Schmetterlingen ...«

Sie gluckste leise, hielt mir die Flasche hin. Ich winkte ab.

»Und von dir denkt Oma Mia auch, daß du nichts als ein scheuer Musterschüler bist, oder? Und in Wahrheit träumst du nur von süßen Muschis.«

»Ich bin kein Musterschüler.«

»Ach nein?« – Sie gähnte. – »Naja. Gibts hier eigentlich Musik? Was hörst'n du? So'n Techno-Kram? Sven Väth und diese Latexleute?«

»Eher nicht. Eher Klassisches.«

»Ah, gut. Mozart? Bach?«

»Nirvana«, sagte ich. »Die frühen Pearl Jam.«

»Hm ... Da fällt mir ein: Wenn du meinst, daß du schielst, warum trägst du dann keine Sonnenbrille? So eine tiefschwarze. Sieht bestimmt schau aus in deinem blassen Gesicht. Und jetzt laß endlich die Blumen in Ruhe, verdammt! Die haben auch eine Seele ...«

Die verläßlichste Diagnose erhoffte ich mir dann von Opa Jupp. Der war gradlinig und genau, der kannte keine Rücksicht auf irgendwelche Eitelkeiten und würde mein Schielen, wenn es denn eins war, schonungslos beim Namen nennen. Also setzte ich mich zu ihm, ins Wohnzimmer, und wartete darauf, daß er seine »Neue Ruhrzeitung« sinken ließ und mich wie immer wortlos, nur mit diesem Kinnruck, fragte: Was willst du. Was ist Sache.

An dem Tag rührte er sich aber nicht, und ich sagte: »Opa Jupp, schaust du mich bitte mal an?«

»Ich weiß, wie du aussiehst.« – Eine Anspielung auf meine Haare, die ihm immer zu lang waren.

»Opa Jupp, ich hab ein Problem …«

»So? Dann sieh mal zu, daß du damit fertig wirst. Gleich gibts nämlich Essen. Und dann graben wir den Garten um.«

»Ich möchte das Problem aber gern mit dir besprechen.«

»Dazu bin ich nicht da. Geh zur Oma.«

»Opa Jupp, bitte! Fünf Minuten.«

»Herrgott … Ich weiß gar nicht, was das immer soll mit diesen Problemen. Als hätte man nicht Plackerei genug. Ihr könnt heute schon gar nicht mehr leben ohne sowas, oder? Das muß 'ne Sucht sein. Wir hatten früher auch keine Probleme, und trotzdem ging alles gut!« – Er ließ die Zeitung sinken. – »Also, was ist!«

»Sieh mir bitte mal in die Augen.«

»Na, was tu ich wohl gerade?«

»Du schaust an mir vorbei. Blick mir genau in die Pupillen. Ja, so … Was siehst du?«

»Daß du deine Brille ein bißchen pflegen könntest. Weißt du, was die gekostet hat? Dafür bin ich nicht schubbern gegangen mein Leben lang!«
»Okay, okay! Aber sag mir jetzt mal, was mit meinen Augen ist. Stehen die gerade? Stehen die schief? Wie sehe ich dich an?«
»Was soll das heißen!«
»Naja, ich meine: Schiele ich? Habe ich einen Silberblick?«
»Ob du *was* ...?«
Er senkte die Stirn, zog die Brauen zusammen, holte tief Atem, und ich hob beschwichtigend die Hände. Doch dann dachte er wohl an sein Herz, seine Galle, den Magen, schluckte das Donnerwetter hinunter und stieß nur Luft durch die Nase aus. Verschwand wieder hinter dem Blatt. Und während ich überlegte, ob ich weiter bohren sollte, schlug Oma Mia nebenan auf den Tischgong. Die Suppe war fertig.
Plötzlich – so schnell, daß die Seiten knallten – ließ er die Zeitung wieder sinken und schrie: »Ob du schielst? Ob du *schielst*?! – Mein lieber Mann, ich will dir mal was sagen! Hör gut zu, hörst du! Wer mich derart zum Gespött macht vor den Nachbarn, wer so krumm und buckelig arbeitet, wer trotz Schnur und Wasserwaage nicht eine *einzige* gerade Reihe mauern kann, der schielt. Und *wie* der schielt! – Geh raus, guck dir den Hühnerstall, guck dir die Ecksteine an! Die hängen werweißwo, aber nicht im Lot! 'ne Frechheit ist das. Wer so arbeitet, *kann* nur einen Sehfehler haben. Der schielt wie 'ne Eule bei Vollmond! Ja-wohl!«
Und am nächsten Morgen fuhr ich in die Innenstadt,

zum Optiker, und bestellte mir neue Brillengläser mit der stärksten verfügbaren Tönung, fünfundneunzig Prozent. Und sah auch keinem mehr ins Gesicht. Jedenfalls nicht direkt. Und wenn sich das gar nicht vermeiden ließ, kniff ich – scheel blickt man nur mit beiden Augen – eins zu: Die stechende Sonne, sogar nachts. Oder rieb daran herum, als wäre mir eine Wimper hineingeraten, und starrte auf meine Schuhspitzen, während ich zu einem Mädchen sagte: »*Wo* wohnst du? Da oben, im dritten Stock?« Oder: »Steht dir gut, die grüne Mütze …«

7.

»Du hast 'n Knall!« bestätigte Vanina, streifte sich den Pullover über den Kopf und drückte mir ihre spitzen Brüste auf die Augen. – »Meinst du, ich würde mit einem schielenden Mann ins Bett gehen? Der greift doch immer daneben …«

Und in den ersten Wochen mit ihr vergaß ich nicht nur meine schiefe Achse; ich vergaß oft sogar, daß ich kurzsichtig war. Irgendwie standen wir immer unter Strom – ein lautloses Summen im Körper, in jeder Nervenfaser; alles wurde klar und leicht, alles gelang. Ich hatte plötzlich das Gefühl, jede erdenkliche Zukunft meistern zu können, hielt mich mühelos gerade, meine Stimme klang wie eine Stimme, und irgendein unsichtbares Strahlen bewirkte, daß die meisten Menschen nett zu uns waren. Einmal, ich ging versehentlich ohne Geld aus dem Haus,

kriegte ich sogar eine Bratwurst für den Restbetrag, der noch auf meiner Telefonkarte war.
Wir fühlten uns dauernd hellwach erschöpft, hatten immer so überweiche rote, fast wundgeküßte Lippen und sprachen, als würden wir uns schon ein Leben lang kennen, nie laut miteinander. Das meiste verstand sich sowieso ohne Worte. Doch waren wir mal einen Tag getrennt, telefonierten wir uns die Ohren schwarz. Ich schleppte fuderweise Blumen in Vaninas Wohnung, sie verwöhnte mich mit Eis und Schokolade, und einmal brachte ich zweihundert Kerzen mit, stellte sie um ihr Bett herum und zündete sie an. Es wurde so warm, daß wir uns, trotz des Schneefalls draußen, bei weit geöffnetem Fenster liebten.
Dabei konnten wir in der ersten Zeit überhaupt nicht miteinander schlafen, jedenfalls nicht richtig. Eine irre Qual.
Vanina war noch Jungfrau, wollte es aber längst nicht mehr sein. Trotzdem war es mir kaum möglich, ihre Körpermitte zu berühren, auch nicht in der größten Erregung, denn sobald ich eine Hand darauf legte, wurde es dramatisch: Sie fing an zu weinen. Zunächst leise, wobei sie sich einen Arm über die Augen legte, so daß ich ihr Seufzen und Schniefen noch für den Ausdruck von Vergnügen hielt. Aber schließlich zitterte sie am ganzen Körper und schluchzte ungehemmt laut, und als ich erschrocken fragte, was los sei, schüttelte sie den Kopf, umklammerte mich fester und schwieg. Oder sagte höchstens mal: »Entschuldige. Ich bin ein bißchen verrückt.« Und dann küßten wir uns wieder.
Erst nach und nach erfuhr ich Näheres. – Sie selbst

konnte ihr süßes Geheimnis nicht berühren, höchstens mit dem Waschlappen, dem Schwamm, und dann nur ganz schnell, bei zugekniffenen Augen. Auch hatte sie, fast zwanzig Jahre alt, noch nie im Leben masturbiert. Sie schaffte es einfach nicht. Wann immer sie sich fiebernd zurücklehnte, sich langsam liebkoste oder wild durchknetete und schließlich die Beine spreizte, um ihre Klitoris zu streicheln, fing schon im nächsten Moment der Horror an, lähmte irgendeine unsichtbare, nicht zu überwindende Kraft, oft eine Haarbreite vor dem Ziel, ihre Hand. Es gab Tage, da versuchte sie es mit Alkohol, mit Gras, es gab Tage, da machte sie alle erdenklichen Entspannungs- und Affirmationsübungen, flüsterte halbe Stunden lang »Ich will, ich darf, ich kann!« – und konnte schließlich, im entscheidenden Augenblick, doch nicht. Und dann lief sie weinend in die Küche und aß ein Riesenbrötchen mit Fleischsalat, trank eine Literflasche Cola, rauchte drei Zigaretten hintereinander und löffelte noch einen Pott voll Müsli mit Vanillecreme aus.

Die Ursache des Dramas hing im Schatten an der Wand, in einem Silberrahmen. Das graue Kleid, sein Schnitt, hatte ungefähr den Sex-Appeal einer Sauerkohltonne, und die Perücke schien etwas in die Stirn gerutscht zu sein und war gar keine Perücke, wie ich später erfuhr. Hinter der dicken Hornbrille wirkten die Augen winzig und der Mund, nur ein Strich, schmunzelte streng und schien soeben gesagt zu haben: »Warte, dich kriege ich auch noch klein.«

Vaninas geliebte Mutter, Wirtschafterin in einem Diakonissenheim, hatte ihr nämlich von früher Kindheit, ja vermutlich von den ersten Säuglingstagen an immer dann auf die Finger gehauen, wenn sie sich »da unten« berühren wollte. Und da sie ein durchaus lebensfrohes und sinnliches Kind war, hatte sie vermutlich oft dort hinfassen wollen. Dann setzte es eben sehr, sehr oft und immer fester etwas auf die Finger, denn: »Da ist *pfui*!« – Und wenn Klein-Vanina vor Schmerzen weinte, pustete die Mutter oder wickelte ihr einen kalten Umschlag um die Hand, und dann gab es etwas Anständiges, einen Quadratmeter Süßes vom Blech und eine Suppentasse voller Haferflocken mit Kakao. Das Kind muß gedeihen.

Und dem jungen Hund, den sie später bekam, durfte sie während ihrer Spaziergänge immer Zitronensaft aufs Geschlechtsteil träufeln: Damit er genau auf die Stelle pinkelte, auf die er, dem Wunsch der Mutter gemäß, sein Leben lang pinkeln sollte. Doch er kriegte Peniskrebs, wurde nur drei Jahre alt.

Nun konnte Vanina natürlich von Glück reden, daß es mich gab und sie sich in mich verliebt hatte: Doktor Lolly, der promovierte Glücksbringer, erkannte das Problem. Doktor Lolly behandelte. Doktor Lolly heilte. Und zwar schmerzlos, in tiefer Nacht. Im Traum.

Denn nachdem wir mal wieder endlos alles Mögliche und Unmögliche ausprobiert hatten, um uns einen gemeinsamen Abflug zu verschaffen und dies dauernde Seelenglühen wenigstens für Momente abzukühlen, schliefen wir vor Erschöpfung ein. Das heißt, Vanina schlief, und ich starrte noch eine Weile die Zimmerdecke an und dachte darüber nach, warum ich bis jetzt noch nie ein wirklich gutes Betterlebnis mit einer Frau gehabt hatte. Immer gab es irgendein gottverdammtes Handikap oder Problem, irgendeinen Krampf, und ich fragte mich ernsthaft, ob diese ganze Vögelei überhaupt nötig war.

Ich meine, wenn man Kinder will – okay. Aber sonst: Wird dieser ewige Sex-Kram nicht tierisch überschätzt? Wollen wir nicht etwas ganz anderes, womöglich eine höhere Vereinigung oder Hingabe, wenn wir uns mit jemandem ins Bett legen? Denn richtig glücklich und zufrieden fühlte ich mich nach so einem Fick eigentlich nie. Der Druck war für eine Weile weg, jedenfalls der körperliche. Aber weil ich mich sofort wieder fragte, wie ich dieses häßliche Kondom entsorgen sollte, ohne lächerlich zu wirken, und ob ich auch alles richtig gemacht hatte oder zu früh gekommen war, und warum mich die Frau so lauernd von der Seite ansah oder gar ironisch wurde, was weiß ich, konnte von Zufriedenheit natürlich keine Rede sein. – Da fühlte ich mich doch entspannter, wenn ich eine von diesen Yoga- oder Meditationsübungen machte, die Kosta mir gezeigt hatte …

Endlich schlief ich ein und träumte irgendwas von Zollstöcken und Schnecken, und jemand in einer Mönchskutte sagte: »Dein Fundament sind feuchte Hände. Doch du bist mit der Gnade des Glaubens begrüßt.« Und als ich wach wurde, mitten in der Nacht, hörte ich Vanina vor Schmerzen stöhnen und tastete nach dem Lampenknopf. Doch schien das Bett sich gedreht zu haben, ich fühlte ihr Gesicht und wie sie mir in die Hand biß, an meinem Daumen saugte und erwachte nun vollends. – Offenbar waren unsere Körper gewandelt im

Traum, jedenfalls ein paar entscheidende Zentimeter weit, hatten wie von selbst zueinander, aufeinander, ineinander gefunden, und Vanina flüsterte mir »O ja!« ins Ohr. »Ja, ja!« Und dann brauchten wir keinen Lichtschalter mehr. Dann waren wir erleuchtet. Und vögelten bis zum Morgen.
Frühstückten mittags und vögelten bis zum Abend. Ließen uns zwei Pizzas kommen, Salate, Wein, und trieben es bis in die Nacht. Mensch, wir stanken vor Glück, und sogar in dem hallenden Bad, unter der Dusche, die eigentlich als Erholung gedacht war, steckten wir plötzlich zusammen. Und die Nachbarn pochten gegen die Wand.

Fast täglich mußten wir die Bettwäsche wechseln, und eines Morgens brannte es zwischen meinen Beinen, das Organ war rot geschwollen, ich kriegte die Vorhaut nicht mehr über die Eichel, und Schwester Vanina kaufte mir Vaseline. Was uns auf eine andere nette Idee brachte … Und ihr eine Woche später eine schmerzhafte Blasenentzündung, die sogenannte Honeymoon-Zystitis, bescherte.
Also schüttelten wir die Kissen auf, legten uns brav nebeneinander, tranken furchtbar gesunden Tee und faßten uns nicht an. Oder nur kurz und behutsam hier und da. Und nahmen uns reumütig vor, demnächst etwas hygienischer zu vögeln. Oder uns bloß zu streicheln.
Aber schon in der nächsten Nacht saß Vanina wieder auf mir, und wir betasteten uns in der Dunkelheit, die kaum erhellt wurde von dem Glutschein aus der offenen Klappe des Kachelofens, und die Schatten der Zim-

merpflanzen schienen die Ohren zu spitzen ... Doch wir blieben ganz ruhig, rührten uns nicht, hatten Angst, einander weh zu tun. Wir atmeten langsam und tief in einem wechselseitigen Rhythmus, in dem Vanina sich ein wenig verengte oder weitete, und nach und nach, ohne jede mutwillige Bewegung, entstand so eine inwendige Körpermelodie, die uns endlos durch die Stille trug, während an dem Winterfenster immer wildere Eisblumen wuchsen.

Aber dann war die Nacht vorbei. Dann legte mein Mädchen den Kopf in den Nacken, hob ihre Hände vor die Brust und spreizte die Finger, als wollte sie etwas Herannahendes abwehren oder sich daran festklammern, und im Ofen rutschte Asche von der Glut, als sie flüsterte: »Jetzt kommt Gott!« Und ich streckte mich, dehnte mich immer noch weiter über meine Konturen hinaus, schmolz bei lebendigem Leib und hörte in Vaninas Schreien sämtliche Stimmen und Sprachen der Welt in einem Moment. Und verstand sie alle.

Dann schliefen wir dreizehn Stunden lang und sahen uns morgens mit anderen Augen. Der Schnee unter dem blauen Himmel war blendend weiß, und auf dem Kanal, auf einer scharfkantigen Scholle, stand ein blutender Schwan und sah zu uns herüber, als hätten *wir* ihn verletzt. Und als ich sie fragte, was sie mit »Jetzt kommt Gott!« gemeint habe, biß sie in einen Apfel und sagte: »Es ist doch etwas Heiliges. Das Gebet der Körper – findest du nicht?«

8.

Tante Wolle wurde nicht müde, nach Mimmi zu rufen, hatte sich wahrscheinlich längst in Trance gewimmert, und wenn es stimmt, daß es Tonfrequenzen gibt, die in der Lage sind, Materie zu zersetzen, dann würde wohl demnächst, nach einem letzten leisen, in der richtigen kosmischen Sekunde ausgestoßenen »Mimmilein …!« die Altbauwohnung zu Schutt zerfallen. Der Gehirnkasten ihres Schwiegersohns, eines feisten Fünfzigers im Jägerlook, war jedenfalls schon bedenklich mürbe, schrie er doch immer wieder genervt: »Verdammt, halt endlich den Rand! Tot ist tot, kapierst du das nicht! Mimmi ist *tot*!«

Doch Tante Wolle glaubte offenbar an die Unsterblichkeit oder daran, daß Mimmi wiederkehren würde, und sei es als Engel, eine Katze mit Flügeln. Sie kaufte nach wie vor Futter, streute irgendwelche, sogar von den Tauben verschmähte Knabber-Knackies auf die Fensterbank oder stellte ab und zu eine geöffnete Dose »Vier-Fisch-Menü« in den Treppenflur, garnierte sie mit einer Osterglocke aus Seide und hoffte auf ein Wunder. – Doch Mimmi ließ sich nicht herab aus ihrem Katzenhimmel.

Also wurde weiter gejammert, Tag und Nacht, und als der Schwiegersohn irgend etwas aus Porzellan an die Wand schmiß und ihr drohte, sie in die Klapsmühle zu stecken oder ihr die Stimmbänder herausoperieren zu lassen – er hat wohl was anderes gebrüllt, dem Ton nach aber dasselbe –, war die Zeit der Trauer erst einmal zu Ende. Und die Trotzphase begann.

Lag es daran, daß Tante Wolle die steril geweißten Zimmer plötzlich nicht mehr mochte? War sie das reine Einerlei ihres Lebens leid? Oder hatten die Kinder den Kostplan geändert? – Jedenfalls schien sich ihr Darm, ein erstaunlich genaues Organ, Punkt neun Uhr morgens schlurchte sie zum Klo, plötzlich an keine Zeit mehr halten zu wollen. Und auch sein Inhalt, die Konsistenz, sag ich jetzt mal, machte sich zunehmend dünn und pfiff darauf, ob sie es noch schaffte bis zum Klo oder nicht.

Hochsprache hin oder her: Sie schaffte es also meistens nicht und schiß das halbe Treppenhaus voll. Oder wenn sie doch mal die Tür erreichte, kam sie nicht mehr auf den Topf. Und schiß, schon zum Hinsetzen gebückt, in hohem Bogen die Wände, das schmale Fenster, die frische Rolle Klopapier an. Und das nicht einmal, zweimal ...

Tag für Tag wurde ich wach von dem Gestank, schlüpfte in meine Plastiklatschen, ging zum Ausguß, füllte mehrere Eimer mit Wasser und spülte die Scheiße die Treppe hinunter. Oder holte mir vom Hauswart einen Schlauch und spritzte die kleine Kammer aus. Und weil die nicht beheizbar war, der Winter aber gerade keinen Spaß verstand, hatte man danach das Gefühl, ins Eisfach zu pinkeln. Während Tante Wolle einen halben Stock höher im Pelzmantel saß und ihr ewiges »Mimmi!« an die Scheibe hauchte. – »Mimmilein ...«

Wir waren im Kino gewesen und hatten uns danach gestritten, weil Vanina nicht wollte, daß wir zu ihr gingen. Die Freundinnen regten sich neuerdings über unser dauerndes, oft lautstarkes Gevögel auf, und dann: »Daß immer ein Mann in der Wohnung ist – war das so gedacht? Sind doch ganz andere Schwingungen, oder?«

Das hatte diese Luzie einmal gesagt, in der Diele, wohl wissend, daß ich in Hörweite saß. Und natürlich zeigte mein Mädchen Verständnis dafür, schien sogar etwas eingeschüchtert zu sein und wollte jeden Streit vermeiden – was ich wiederum haarsträubend fand. Denn für mich waren das alles frustrierte Zicken, früh ergraute, dem eigenen Geschlecht nicht gewachsene Fünfunddreißigjährige, die sich an der kleinen Vanina dafür rächten, daß sie nie im Leben so gefickt worden waren. Überhaupt widerte mich das Getue dieser Schreckschrauben mehr und mehr an, ihre Umarmungen hier, das Gestreichel da, und wie sie Vanina, »unsere Vanina«, immer nur »putzig«, »niedlich«, »lieb« und »handlich« fanden, wie Nippes – und das in meiner Gegenwart, versteht sich, als sollte mir klargemacht werden, daß ich Milchbart keine *Frau* erobert hatte, sondern allenfalls eine Süßigkeit.

In ihrer Liebe trug Vanina eine unsichtbare Krone und strahlte noch Majestät aus, wenn sie ein Ei in die Pfanne schlug. Als ich ihr einmal ein Kleid schenkte, ein schlichtes dunkelblaues Leinenkleid mit rechtwinkeligem Ausschnitt und etwas länger als knielang, so daß ihre wunderbaren Waden voll zur Geltung kamen, und sie zudem plötzlich zwei dunkelblaue, noch nie getragene Wildlederpumps mit kleinem Absatz aus dem Schrank zauberte und sich strahlend ihren Freundinnen präsentierte, gab es erstaunte Pfiffe, Bravo-Rufe und

Applaus. Und auch ich fand, daß sie umwerfend aussah, endlich nicht mehr »schnuckelig«, nicht mehr wie ein Pummel mit lachhaft dickem Hintern – endlich wie eine Frau, eine stolze, sinnliche, der man sofort ein Kind machen möchte. Sie mußte sich wieder und wieder drehen, und Luzie rief: »Mein Gott, du kriegst ja richtig volle Brüste!«

Zum Spaß legte sich Vanina einen Strauß aus Schleierkraut und Rosen in die Armbeuge, und die anderen tauschten vielsagende Blicke oder grinsten, Dörthe schob ein Hähnchen in die Röhre, und dann sagte Mecki, diese Lederbraut, die gerade eine Zwiebel hackte: »Also, mir wäre so ein Fummel zu hübsch. Ist doch eher was für Weibchen, oder ...?«

Und zehn Minuten später trug Vanina wieder Jeans. Und ihre grüne Baseballkappe.

»Also gut«, murrte ich, »schlafen wir bei mir. Der Ofen ist zwar kaputt, und ein Bad habe ich auch nicht. Aber dafür kackt uns Tante Wolle vor die Tür ...«

Doch das tat sie an dem Abend nicht mehr. Das, wir rochen es im Parterre, hatte sie längst getan, und Vanina hielt sich ein Taschentuch unter die Nase.

Was meine Nachbarin seit ihrem letzten Stuhlgang gegessen haben mochte, war natürlich nicht mehr auszumachen; nur so viel: Sie hatte *Unmengen* gegessen, die jaucheartige Ausscheidung triefte von den Treppen, die Spritzer reichten bis an den Lichtschalter heran, und obwohl der Schließmuskel der Frau bereits vor ihrer Wohnungstür versagt haben mußte, hatte sie noch versucht, aufs Klo zu gelangen. Und es fast geschafft.

Jedenfalls hockte sie mit einer Gesäßhälfte auf der nackten Schüssel, stemmte eine Hand gegen die Wand, hielt mit der anderen die Kette fest, und der alte, unter der Decke angebrachte Wasserkasten röhrte und gurgelte, als wäre auch ihm lange nicht mehr so übel gewesen. Die wollene, wohl einmal rosafarbene Unterhose der Frau hing zerrissen an der rechten Fessel, und das linke Bein war ihr nach hinten geknickt, weggerutscht auf dem glitschigen Boden; sie kniete in der eigenen Scheiße, weinte lautlos und kam nicht hoch.

»Ach Kinder, Kinder, ist das peinlich! Sowas gabs ja noch nie!«

Und als wir sie vom Klotopf zogen, auf der Schwelle zum Stehen brachten und mit zartem, vierlagigem Toilettenpapier vom Gröbsten befreiten, jeder ein Bein, blickte sie mit großen Augen ins Treppenhaus und flüsterte: »Liebe Güte! Da war sogar die Mimmi reiner ...«

Dann brachten wir sie in ihre Wohnung, setzten sie auf einen Stuhl, machten Wasser warm und kramten frische Wäsche aus dem Schrank. Auch das Bett, die Schlafcouch, mußte neu bezogen werden, und wir schrubbten den Küchenfußboden und wischten unzählige braune Fingerabdrücke von Wänden und Möbeln. Als das Wasser in den Töpfen und Kesseln die richtige Temperatur hatte, gossen wir es in eine wadenhohe Plastikwanne, zogen Tante Wolle aus und halfen ihr hinein. Sie konnte nur darin stehen, hielt sich am Besenschrank fest, und während Vanina sie vorsichtig wusch, ging ich zum Hauswart, lieh mir den Schlauch und spritzte Klo und Treppenflur aus.

Das dauerte lange, zumal ich noch so ein beißendes, extra für diese Anlässe gekauftes Desinfektionsmittel versprühte, »Sakra-Sanctus, die Bazillenkeule«, oder wie das heißt, und als ich einigermaßen benebelt und mit weggeätzter Geduld in die Wohnung zurückkam, war Vanina immer noch nicht fertig. Sie hatte Tante Wolle ein frisches Nachthemd angezogen und sie auf die Schlafcouch gelegt, hielt Watte und ein Fläschchen »Penaten«-Öl in den Händen und bedeutete mir mit einer Kopfbewegung, wieder zu verschwinden.

Also ging ich in meine Wohnung, legte mich in das kalte Bett und wartete, rauchte, las. In der Luft, die aus dem Propellerofen stieg, waberten die Konturen, als wären sie aus Gummi, und manchmal hörte ich Vanina lachen, manchmal kicherte Tante Wolle, dann wurde das Radio angeschaltet, »Wiener Blut«, und schließlich nickte ich ein. Und wurde erst wieder wach, als Vanina sich zu mir legte.

»Donnerwetter …«, murmelte ich und sah auf die Uhr. »So ausgiebig möchte ich auch mal von dir gepflegt werden.« – Und sie gähnte, fröstelte, angelte mit klammen Fingern nach meinem Schwanz: »Wirst du, Geliebter. Wirst du gleich …« Dann schlief sie ein.

Am nächsten Morgen mußte sie zum Dienst, und wir tranken eilig einen Kaffee in einem Stehausschank. Ich war schlecht gelaunt, hatte wohl einen Kater von dem Desinfektionsmittel und faselte etwas von beschissener Liebesnacht und was man nicht alles tue für so eine wildfremde Oma …

»Wen meinst du?« fragte Vanina. »Die Frau, die wir gestern aus dem Dreck gezogen haben?« – Ich sagte nichts, kam mir schon schäbig vor, und sie umarmte mich und flüsterte: »Das war doch unser Schutzengel, Kleiner.« Dann lief sie zur Bahn.

Nachmittags hörte ich Tante Wolles Kinder nebenan, die schnarrende, den Staubsauger übertönende Stimme der Tochter, das Knurren des Schwiegersohns, und ich zog mir eine von Rosingers breitschultrigen Jacken an, probierte ein paar Posen vor dem Spiegelschrank und hustete mir ein halbes Dutzend Frösche aus dem Hals. Denn ich mußte ja irgendwie überzeugend wirken, souverän, was mir, ehrlich gesagt, noch nie gelungen ist, schon gar nicht, wenn ich eine Kritik oder Beschwerde vorzubringen habe. Denn eigentlich bin ich feige wie Seife. Man könnte mir auf offener Straße die Mütze runterhauen oder das Brötchen wegnehmen und es einem Hund vorwerfen – ich würde nicht protestieren. Oder nur ganz leise, um abends vor meinem Stolz bestehen zu können. Denn die Scham darüber, womöglich aufzufallen und angestarrt zu werden von den Passanten, die kann ich noch weniger ertragen als so eine Rempelei. Dann entwische ich lieber in den nächsten Laden und kaufe mir ein neues Brötchen.
Ich klingelte also, und der Staubsauger wurde abgestellt. Die jähe Stille kam mir wie ein Stutzen vor, erst nach mehrmaligem Klopfen näherten sich Schritte, die Dielen ächzten, und als der Mann im Jägergrün endlich öffnete, war die Luft, mit der ich mir den Brustkorb weiten wollte, schon wieder verbraucht.
Ausatmend sank ich ein wenig zusammen und machte gleich den Fehler, höflich zu sein: Ich entschuldigte

mich für die Störung, wies auf meine Wohnungstür, stellte mich vor und bat um ein Gespräch. Und er hob den Graukopf, verengte die Augen und brummte: »Na schön. Machs kurz.«

Ich fühlte, wie sich mein Mund verspannte und meine Hände feucht wurden, und erklärte mit leise flatternder Stimme, daß es so nicht weitergehen könne, ich hätte den Gestank langsam über und wäre es leid, dauernd den Kot seiner Schwiegermutter wegzuwischen und das gemeinsame Klo zu desinfizieren, er solle doch bitte einmal einen Arzt kommen lassen oder ihre Ernährung überprüfen, nachher habe man Typhus im Haus. Und dieses ewige Gewimmer gehe mir auch auf die Nerven, ich fände, Tante Wolle sei zu einsam ...

Den romantischen Schlenker hätte ich mir sparen können, denn hatte der Mann mir bisher mit vagem Stirnrunzeln zugehört, jetzt grinste er spöttisch amüsiert, trat einen – ich mußte zurückweichen – Schritt auf die Matte und stemmte die fetten Fäuste an die Hüften. Blickte sich im Treppenflur um.

Dann schüttelte er den Kopf und sagte: »Wo denn, bitteschön ... Wo soll'n hier Dreck sein?« – Und bevor ich etwas antworten konnte: »Überhaupt: Was heißt das, unsere Mutter stinkt? Haben Sie was an der Nase? Hier riechts doch einwandfrei nach Putzmitteln. Oder wollen Sie uns beleidigen?! Männeken ...! Nehmen Sie mal die braune Brille ab, dann sehen Sie auch keine Scheiße!«

Und trat zurück und schloß die Tür.

So also sieht sie aus, die Geburtsstunde eines Amokläufers. Obwohl es fast frostig war im Flur, brach mir der

Schweiß aus, und unwillkürlich zog ich die Schultern hoch und wich langsam in meine Wohnung zurück. Wo ich dann die Tür so fest zuknallte, daß sie wieder aufflog. Die Brillengläser beschlugen, und in der Küche kramte ich eines von Rosingers langen, spitzen, höllisch scharfen Küchenchef-Messern aus der Lade und schleuderte es schreiend gegen das Gewürzregal.

Naja, schreiend ... Eher stöhnend.

Es prallte mit dem Griff auf, fiel hinter den Herd, und ich rannte wieder raus, in den Flur, und trat gegen die Nachbartür. Das heißt, ich wollte treten. Zog ihn aber im letzten Moment zurück, den Fuß, drehte mich wieder um, atmete tief. Und trat dann doch.

Keine Reaktion. Nur Tante Wolle ließ ein leises »Liebling!« hören.

Also donnerte ich noch einmal dagegen, nun so fest, daß die Briefschlitzklappe schepperte und man innen, rasch, die Kette vorhängte. Und nach dem dritten Tritt erschien wahrhaftig ein schmaler Streifen Jägergrün mit einem einzelnen großen Auge darüber, und die Stimme klang plötzlich überhaupt nicht mehr siegesgewiß, als der Fettsack fragte: »Was soll das? Was wollen Sie von uns?«

Doch meine Fähigkeit zum Dialog hatte sich erschöpft, ich war nur noch Blutdruck, Puls im Jackett, und keuchte: »Katze! *Katze*!«

Der Jäger runzelte die Braue und verschwand, ohne die Tür ganz zu schließen. Man beriet sich eine Weile flüsternd, und ich fragte mich schon, was ich diesem Brokken tatsächlich entgegenzusetzen hätte, wenn es zum Kampf käme. Doch rückte nun ein Streifen Taubenblau an seine Stelle, und die Frau, ein Bonbon lutschend, fragte: »Ja? Was gibt es, junger Mann? Können wir helfen?«

Ich schüttelte den Kopf. – »Die Katze muß her! Sofort! Die Katze!«

»Wie bitte? Welche Katze?«

»Blöde Frage! Mimmi natürlich!«

»*Mimmilein*?« echote Tante Wolle im Hintergrund, fast weinend, und ihre Tochter sagte: »Ja, ja, ist gut. Schon erledigt. Da brauchen Sie wirklich nichts mehr zu befürchten. Die *ist* doch weg. Die macht nicht mehr ins Treppenhaus. Und jetzt gehen Sie schön in Ihre Wohnung, ja? Wird kalt ...« Und sie schloß die Tür.

9.

Unsere Winterliebe blühte ins Frühjahr hinein, die ersten Krokusse durchstachen den Schnee, und plötzlich hatte die rotgelockte Mara drei große, sonnige Räume in Kreuzberg gefunden, Landwehrkanal, und Vanina nahm ihr Angebot an und zog mit ein. Nun freute es mich zwar, daß sie dieser Krähen-WG endlich den Rükken kehrte und wir in Zukunft nicht mehr durch halb Berlin gurken mußten, um uns zu sehen. Andererseits wußte ich schon beim Einzug, während ich meinem Mädchen die Regale und Mara die unzähligen Bücherkisten nachschleppte und immer mal wieder ihren Schweißgeruch einatmete, daß nun eine Zeit verschärfter Beunruhigung kam ...

Kaum hatte ich den gemieteten Transporter vor der neuen Adresse geparkt, stand auch schon der Hauswart in der Tür und winkte ab. – »Einfahrt freihalten!« bellte er durch das geschlossene Seitenfenster, und der breite Hals, der vorgeschobene Unterkiefer und die geröteten Augen sagten mir, daß es sich hier, wie so oft in Berlin, um einen als Hauswart verkleideten Pitbull handelte. Diskutieren zwecklos. Also startete ich den Wagen.

Doch Mara langte herüber und drehte den Zündschlüssel wieder um. – »Das machen wir anders.«

Sie gab Vanina ihre Zigarette, öffnete die Tür, stellte eines ihrer langen, in einer orangefarbenen Wollhose steckenden Beine auf den Bürgersteig, schob die Hüfte nach, den freischwebenden Busen, der das blaue Samt-Shirt über dem Nabel etwas anhob, zupfte sich lächelnd ein Haar von der Lippe und gurrte ein »Guten Morgen ...«, bei dem die Tauben auf den Simsen die Köpfe drehten. Und hatte augenblicklich die Erlaubnis, jede Einfahrt zuzumauern.

Vanina verschwand in einem Supermarkt, um Getränke und etwas zum Essen zu kaufen, und ich öffnete die Klappe, kletterte auf die Ladefläche und schob die Koffer und Kartons an den Rand. Der Hauswart, der sich immerzu die dicke Nase rieb, öffnete uns dienstfertig beide Flügel der schweren Tür, konnte aber sonst nicht helfen, leider. Die Bandscheibe ... Dafür gab er Mara den einen oder anderen Rat, was das Stapeln der Sachen im Hausflur betraf: »Gottchen, is *det* 'ne Kiste! Wat *Sie* allet tragen können! Stelln Se die *so* hin. Nee, anners! Schlitz uff Schlitz – det kippt Ihnen um. Ja, so.

Von hinten. Schöööön ...« Und wenn sie wieder zum Wagen ging, schmierte er ihren Gang mit seinem feuchten Blick.

Inzwischen war Vanina zurück, und da wir uns noch ein bißchen bettweich fühlten, setzten wir uns erst mal auf die Ladefläche, ließen die Beine baumeln, tranken Cola und aßen Käsebrote. Ich kannte die Wohnung noch nicht, und sie zeigte zu den Fenstern im vierten Stock und sagte: »Alle Zimmer mit Kanalblick, Parkettboden und Nachtspeicherheizung. Außerdem gibts eine Einbauküche, eine Badewanne für zwei ...«

»Und ein Bidet!« sagte Mara.

Ich verwechsle das immer mit Boudoir, und auch meine Kleine fragte: »Ach ja, was war das noch? Dieser Topf zum Sockenwaschen?«

Ihre Freundin, die Nase krausgezogen, lachte auf und drückte Vanina an sich – so heftig, daß der die Baseballkappe über die Augen rutschte. Und während sie sich die Umarmung gefallen ließ und stillvergnügt ihr Butterbrot mampfte, sagte Mara über ihren Kopf hinweg: »Ist sie nicht süß? Hat sie nicht eine wunderbare Ausstrahlung?« – Ihr ganzes Gesicht war helle Freude. Aber die steinblauen Augen taxierten mich kalt.

Dann machten wir uns an die Arbeit.

Inzwischen hatte sich ein junger Monteur zu dem Hauswart gestellt und zeigte ihm ein Rohrstück, daß irgendwo nicht paßte, und das gemeinsame Begutachten des Materials, das Fachsimpeln über Muffe, Durchmesser und Krümmungsgrad wurde jäh unterbrochen, als Mara eine Lampe vorübertrug. Obwohl es reichlich Platz gab, sprang der Klempner zur Seite, und die

Schöne warf ihre Locken zurück und schenkte ihm zum Dank genau das Lächeln, für das er normalerweise den ganzen Tag vergeblich arbeitete. Und während sie im dämmrigen Hausflur verschwand, blies er die Backen auf und kratzte sich den Hinterkopf.

»Ja-ha, mein Kleener!« sagte der Hauswart und gab ihm das Rohr zurück. »Dafür brauchste 'n anderet Kaliba. Schneid ma hier den Rand ab, zieh 'n Teergummi drüber, und dann – zack! – rinn. So'n Ding is ooch nix anderet als 'ne Harnröhre, vastehste. Und die muß sauber bleim!«

Auf den Simsen balgten sich Tauben, daß Kot und Federn flogen, und der Klempner wollte etwas erwidern, stutzte jedoch und drehte sich um. Er verengte die Augen, als sähe er nicht klar, und auch der Hauswart runzelte die Stirn, klemmte die Daumen hinter die Träger seiner Arbeitshose und schob das Kinn etwas vor. – »Hallöchen. Und wat kommt nu?«

Der andere stieß etwas Unhörbares aus dem Mundwinkel hervor, und interessiert blickten die Männer meiner Freundin entgegen – die sich, wie angerempelt von der jähen Aufmerksamkeit, ein wenig aus dem Tritt bringen ließ mit ihrem Karton. Es war die bös amüsierte Neugier großer, sich ihrer Kraft bewußter Tiere, die nicht genug staunen konnten über dieses offensichtlich artfremde Wesen, das da ihr Gehege durchlief. Und natürlich erwiderten sie auch nicht Vaninas Gruß – oder doch nur, indem sie ihre Blicke wie nach einer Zumutung so weit verdüsterten, daß die Kleine rot wurde und mit hochgezogenen Schultern im Flur verschwand.

Die Männer schauten ihr nach, ohne einen weiteren

Kommentar abzugeben, auch keinen fachmännisch verschlüsselten; nur ein leises Kopfschütteln des Monteurs meinte ich zu sehen und setzte mir die grüne Mütze auf, die Vanina an die Ladeklappe gehängt hatte. Doch in dem Moment, in dem ich losmarschieren wollte mit meiner Kiste, stieß der Hauswart den Kollegen an, und beide blickten auf seine ölverschmierten Hände: Die Geste eines Mannes, der dem grinsenden anderen zeigt, wie unglaublich breit das Gesäß der gerade gemusterten Frau war: *So* ein Oschi! Oder gar – *so*? Donnerwetter ... Und seine gerunzelten Brauen und die herabgezogenen Mundwinkel sagten ohne Worte, daß er auf dieses Unding nicht mal pissen würde.

Ich stellte die Kiste ab, holte Atem, nahm sie wieder hoch. Sie wog ungefähr so viel wie meine Wut, und auf die beiden zutreten und ihnen das Ding auf die Füße knallen, war ein starker Gedanke ... Doch sie wog weniger als meine Feigheit, und ich ging an ihnen vorbei, ohne aufzublicken, zog nicht mal verächtlich den Rotz hoch und überhörte das »Guten Morgen, sagt man!« des Monteurs. Und als Vanina mir im Treppenhaus entgegenkam, drückte ich sie in die Ecke und küßte sie, ihr nun blasses Gesicht, immer wieder – bis sie mich packte und von sich stieß.

»Mein Gott, was denn? Was ist los?«

10.

Also, wenn es eine Generation gibt, die nichts, aber auch gar nichts auf die Reihe gekriegt hat, nicht einmal so etwas Simples wie ein Familienleben, dann doch wohl die meiner Eltern. Keine Generation dieses Jahrhunderts hat so viele Hoffnungen und Chancen gehabt – und keine so viele vergeigt. Und wenn sie je in die Geschichtsbücher eingehen wird, dann höchstens als »die Melancholische«: Erst zu jung für die politische Revolution (aber kann man dafür überhaupt zu jung sein?), dann zu bedenklich, als Hippies wirklich die Sau rauszulassen und Jimi Hendrix und Brian Jones ins Nirwana zu folgen, und schließlich schon wieder zu alt, um den letzten großen Affentanz der Epoche, den Punk, mitzumachen. Da *kann* man nur melancholisch werden, oder? Und säuft und kifft sich halt durchs Leben, wie Mary, oder macht – was irgendwie dasselbe ist – Karriere, wie mein Dad.

Die melancholische Generation, sagt Professor Dr. Lolly, weiß nichts von der Schatzkammer ihrer Seele, ist eine gottlose Generation, eine Generation ohne Himmel, fremd den Testamenten der Verheißung; denn Melancholie, sagt Kosta, entfernt Gott und Schöpfung voneinander, nimmt der wahren Natur jede Gelegenheit, sich selbst zurückzugewinnen, hinterläßt Einöden voll Geheul. Freude dagegen hält alles zusammen.

Strenggenommen gehört auch er zu diesen trüben Tassen, und wenn man sich sein Leben und sein Gesicht anschaut, könnte man den Eindruck kriegen, er ist sogar schon depressiv. Doch daß er diesen Spitzenjob mit allen Anteilen hingeschmissen hat und weggegangen ist von meinem Vater, daß er sich aus einer lieblosen Ehe mit einer Deutschen ausgekoppelt und ihr sein Hab und Gut überlassen hat, daß er sich einen Bart wachsen läßt und plötzlich nur noch in Schwarz rumrennt, Tag und Nacht die Bibel liest und seine Ikonen küßt und demnächst also ins Kloster geht, auf den Heiligen Berg – das hat nichts, aber auch gar nichts mit Melancholie zu tun. – Heroischer kann ein Mensch kaum leben.

Kosta ist manchmal echt mein Anker. Wer bei ihm klopft, ist immer willkommen, auch ohne vorher anzurufen. Er hat sowieso kein Telefon. Und falls er gerade betet, mußt du eben warten, in der Küche. Doch willkommen bist du, denn für ihn kommst du, wie alles, von Gott. Kosta ist ganz und gar Freude, auch wenn er so gut wie nie lächelt.

Als ich endlich mal wieder mit ihm sprechen wollte, wars schon Mai, ein verdammt heißer Mai, und in den Straßen stank es wie im Arsch der Endzeit.

Naja ... Es war halt warm, zu warm für eine Jacke, und das hasse ich eben, denn bloß im T-Shirt habe ich so schmale Schultern. Also trug ich doch eine Jacke und schwitzte und schnupperte alle naslang an meinen Achseln, verstohlen natürlich. Aber ein Mädchen in der U-Bahn sahs dann doch und grinste, und dann hätte ich eigentlich schon wieder nach Hause fahren müssen ... Es gibt Tage, da ist mir Watte zu hart.

Kostas Tür war wie immer offen, und als ich eintrat, stieß ich ein paar leere Milchflaschen um. Er ist hun-

dertprozentiger Abstinenzler, in allem: Keinen Tee, keinen Kaffee, nie Alkohol oder Zigaretten, keine Drogen, weder Frauen noch Jungs. Nur bei Süßigkeiten, da kann er oft nicht widerstehen; für einen »Snickers« läßt er schon mal seine Bibel liegen. – Also wunderte ich mich, daß es nach Rauch roch in der kleinen Wohnung. Und auch nach dem Anisschnaps, den die Griechen manchmal trinken. Aber auf mein »Hallo, ich bins!« antwortete niemand, und langsam, fast auf Zehenspitzen, ging ich durch die Diele, die nach der Küche und dem Bad einen Knick macht und in das einzige Zimmer führt. Es hat zwei hohe, auf eine Kastanie blickende Rundbogenfenster, und die Nachmittagssonne stach durch das Laub, das sich leicht bewegte im Wind, und ließ die Ikonen an den Wänden funkeln.
Der Rauchgeruch hatte eine afghanische Note, und hinter der offenen Tür, auf der Schlafcouch, die tagsüber mit Teppichen und Seidenkissen bedeckt war, ein wunderbarer Platz zum Lesen oder Träumen, schien sich jemand zu räkeln. Ein Fuß wurde sichtbar, lakkierte Nägel, und drehte sich rhythmisch im Gelenk.
Die Frau trug Kopfhörer, hielt die Augen geschlossen und zog an dem Jointrest zwischen ihren Fingern; dabei wurden die Wangen hohl und schattig, und sie machte ein Geräusch wie ein Fahrradventil – sag ich jetzt mal. Weil ich diese Gier ziemlich abstoßend finde. Auf dem Boden eine halbvolle Flasche »Ouzo«, eine Wasserkaraffe und ein Kristallglas, und als sie es anhob, ohne gleich zu trinken – sie flüsterte das Lied aus den Hörmuscheln mit –, streuten die Facetten winzige Lichtblitze über ihre Haut.

Ich wendete mich etwas schneller ab, als ich eigentlich wollte, ging zu dem CD-Gerät, schaltete von »Headphone« auf »Normal« und kriegte fast einen Schock, als dieses sagenhafte, Hirn und Herz zerreißende »Down On Me« auf mich einbrüllte, die letzten Takte. Ich fühlte alle Haare im Nacken. Ein paar Blüten rieselten aus der Kastanie und fielen schräg durch meine Seele, und aus heiterem Himmel schossen mir Tränen in die Augen. Obergut. Und dann war der Song zum Glück zu Ende, und die Nachbarn riefen: »Ruhe!« – »Schnauze!« – »Fenster zu!«

Mary war kein bißchen überrascht, hob den Arm und winkte träge, als stände ich am anderen Ufer der Spree. – »Hi!« – Sie nahm die Kopfhörer ab. – »Wieso bist'n so blaß?«

Ich bin meistens blaß, aber das vergißt sie immer.

Den Raum, in dem es sonst mehr als ordentlich war, erkannte ich kaum wieder: Leere Weinflaschen, zerknüllte Hamburger-Packungen und volle Aschenbecher in allen Ecken; auf dem Tisch, noch in Seidenpapier gewickelt, welkte ein Rosenstrauß vor sich hin, aus einem der beiden Stühle war das Sitzpolster herausgebrochen, und überall lagen Marys Sachen: Wäsche, Strümpfe, Turnschuhe, ein paar zerfledderte Bücher. Am Türgriff hing ihre Reisetasche, ein blauer Nylonsack, und am Wandkreuz ein BH.

»Falls du deinen Beichtvater suchst, der ist in Darmstadt oder Schweinfurt oder wo. Holt sich einen Segen bei seinen Brüdern ab.«

»Er ist nicht mein Beichtvater«, sagte ich und machte die Fenster weiter auf. – »Zieh dir mal was an.«

Sie trug nämlich nur Boxershorts, und ich warf ihr ein T-Shirt hin, worauf sie aber nicht reagierte. Argwöhnisch sah sie mir beim Aufräumen zu.

»Bitte!« beharrte ich. »Solange ich hier bin.«

»Na schön ...« Sie schniefte, machte eine Entenschnute. – »Wie lange bleibst du denn? Soll ich dir einen Apfelkuchen backen?«

Ich ignorierte das, holte eine Mülltüte aus der Küche und fragte: »Was treibst'n du in Kostas Wohnung? Weiß er, daß du hier bist?«

Sie zog sich das Shirt ein Stück weit über den Kopf. Nur ihre Augen waren zu sehen, und sie raunte durch den dunklen Stoff hindurch: »Kosta weiß *alles* ...«

»Ah so ... Was bist du eigentlich gerade? Betrunken? Bekifft? Auf'm Trip?«

»Ich bin hungrig, Süßer, und der Kühlschrank ist nüchtern und leer. Willst du uns nicht einen Gummiadler kaufen? Und Vanilleeis? Dann erzähle ich dir vielleicht die Geschichte von Shiva und dem bösen, bösen Pranamurti, der sich in einen Elefanten verwandelte und ... Warte, wie war das ... Ach ja: Er schaffte die Bambusblüte ab! Stell dir vor! – Aber da hatte er nicht mit Shiva gerechnet, denn eines Tages ...«

»Du sollst dir das *Hemd* anziehen!«

Sie blies kurz die Backen auf. – »Puh, bist du streng! Oder ist das am Ende Prüderie?«

»Quatsch!« Ich zeigte auf die Wände. »Du findest es wohl geschmackvoll, wenn man alles heraushängen läßt vor den Heiligenbildern ...«

Mary nickte. – »Also doch Prüderie. Oma Mia hat ganze Arbeit geleistet, was?«

Ich sah sie nur an, und sie faltete beschwichtigend die Hände und sagte: »Vergib mir, Herr, vergib!« Dann zerrte sie das Shirt zurecht, stutzte, betrachtete den Stoff und murmelte: »Lila ... Der letzte Versuch.«
Als ich Kostas Bibel vom Boden aufhob, fielen ein paar Lesezeichen heraus, Pralinenpapier, Kassenzettel aus dem Supermarkt. – »Wenn ich was zum Essen holen soll, mußt du mir Kohle geben. Ich bin blank.«
Sie lächelte. – »Ach so? Du auch? Na schön ... Dann werden wir halt fasten. Dürfte uns ja nicht schwerfallen, uns allen, in diesen heiligen Hallen ... Steht dir übrigens gut, so'n Dreitagebart. Sexy.«
Es war ein Zwölftagebart, aber das konnte sie nicht wissen, und ich leerte einen Aschenbecher, wischte ihn mit einem Papiertuch aus und fragte: »Was machst du eigentlich im Moment?« Ich hatte sie seit Wochen nicht gesehen. »Wovon lebst du? Verkaufst du immer noch diese Tofu-Matratzen in der Gneisenaustraße?«
Sie schüttelte den Kopf, goß sich etwas Schnaps ins Glas und trank einen Schluck pur, ehe sie Wasser dazugab. – »Mein lieber Sohn, ich stelle fest, du bist nicht auf der Höhe deiner Vollkornzeit. Die heißen *Futon*-Matratzen.«
»Meinetwegen. Verkaufst du die noch?«
»Ach was. Der Kerl wollte mich ficken, mehr nicht. Außerdem war das Sklavenarbeit. Du hockst den ganzen Tag im Hinterzimmer und stopfst diesem Öko-Adel Baumwolle unter den Hintern. Ist doch so. Und abends sollst du noch die Beine spreizen.«
»Er hat dich also ...?«
»Quatsch! Ich hab *ihn* gefickt«, sagte sie. Und dann,

flüsternd: »Anschließend bin ich mit der Kasse auf und davon ... Jawohl! Waren aber leider nur Pfefferminztaler drin, denn die Futonwelle ebbt gerade ab. Die Leute schlafen jetzt auf Tamari oder Tiramisu, oder wie das heißt.«

»Tatami«, sagte ich und warf die welken Rosen in den Sack. – »Wieso hast du Kosta eigentlich gerade meinen Beichtvater genannt? Hat er dir was erzählt?«

Sie lehnte sich zurück, in die Zimmerecke, umarmte ein Kissen vor der Brust und machte dieses verschmitzte Görengesicht. – »Aber ja!« sagte sie. »Und wie! Ich weiß alles über dich. Wovon du gerade träumst, was du gegen Mundgeruch tust und wie deine superhübsche Freundin heißt ... Alles! Sogar, was du im vorigen Leben verbockt hast. Du warst nämlich drei Möwen auf dieser Insel vor Madras und wolltest ...«

»Im Ernst jetzt! Was hat er gesagt?«

»Kosta? Weiß nicht. Hab ich vergessen. Der redet nicht mit mir.«

»Und weswegen bist du dann hier und trägst seine Boxershorts?«

Sie pfiff durch die Zähne. – »Mann, bist du helle! Woran siehst du, daß das seine sind? Weil die so eng sitzen? Oder seid ihr etwa ...«

»Quatsch! Da sind neugriechische Schriftzeichen drauf.«

»Ach so? ›Alpha und Omega‹ gibts auch bei ›Woolworth‹, auf dem Grabbeltisch. – Wußtest *du*, daß Mönche Boxershorts unter ihren Kutten tragen? Also, mir war das neu. Ich dachte immer, da wären Glöckchen drunter und Weihrauch und so ...«

»Sind nicht?«
Sie schüttelte den Kopf, zupfte an dem Gummibund. – »Billige Neunzehn achtzig.« – Und beugte sich plötzlich vor und flüsterte verschwörerisch: »Kosta hat mir mal erzählt, daß die so eine Atemtechnik beherrschen, stell dir vor. Die atmen, und dann sind sie nicht mehr ... Na, du weißt schon. Praktisch, oder?«
Ich setzte mich auf die Schreibtischkante. – »Ihr seid ja richtig intim, ihr zwei!«
»Klar ... Er ist doch mein Beichtvater. Der weiß alles über mich, über mein Vorbildungsregister und wann ich meinen letzten Eisprung hatte ...« Sie kicherte. – »Wir sind nämlich gar nicht einfach, wir Frauen. Ehe du dich versiehst, hast du uns doppelt. Dein Vater zum Beispiel, der war der reinste Verhütungs-Ingenieur, mit Kalender und Thermometer und so. Was der mir alles draufgesprüht und eingebaut hat!« Sie hielt sich beide Hände vor die Scham. »Ich glaube, ich bin jetzt noch voller Metallteile hier.«
»Dann solltest du vielleicht mal zum Gynäkologen?«
»Ja? Nö ... Ich gehe nie zum Arzt. Ich geh immer gleich zu Gott, da ist das Wartezimmer nicht so voll. – Übrigens kann ich geistheilen. Komm her, ich leg dir die Hände auf!«
»Danke, ich bin nicht krank. – Kosta hat also gesagt, Vanina ist hübsch?«
»Naja, es funktioniert sowieso nur bei Hexenschuß...« murmelte Mary. – »Wie? Wer? Ach so, natürlich! ›Vanina‹ ist nicht nur hübsch, ›Vanina‹ ist echt *schön*, mein Lieber.« – Unwillkürlich richtete ich mich auf. – »Wenn

ich noch mal ein Kind bekäme, eine Tochter, ich würde sie ohne Besinnung ›Vanina‹ nennen!«
Ich zündete mir eine von ihren Zigaretten an, und sie schmunzelte, kratzte sich den Bauch. – »Aber wahrscheinlich kriege ich eher eine Enkelin, was? So eine süß Gelockte mit goldenem Stimmchen und ganz, ganz kleiner Sonnenbrille ...«
Das wurde mir jetzt wirklich zu blöd; ich schüttelte den Kopf und räumte weiter Müll zusammen. Und plötzlich sprang sie hoch, hopste auf dem alten Diwan herum, daß die Federn knackten und Staub darunter hervorpuffte, zeigte mit dem Finger auf mich und rief: »Das läßt du gefälligst bleiben, verstanden?! Du kannst mich nicht einfach zur Großmutter machen, du, du ... Geschlechtstrieb in Schuhen! Mit fünfundvierzig ist man noch gar nicht erwachsen, und du willst mir so einen Dutt verpassen und eine Kittelschürze mit Schnullern und Strickzeug in den Taschen! Kommt überhaupt nicht in Frage!«
Dann fiel sie einfach um und krümmte sich, die Fäuste vor der Magengrube, ganz klein zusammen. – »Mein Gott«, wimmerte sie. »Ich hab so'n *Hunger*! Und du stehst da in deinem Qualm, du Zyniker, und siehst deiner alten Mutter beim Sterben zu. Pflück mir doch wenigstens ein paar Kastanienblüten!«
»Ich könnte Big Daddy anrufen«, sagte ich. »Vielleicht läßt er uns eine Pizza schicken.«
Sie schloß die Augen. – »Das würde er garantiert *nicht* tun.«
»Wollen wir wetten?«
Sie schüttelte den Kopf. – »Er würde uns keine *schik-*

ken, meine ich. Sondern sie selbst vorbeibringen. Und alles, was es sonst noch auf der Karte gibt.«

»Und was wäre daran schlecht? Dann säße die Familie mal wieder zusammen ...«

Sie sah mich aus den Augenwinkeln an. – »Werd nicht sentimental, Kleiner. Nicht bei diesem Magenknurren. Ich habe keine Familie, und du auch nicht.«

»Das *ist* ja das Traurige.«

Sie setzte sich auf, langte nach ihrem Glas. – »Ja? Findest du? Glaubst du wirklich, das würde etwas ändern in deinem Leben? Meinst du, so ein Fernsehfrühstück und eine Weihnachtsgans und ein ›Liebling, bring deine Socken runter, ich wasch 'ne Maschine Buntes!‹ – das würde irgend etwas besser oder leichter machen oder dir das Alleinsein ersparen, nachts, den Anblick deines Dämons? Im Gegenteil. Das Leben ist kein Familienleben. Niemand hat in Wahrheit Vater oder Mutter, und das ist gut so.«

Sie trank das Glas aus, verschluckte sich, kriegte einen Hustenanfall, und ich klopfte ihr auf den Rücken.

»Danke!« japste sie und wischte sich die Augen. Dann nahm sie mir die halbe Zigarette weg.

»Außerdem *hattest* du doch eine Familie, oder? Eine richtig schöne, intakte, mit Herrn im Haus und Frau am Herd und Tiefkühltruhe und Hühnerstall. Wenn das was Gutes ist, dann bist du besser drangewesen als viele, viele, die ich kenne.«

»Das war keine Familie«, sagte ich. »Die haben mich notgedrungen mitgeschleift. Da war ich lästiger Esser, mehr nicht. Weißt du, daß Oma Mia mich geprügelt hat?«

»Ja? Mal so'n Popoklatsch, oder was …«
»Von wegen! Einen Kochlöffel nach dem anderen hat sie auf mir kaputtgeschlagen, wenn ich schmutzig vom Spielen kam!«
»Naja, sie wußte es nicht anders, die Schlange. Ist wahrscheinlich auch so erzogen worden. Vergib ihr, sonst kriegst du Krebs.«
»Und Opa Jupp hat sich nachts in mein Zimmer geschlichen und mir die Haare geschnitten, während ich schlief! Richtige Löcher, bis auf die Kopfhaut. Damit ich am nächsten Tag zum Friseur ging.«
Sie lachte. – »Das hat er schon bei deinem Vater gemacht, der olle Nazi-Kopp. Auch 'ne arme Generation. Stell dir vor: Erst wirst du als blutjunger Mann im Krieg zerrieben, dann kriechst du auf allen vieren nach Hause und wirst mitsamt deiner Arbeitskraft im Wirtschaftswunder verpulvert, und dann, als krummer Frührentner, mußt du auch noch mitansehen, wie deine Kinder alle Werte, die du mit Ach und Krach zusammengeschaufelt hast, verlachen und bespucken und die Hühner im Hof erschrecken mit ihrer Negermusik und den ungepflegten Mähnen … Sei froh, daß Opa Jupp dich nicht erschossen hat!«
Sie wischte sich etwas Asche vom Shirt, grinste.
»Wer weiß, wie *ich* mit dir umgesprungen wäre … Wahrscheinlich hätte ich dich überall liegenlassen, wie eine Handtasche. Und zwanzig Jahre später säßest du in einer Talkshow mit dem Thema ›Frühkindlicher Liebesentzug und seine Folgen‹.«
Rasch setzte sie den Kopfhörer auf und hielt sich die Faust wie ein Mikrofon vor den Mund.

»Also, Herr Blaul, wir freuen uns, daß Sie trotz Ihrer Leiden zu uns gefunden haben und möchten Sie bitten, unseren Zuschauern in Deutschland, der Schweiz und dem siebten Himmel zu erzählen, was die mangelnde Zuneigung Ihrer Mutti bei Ihnen bewirkt hat ... Und immer schön in die Kamera schauen.«

Sie reckte den Arm vor, hielt mir die Mikrofon-Faust hin, und als ich verärgert abwinkte, übernahm sie auch meinen Part – mit dem Kabelstecker im Mund.

»Tja, Leute, es war die erschütterndste Erfahrung meines Lebens«, lispelte sie. – »Ich erinnere mich deutlich an das Schummerlicht im Zimmer, den Geruch nach Babyöl und Kamille, an die gelbe Plastikente mit dem roten Schnabel. Ich wollte, wie jeden Tag, gebadet werden, vor froher Erwartung floß mir Honig durch die Adern ... Doch sie kam nicht. Meine Mama stand mit ihrem Engel in der Kneipe, und da mich niemand liebevoll ansah, versuchte ich, nach einer traurigen Weile, es selbst zu tun – was mein Dasein bis heute beeinträchtigt. Denn dieser neckische Silberblick, für viele ein Zeichen sexueller Vitalität, macht die Mädchen höllisch heiß, woll. Die stehen Schlange vor meiner Tür. Dabei möchte ich eigentlich Mönch werden, wissen Sie. Aber die lassen mich nicht, die Biester. Die *lassen* mich nicht!«

»Sehr witzig!« sagte ich, und sie zuckte mit den Schultern und warf den Kopfhörer in die Ecke. – »Nein? Dann eben nicht.«

Ich hatte den gröbsten Dreck zusammengeräumt, brachte die Tüte in den Flur und kam mit dem Staubsauger zurück.

»Paß auf ... Wir machen jetzt klar Schiff, und du ziehst dich an und wäschst dir die Schnute und so, und dann fahren wir einfach bei Dad vorbei und holen ihn zum Essen ab. Der hat bestimmt fünf oder vier verschiedene Kreditkarten und kennt die geilsten Restaurants ...«
Sie rollte sich zusammen, schob die Hände zwischen die Knie. – »Kommt nicht in Frage. Ich muß hier den Tempel hüten. Geh du und kauf mir ein paar Opfergaben, ein bißchen Erdbeersorbet und eine zart gebratene Vishnu-Schwinge. Und dann ziehen wir einen durch, und ich erzähle dir meine Endlosgeschichten voll sprechender Blumen, gelehrter Esel und pupsender Göttinnen und so.«
»Wir haben gerade festgestellt, daß wir *pleite* sind!«
»Ja?« – Sie hielt die Augen geschlossen. – »Du bist nicht pleite, mein Hübscher. Du bist Millionär. Dir gehören alle Wunder, alle Wolken und Sterne, denn du hast eine Liebe!« – Sie lächelte verträumt. – »Behandelst du sie anständig, deine Marisa?«
»Sie heißt *Vanina.*«
»Ach so, natürlich. Sei bloß gut zu ihr, sonst kriegst du es mit mir zu tun. ›Die Frau ist die Kraft des Mannes‹, das sagte schon ... Warte mal, wer sagte das. Irgend so ein weiser Feuerschlucker. Ein Mädchen, das dich mag, ist ja nur scheinbar ein Mädchen, das dich mag. In Wahrheit verkörpert es die reinste und leidenschaftlichste Form der göttlichen Liebe, die dir auf Erden zuteil werden kann. Amen. Und *Pommes* möchte ich. Mit Majo.«
Ich kramte in den Taschen meiner Windjacke. – »Einen ›Snickers‹ hätte ich noch anzubieten ...«

Das Ding war schon verdammt weich und verbeult, und sie seufzte genervt, setzte sich auf und starrte herüber. – »Einen was ...?« – Dann winkelte sie ein Bein an und knetete die Zehen durch, daß die Gelenke knackten. Ihr Blick kriegte von einer Sekunde zur anderen etwas Ungutes, Drohendes, und plötzlich holte sie zischend Luft und schrie: »Verflucht noch mal, steck dir deinen klebrigen Schokoriegel wer weiß wohin! Ich habs dir doch gerade *gesagt*: Rosen will ich, Gesottenes und Gebratenes und diesen ganzen ungesunden Mist! Was bist du denn für ein Rabensohn?! Mach dich endlich auf die Strümpfe!«
»Wir brauchen *Geld*!« brüllte ich zurück, und sie stutzte, roch nachdenklich an ihren Fingerspitzen, schüttelte den Kopf.
»Quatsch ...«, sagte sie. »Ich brauche kein Geld. Ich habe noch nie im Leben Geld gebraucht. Und du auch nicht, oder?« – Sie sank wieder aufs Kissen. – »Aber die Leute um uns herum, die brauchen es. Das ist das Problem.«
Mit einer Hand zog sie sich ein Plaid unters Kinn, mit der anderen wies sie auf ihren Nylonsack. – »Da muß irgendwo was sein. Schau mal nach.«
Aber außer einigen Büchern, T-Shirts und einem zerschlissenen Plüschtier, so einem Waschbären, befand sich nichts in der Tasche.
»Das ist Schnurzel«, sagte Mary. »Mein Wachhund. Er hat einen Reißverschluß auf dem Rücken.«
Tatsächlich: Ich öffnete das Tier und zog ein Klümpchen Shit, eine CD von »Mazzy Star« und – ein paar fabrikfrische Tausendmarkscheine hervor.

»Donnerwetter!« sagte ich. »*Fünf* Riesen? Sind das die Pfefferminztaler aus deiner Futon-Connection?«
Sie kicherte, sagte aber nichts. Sie hatte sich der Wand, dem Regal zugedreht, befingerte die Bücherrücken.
»Von wem kriegst du so viel Kohle? Was hast'n dafür gemacht?«
Sie knibbelte etwas Gold von einem Lederband. – »Ich? Och, nichts. Das Übliche ...«
»Und das wäre? Was soll das heißen? Was zum Teufel hast du wieder angestellt?!«
Ich hatte plötzlich feuchte Hände, und sie schloß die Augen und murmelte: »Relax, Kleiner ... Ich habe dafür gearbeitet, hart gearbeitet, glaub mir. Ein halbes Dutzend Windhosen gebügelt. Und jetzt geh mir mein verdientes Abendbrot holen.«
Aber ich war mit einem Schlag auf hundertfünfzig. Bestimmte Sachen kann ich einfach nicht ausstehen an ihr, zum Beispiel, daß sie nie genau oder verbindlich ist, alles immer ins Ungefähre dreht, und ich brüllte: »O Mist! Kann man von dir eigentlich mal eine vernünftige Antwort kriegen?! Bin ich irgendein Arsch, dem man was vom Pferd erzählt, oder bin ich dein Sohn? Was? Ich rede mit dir! – Wenn du schon nicht ernst genommen werden willst in deinem ewigen Tran, okay. Aber deswegen brauchst du uns nicht alle zu Deppen machen. In welchem Jahrhundert lebst du denn? Muß ich mir immer dieses bedröhnte Hippie-Gefasel anhören, diesen Märchenmief? Das Leben *ist* aber kein Märchen, und du bist keine Fee – so! Du hast einen Mann, du hast ein Kind – kannst du dich nicht wie eine normale Frau benehmen, wie eine Mutter, bei der man ei-

nen Rat kriegt und auf die man ein bißchen stolz sein möchte? Kannst du nicht mal an deine Würde denken? – Glaubst du, es ist ein Vergnügen, wenn mir Freunde erzählen, daß sie meine Alte wieder breit wie eine Flunder im ›Kit-Kat‹ gesehen haben? Oder im ›Goa‹? Oder in sonstwelchen Kinder-Clubs?«

Sie fuhr herum, sah mir in die Augen, still und ernst und überhaupt nicht spöttisch. Mein Gott, sie ist wunderschön, ein Traum. Und lächelte schließlich, ganz wenig nur, leckte sich das Gold vom Fingernagel und sagte: »Du hast ja gar keine Freunde!«

Wahrscheinlich wurde ich rot. Auf jeden Fall rutschte mir der Heiligenschein über die Ohren, ich fühlte so etwas wie einen Stromstoß im Gesicht, und Mary drehte sich wieder zur Wand, schloß die Augen und fügte tröstend hinzu: »Du bist doch ein einsamer Wolf …«

11.

Also, ich weiß nicht, ob das rüberkam, aber meine Mutter ist nicht gerade ein Hausfrauentyp. Wenn ich ihr damals, fast noch in ihrer Mädchenzeit, in einem Schlafsack bei Brokdorf nicht zufällig passiert wäre, hätte sie bis heute keinen Nachwuchs. Kinder sind nicht ihr Ding. Früher, in der Antike oder so, wäre sie bestimmt eine gute Priesterin gewesen. Hätte eine Riesentüte geraucht, sich mit einer Schlange gegürtet, einen benebelten Tanz hingelegt und den Leuten das Blaue vom Himmel runterorakelt.

Aber die Antike ist nun mal vorbei, die Priesterinnen tanzen in Peep-Shows, und das Orakel flimmert in der Ecke und hat vierzig Programme, die dir alle dasselbe sagen: Krieg dein Leben erfolgreich auf die Reihe, singe nach, was die da oben vorsingen, bekreuzige dich vor deiner Slip-Einlage und bring den Hund zum Einschläfern ins Tierheim, bevor du in die Ferien fährst. – Und wenn Mary einen Einkaufswagen voller Obst und Wein zur Kasse schiebt und allen Ernstes mit einer ihrer wunderschönen, selbsterfundenen Geschichten bezahlen will, holt man natürlich den Geschäftsführer. Und der ruft die Polizei. Alles schon vorgekommen.
Dabei kann sie wirklich umwerfend erzählen. Hat sie im Gefängnis gelernt.

Sie kam mit ihrer Mutter Anfang der siebziger Jahre aus Ostberlin herüber, mit achtzehn oder neunzehn, glaube ich. Ihr Vater war Schauspieler am Deutschen Theater gewesen – jedenfalls bis zu dem Tag, an dem er einen Ausreiseantrag gestellt hatte. Dann kriegte er nur noch Drecksarbeiten, schleppte Schwellen und Pflasterplatten oder kroch durch die Abwasserschächte, und als der Antrag endlich genehmigt wurde, war er so zermürbt, daß er kurz nach der Übersiedlung starb.
Mary hat nie viel erzählt aus ihrer DDR-Zeit, fand ich immer eigenartig. Wie bei Opa Jupp. Der hat auch nie was aus dem Krieg hören lassen, da konntest du ihn noch so löchern. Dabei mußte er doch die Hölle erlebt haben! Sagte immer nur: »Alles Idioten ...«, und verschwand wieder hinter der Zeitung.
Zusammen mit ihrer Mutter lebte Mary dann in Schö-

neberg, am Kleistpark. Da sie nach dem Ausreiseantrag ihrer Eltern sofort vom Gymnasium geflogen war, machte sie erst mal das Abitur nach, und dann studierte sie Romanistik. Sie hatte immer eine Ader für Sprachen gehabt, Russisch und Polnisch gehen ihr wie Wasser über die Lippen, und schon während des Studiums, vermittelt von ihrem Professor, übersetzte sie Leonard Cohens Lieder für einen spanischen Buchverlag.

Damals nahm meine Mutter keine Drogen und hätte nicht sagen können, wo der Unterschied zwischen Haschisch, Heroin und Henna liegt. Genervt von dem verzweifelten, im Westen noch zunehmenden Alkoholismus ihrer Eltern, trank sie nicht mal Wein. Das neue Leben, der schräge, bunt flackernde Westen und die Aussicht, vielleicht sogar in Rom oder Paris studieren zu können, waren vorerst Droge genug.

Trotzdem kam sie nach und nach auf den Horror, denn seit der Übersiedlung und dem Tod ihres Vaters war etwas mit ihr passiert, was sie, sonst eher Einzelgängerin und stillvergnügte Leseratte, kaum für möglich gehalten hatte: Sie konnte nicht mehr allein sein. Keine Stunde lang. Nie. – Wenn sie allein in der Wohnung blieb, lähmte sie die Angst, das Herz schlug im Hals, und Durchatmen wurde unmöglich. Dann lag sie in ihrem kalten Schweiß und hörte das Knacken der Bodendielen, den Schritt der Stille, sah Wesen aus Staub. Das Sonnenlicht tat in der Kehle weh, ihr eigener Schatten schnitt ihr ins Fleisch, und die Nachbarn fanden sie zitternd im Flur und kriegten kein Wort aus ihr raus.

»Wenn ich allein war, wußte ich alles, Lolly, das ganze Geheimnis … Aber ich wollte nicht alles wissen.«

Sie hatte damals viele Freundinnen, war die allseits beliebte, immer heitere Mary, frühstückte jeden Morgen in einer anderen WG, lief in Workshops und Meetings und saß in Seminaren bis zum Abend, nudelte Flugblätter ab bis tief in die Nacht. Sie engagierte sich, kämpfte gegen alles, was sich anbot in den Jahren, zu hohe Fahrpreise, die Stadtautobahn, das Patriarchat, und ließ sich bespucken beim Kneipenverkauf einer feministischen Zeitung: Nur um nicht allein zu sein.
Meinen Vater lernte sie übrigens während einer Demo vor der Reaktorbaustelle in Brokdorf kennen, wo seine Männergruppe und ihre Frauengruppe Drachen aus Alu-Folie steigen ließen, damit die Polizeihubschrauber nicht zu nahe kamen.
Dort wurden beide auch verhaftet, und wenn mans genau nimmt, habe ich meine Zeugung dem Staat, der deutschen Exekutive zu verdanken. Ich bin ein Polizeikind, jawohl, denn hätte jener Hauptwachtmeister Sowieso meinen ahnungslosen Eltern nicht dieselbe Bank zugewiesen und sie nicht für Stunden mit der gleichen Handschelle aneinandergefesselt, sie hätten sich niemals kennengelernt – so unterschiedlich, wie sie schon äußerlich sind. Und ich würde noch im Wesenlosen schweben. Was vielleicht nicht das schlechteste wäre.
Von einem Zivilkommando waren sie kurz vor dem Atomreaktor, in Wewelsfleth, an die Hauswand gedrückt und »erkennungsdienstlich behandelt« worden, und als man beim Filzen der Demonstranten neben den üblichen Farbspraydosen und Bauarbeiterhelmen äußerst verdächtige, in Palästinensertücher gewickelte Gegenstände fand, wurde die ganze Gruppe auf die

Wache verfrachtet. Dort sollten die handgranatenförmigen Dinger von Sachverständigen untersucht werden, und das dauerte lange. Jedenfalls hatte mein Vater, der aufgeweckte Publizistikstudent mit dem Hang zur Werbung, genug Zeit, meine schöne blonde, noch heute traumhaft gut gewachsene Mutter von seinen Vorzügen zu überzeugen. Ich weiß zwar nicht, welche das gewesen sein könnten, doch ein bißchen Humor war wohl dabei. Jedenfalls wies er auf ihre gemeinsamen Handschellen und sagte: »Anbändeln brauchen wir also nicht mehr ...« Und lud sie zum Essen ein.
Die verdächtigen Gegenstände waren übrigens diese Plastikzitronen, von »Aldi«. Der Saft, auf ein Mundtuch geträufelt, sollte die beißende Wirkung der damals gebräuchlichen *Chemical Mace* neutralisieren. Also wurde das Zeug, 68 Pfennig pro Stück, gegen Quittung beschlagnahmt, und als meine Mutter nach dem Grund fragte, sagte ihr der Beamte, ohne mit der Wimper zu zucken: »Der Saft ist 'ne Waffe. Könnten Sie uns in die Augen spritzen.«
Die daraus folgende heitere Grundstimmung trug nicht unwesentlich dazu bei, daß ich noch in derselben Nacht, nach einer Pizza Mista vom Pappteller, einer Literflasche Wein und einem letzten Blick auf die fern funkelnden Lichter der Reaktorbaustelle, in zwei zusammengeknüpften Schlafsäcken gezeugt wurde. Sozusagen mit Sonnenkraft.

Was ich hier erzähle, weiß ich übrigens aus ihren chinesischen Kladden, die sie mir mal zur Aufbewahrung gegeben hat und die bei irgendeinem Umzug verschüttgegangen sind. Oder vielleicht hat Pluto sie gefressen. – Damals erhielt Mary die Bewilligung für ein Studienjahr in Barcelona; eine andere, schon akzeptierte Bewerberin war erkrankt, und sie sollte kurzfristig einrücken. Sie war längst schwanger mit mir, ahnte es aber noch nicht, hielt das Ausbleiben der Regel für streßbedingt, denn sie hatte sich mit großem Krach von meinem Vater und seinen Besitzansprüchen – der Anarchist wollte den Engel dingfest machen in einer bürgerlichen Ehe – getrennt. Und kaum war sie in Spanien, starb ihre Mutter.

Also flog Mary zurück, beerdigte sie auf dem Matthäus-Friedhof und löste den Haushalt auf, kündigte die Wohnung. Von ihrem Stipendium allein war die nicht zu unterhalten, und nach dem Jahr im Ausland würde sich schon etwas anderes finden, dachte sie.

In Barcelona lebte sie in einem kleinen Studentenheim in der Calle Burgos, nur ein paar Gehminuten von der Plaza Major und den Ramblas entfernt. Doch bis zur Uni war es weit, man fuhr über eine Stunde in alten, zum Ersticken vollen Bussen, und auch das Institut wurde kaum klimatisiert; sie saß wie eingekocht in der dicken Luft, dem Schweißgeruch, und der wackelige Ventilator, wenn er denn mal eingeschaltet war, schnarrte so laut, daß man keinen Gedanken fassen konnte.

Mary kriegt Schwächeanfälle, übergibt sich, kommt aber immer noch nicht darauf, daß sie schwanger sein könnte: Die neue Situation, das fremde Klima, die ölige Kost … Doch sie bleibt jetzt schon mal im Studentenheim, in dem es kühl und dämmerig ist, was wohl an

den Bäumen liegt, alten Akazien. Bei Wind, den vom Meer herüberwehenden Brisen, wischen ihre Zweige übers Fensterglas, und das Licht und die punktrunden Schatten der Blätter: Das ganze Zimmer ein Flirren.
Doch die Stille verstopft dir die Ohren, und du liegst und starrst die Decke an und wartest auf den schwarzen Engel, den Anruf, die Stubenfliege, und der Hausmeister in der Tür öffnet den Mund, schließt und öffnet den Mund. Zeigt auf seine Armbanduhr und schließt den Mund.
Und noch ein Tag im Schatten, eine Woche, in der keiner nach dir fragt. Der leere Flur, die Dusche am Ende des Flurs, die Seife mit dem ewigen einzelnen Haar, die dreckige Toilette. Zimmer für Zimmer diese Stille, Stock für Stock, die selbstgekauften Blumen riechen nach verschmortem Kabel, die Putzfrau läßt ihren Lappen schleifen, und du kotzt auf die glänzende Spur.
Auch draußen alles wie hinter Glas, man kann die Luft mit den Händen greifen und hechelt nur, und der Kellner bringt die kalte Milch, den beperlten Becher, und klebt dir die Rechnung ans schwitzende Bein ... Langsam wird dir wohler. Und noch einmal Milch, und Gurken, Oliven, Pfefferschoten. Und dann ein Eis, Zitroneneis, ein riesengroßes. Und schließlich Kuchen, den weißen, bitte. – »Nein, den weißen! Egal, was es ist.«

Der Bon fällt vom Tisch, und der Mann, der sich danach bückt, ist hager und dunkel und fragt nicht, ob er sich setzen darf. Er nimmt einfach Platz, faltet die Hände im Schoß, schmale, braune Hände, und will auch nicht wissen, was alle immer wissen wollen: Woher sie kommt, was sie in Barcelona macht, wo ihr Freund steckt und ob ihr Haar gefärbt und sie womöglich traurig ist. Er geht barfuß, trägt weiße Jeans, ein weißes Hemd und ein kostbares Tuch, hellblaue Seide. Das drückt er sich, vornehme Geste, enger an den Hals und schweigt.

Und scheint wortlos doch etwas gesagt zu haben. Jedenfalls nickt sie – ohne zu wissen, warum.

Eine Frau, die allein ins Café geht, will einen Mann: Diese Ansicht vieler Spanier ist ihr bekannt. Trotzdem ist sie bisher nie belästigt worden, nicht einmal nachts – sieht man von bestimmten Blicken ab oder von den Angewohnheiten mancher Kerle, sich mit einem demonstrativen Griff das Geschlechtsteil zurechtzurücken, sobald sie sich, mangels anderer Plätze, im Bus in ihre Nähe setzt.

Doch dieser schaut sie nur an, ruhig, direkt, und es kommt ihr nicht aufdringlich vor. Was immer er denken mag, seine ernsten grauen Augen meinen jedenfalls nicht ihren Körper, scheinen eher neugierig auf ihre Seele zu sein, und sie läßt es zu, blickt über ihn weg ins Blaue und bemerkt doch auch, daß er erstaunlich kräftige Haare hat; halblange Locken. Der tiefschwarze, hier und da von einem Grauhaar durchzogene Glanz kommt ihr jünger vor als das etwas verlebte Gesicht.

Ohne zu fragen, bestellt er noch einen Becher Milch für sie, nimmt sein Wasserglas vom Nebentisch und sagt: »Du bist müde, nicht wahr?«

Er meint wohl nicht nur den Moment, und in der Stimme schwingt etwas, das mit seinen Händen zu tun hat; sie ist mehr Berührung als Klang, und Mary, die ihre Sonnenbrille aufgesetzt hat, schließt kurz die Augen.

»Jetzt kommen Jahre, in denen sich die Richtung zeigt«, fährt er fort. »Gute Jahre. Jetzt bereitet sich ein Schicksal vor. Und das ist Knochenarbeit.«

Er sagt *trabajo de los huesos* und hebt mahnend einen Finger. – »Verneige dich vor der Richtung! Und achte auf dein Gesicht. Die Mundwinkel ziehen dich runter.« – Sie runzelt die Brauen und blickt unwillkürlich auf den Becher in ihrer Hand, das Spiegelbild im blankpolierten Metall. – »Sobald du aber lächelst, wenig nur und auch und gerade dann, wenn dir nicht danach zumute ist, schwebst du ein bißchen über dem Boden und alles kommt dir leichter vor. – Versuchs!«

Es stimmt. Für den Augenblick jedenfalls wird ihr vages, eher höfliches Lächeln zu einem strahlenden, und der Mann lehnt sich zurück, breitet die Hände aus und schenkt es ihr.

Ein alter, zerlumpter Lotterieverkäufer tritt an den Tisch, er begrüßt ihn auf katalanisch und gibt ihm Geld, ohne ein Los zu nehmen, und dann wendet er sich wieder Mary zu, fragt sie nun doch das Übliche, fragt nach ihrem Akzent, und sie reden über Deutschland. Wolf Biermann ist gerade ausgebürgert worden, auch die hiesigen Zeitungen sind voll davon, und er schüttelt den Kopf. Das sei der Anfang vom Ende.

»Durch die Dichter atmet ein Volk«, sagt er. »Läßt man sie nicht mehr singen, wird es umkommen. Und Erstikkende können furchtbare Kräfte entwickeln …

Übrigens kenne ich ein paar Songs; er hat schon Courage, dieser kleine Mann. Und Poesie dazu. Doch, ehrlich gesagt, habe ich nie verstanden, wie ein Künstler sich, sein Leben und seine Lieder ganz der Politik verschreiben kann. Das ist ein bißchen armselig, oder? Und heuchlerisch dazu. Die sich anlegen mit der Macht, werden doch selbst von Machtgier getrieben, je uneingestandener, desto schlimmer. Sie sind nicht zur Freude gereimt, wie euer Hölderlin sagt. Und warum wollen sie Macht?« – Er winkt dem Kellner, bestellt einen Gin. – »Weil sie keine Vollmacht haben. Und die verleiht natürlich kein König oder Minister, kein Volk. Die verleiht nur einer …

Ich bin womöglich etwas blumig religiös, aber die Essenz, der Sinn aller Lieder kann doch nur das Rühmen, der Lobgesang sein, oder? Dazu ist ein Künstler da. In ihm vollendet sich, in seinem *Halleluja* rundet sich das All.«

»Und Amen«, sagt die Frau, die plötzlich hinter ihm steht und ihm beide Hände auf die Schultern legt. Elegant lackierte Fingernägel, zarte Arme, enger Rock, und die lichtgraue Bluse hat einen kleinen Stehkragen. An ihren Ohren glänzen zwei mattgoldene Monde, der schöne volle Mund ist so rot geschminkt wie die Nägel, und wenn sie lächelt, sieht das wie ein freches Zähneblecken aus.

»Da Claudio schon mal redet, sollte man ihn nicht unterbrechen«, sagt sie und nimmt die Sonnenbrille ab. »Der Klang seiner Stimme ist das einzige, was diese Stadt bewohnbar macht. Jedenfalls für mich.«

Sie beugt sich herab, legt ihre Wange an seine. Ihr dunkles Haar ist kurz, eine Männerfrisur, und duftet nach Kokoswachs, und sie fingert die Olive aus dem Glas

und murmelt: »Ich muß aber noch in die Praxis, Chico. Kommst du mit?«
Er nickt und zuckt mit den Schultern zugleich, wirft den Tauben die Chips aus seinem Schälchen hin. Sie richtet sich auf und gibt Mary die Hand. – »Susanna. Und wer bist du?«
Der Blick aus den grünen Augen ist nicht unfreundlich, vielleicht sogar wohlwollend, aber auch prüfend; sie trägt einen Goldreif am Gelenk, an den Fingern jedoch keinen Ring.
»So long, Marianne ...«, summt Claudio, stemmt sich aus dem Stuhl und grinst. Es sieht bedauernd aus, und er legt der anderen einen Arm um die Taille und drückt sich das Tuch, die Seide, enger an den Hals.

12.

Am nächsten Tag – sie sitzt lesend im selben Café – erscheinen sie wieder, grüßen im Vorübergehen und verschwinden unter den Arkaden. Um gleich darauf an einer Ecke des belebten Platzes aufzutauchen, an der sie eigentlich noch nicht sein können. Mary hält sich das kühle Glas an die Schläfe. In seiner kraftvollen Gelassenheit kommt ihr Claudios Gang wie eine handschriftliche Zeile in einem Druckwerk vor, und Susanna hockt sich lächelnd auf die Kante des freien Stuhls, zeigt auf ihre Tennis-Treter und sagt: »Wir sehen dich immer nur in diesen Schuhen ... Die sind nicht gut, schmeiß sie weg. Davon kriegt man giftige Füße.« Und

zieht ein Paar Ledersandalen aus ihrer Tasche, dem Einkaufsbeutel einer teuren Boutique.
»Te gusta?«
Claudio, der die anderen Passanten fast um Kopfhöhe überragt, ist schon weitergegangen, scheint jemanden zu suchen, und auch Susanna wartet ihren Dank nicht ab, ruft nur »Bis bald!« und läßt winkend ein paar Ringe an den Fingern blitzen.
Und Mary bleibt noch lange unter den alten Palmen, deren Blätter jetzt rascheln im Abendwind, einer kühlen Brise mit warmen Strähnen, versucht sich auf ihre Lektüre zu konzentrieren und starrt doch immer wieder den leeren Stuhl an, als hätte ein Engel darin Platz genommen, unsichtbar bis auf die zart geflochtenen Sandalen. Und wie am Vortag ist, als sie zahlen will, alles beglichen.

Am folgenden Wochenende, sie hat bereits zwei Stunden im Café gewartet und schlendert über die Rambla de los Estudios nach Hause, kommen sie ihr zwischen den Blumenständen entgegen. Claudio, wieder ganz in Weiß, klimpert mit einem Schlüsselbund. – »Wir machen einen Ausflug, nach Tarragona. Fährst du mit?«
Ihr Wagen, ein englisches Cabrio, steht unter den Akazien, und Susannas enges Kleid aus dunkelgrüner Rohseide glänzt metallisch, als sie sich mit einem Hüftschwung auf den Sitz sinken läßt. Claudio fährt schnell, er rast, der Fahrtwind reißt Mary, auf ihrem Notsitz, die Luft aus dem Mund und fegt ihr immer wieder das Haar ins Gesicht. In der Hitze riechen die Straßen wie gerade asphaltiert, die Mücken zerklat-

schen blutig auf der Windschutzscheibe, und dann, nach ein paar schwindelerregenden Kurven, scheint die Landschaft ins Meer zu rutschen, und Mary bittet anzuhalten, sofort. Und übergibt sich ins Gras, den blühenden Lavendel.
Susanna umfaßt ihre Schultern, legt ihr eine Hand auf den Bauch und blickt auf das Erbrochene hinunter. – »Keine Perle dabei ...«, sagt sie zu Claudio, der am Wagen lehnt und Mineralwasser über ein Taschentuch gießt. Und sie waschen ihr das Gesicht, geben ihr zu trinken und fahren langsamer weiter.
In Tarragona, am späten Nachmittag, bummeln sie durch die Altstadt und studieren die Karten der Restaurants, und es gibt kaum ein Geschäft oder einen Kramladen, aus dem Susanna nicht mit irgendeiner Kleinigkeit herauskommt. Sie kauft Schwämme und ein halbes Dutzend kleiner Muscheltruhen, Honig in Dosen, getrocknete Algen, Kinderbücher, Silberschmuck und verhandelt lange mit einem Trödler über den Preis zweier arabisch beschrifteter Wasserhähne.
»Jeder Mensch braucht eine Sucht«, sagt sie und hängt dem schmunzelnden Claudio eine neue Tasche an den Arm.
Später, die Sonne ist gerade hinter der alten Stadtmauer verschwunden, essen sie in einem Fischrestaurant an der Küste. Auf den blaukariert gedeckten, schief im Kies stehenden Tischen flackern honigfarbene Windlichter, und Claudio, der nur einen Salat ißt und auch den nur halb, hilft Mary mit ein paar Fingerzeigen beim Zerlegen der Seebrasse. – »Die Biester sind unversöhnlich ...« Er zieht eine winzige, wie ein gläserner Rosen-

dorn geformte Gräte von ihrer Gabel. »Die rächen sich noch, wenn sie tot sind.«

Dann sitzen sie auf den Steinstufen des Amphitheaters und sehen dem Schauspiel zu, das der fast volle, orangerot hinter dem Meerhorizont heraufsteigende Mond ihnen bietet. Susanna und Claudio rauchen selbstgedrehte Zigaretten, bieten auch ihr davon an, doch sie schüttelt den Kopf. Schon wieder ist ihr übel, und als sie die Treppe hinunter ins Circusrund gehen, taumelt sie und hält sich ängstlich an Claudio fest.

»Na, na, was wird mit dir?« sagt Susanna. »Setz dich wieder hin!«

Doch sie will weitergehen, ans Meer, und Claudio sagt: »Wer weiß, vielleicht ist es der Ort? Ein Wiedersehen im späteren Leben?« – Er neigt den Kopf, bis seine Augen ganz umschattet sind. – »Womöglich bist du hier geschlachtet worden, vor zweitausend Jahren ...«

»Blödsinn!« – Susanna drängt ihn weg, umfaßt ihre Hand. – »Mach ihr doch keine Angst! Sie ist schwanger, unsere Kleine. Stimmts?«

Und plötzlich wird es still in dem alten Kampfrund, still oben auf der Straße, der Promenade, den Türmen und Terrassen der übersternten Stadtmauer; die Gitarrenmusik, das Lachen, der Klang der Gläser unter den Palmen, ja sogar das Wellenrauschen – momentlang alles weg. Und auch der Mond scheint nicht mehr zu steigen, und der goldene Streifen auf dem Wasser führt geradewegs in ihr Herz. – »Mein Gott!«

Von einem Augenblick zum anderen ist alles Zukunft, eine Offenheit, die ihr den Atem nimmt, und sie weint und muß gleichzeitig lachen bei dem Gedanken,

daß Tränen immer in die Vergangenheit fallen. Ein Baby …
»Ja, hast du das denn nicht gewußt?«
Susanna, die Ärztin, hat es bemerkt, als ihr Mary zum ersten Mal aufgefallen war, vor einer Woche, auf der Plaza del Rey. – »Der Gang …«, sagt sie. »Du mußt im dritten Monat sein. – Wer ist denn der Vater?«
Mary schüttelt den Kopf und sagt: »Im dritten? Aber das heißt ja … Das ist doch nicht wahr!«
Höher der Mond, fahler das Licht, und die Mühen und Träume, die Hoffnungen und Versprechen der letzten Zeit kommen ihr plötzlich vor wie Hohn, wie eine einzige zynische Ungerechtigkeit, und sie setzt sich hin, pflanzt sich breitbeinig in den Sand und wirft Hände voll Kiesel und Muscheln und faulender Algen ins Meer, auf den Silberstreifen. – »Und was wird aus dem Studium?!«
Doch das Wasser antwortet nicht, und Claudio, schmal und weiß auf einer Düne, ruft: »Ich glaub, ich hole noch mal Wein.« Und geht auch schon weg.
»Beruhige dich«, sagt Susanna. »Wir machen das. Ein Kind ist nicht die Welt …« Sie kniet sich zu ihr, streichelt sie, küßt die Tränen aus den Augen und spricht ihr gut zu, wobei die Stimme noch dunkler wird. Sie ist zart wie ein Knabe und benutzt ein süßes, orientalisches Parfüm, das die Meerluft wie ein schwerer Samt verhängt, und als sie den Vorschlag macht, ein wenig zu schwimmen, stimmt Mary fast erleichtert zu.
Nackt am Wellensaum, streicht sie über ihren Bauch, und obwohl sie sich zum ersten Mal im Leben schwanger sieht, kann sie keine Veränderung entdecken. Die

Brüste sind etwas straffer geworden, das wohl, sie schmerzen sogar ein wenig, als Susanna sie behutsam, nur mit den Fingerspitzen, betastet. Und die jähe Gänsehaut ist ihr peinlich.
»Das wird nicht dein einziges Kind bleiben«, sagt die Ärztin und meint wohl ihren Körper, die Fraulichkeit, die ihr jetzt fast plump erscheint. Neben dieser herben Spanierin mit den beweglichen Gliedern – noch nackt wirkt sie elegant – kommt sie sich zwar schön vor, vielleicht sogar weiblich; aber ein bißchen deutsche Kuh ist auch dabei. – Doch als Susanna, die übrigens glatt rasiert ist, nun auch den Leib, den Bauch unterhalb des Nabels betasten will, zuckt sie unwillkürlich weg. Sie packt ihre gepflegte Hand, zieht sie ins tiefere Wasser und flüstert nah an ihrem Ohr: »Ich wills kriegen. Vielleicht bin ich verrückt, aber ich will es kriegen!«
Dann schwimmen sie in die Nacht hinaus, und als sie nach einer halben Stunde zurückkommen und sich kreischend und prustend mit den kleinen leuchtenden Zuckerquallen bewerfen, liegt Claudio im Dünengras, trinkt Wein aus einem Plastikbecher und sagt: »Ihr wäret ein schönes Paar …«
Und seine Freundin lacht und schnippt ihm Wassertropfen ins Gesicht. – »Du willst mich wohl loswerden!«
»Im Gegenteil.« – Er rückt sein hellblaues Halstuch zurecht. – »Je glücklicher du bist, desto glücklicher wirst du mich machen.«

Susanna kennt das Studentenheim, hat selbst ein paar Semester lang darin gelebt und sagt: »Dort wird dir das Baby im Bauch versauern. Zieh zu uns.«

Zusammen mit Claudio bewohnt sie eine Neubauetage nahe der Sagrada Familia. In zwei Räumen ist ihre psychotherapeutische Praxis untergebracht, in einem dritten eine Art Tonstudio: Synthesizer, Mischpulte, ein Klavier. Die anderen Zimmer sind spartanisch eingerichtet; Reisstrohmatten auf den Böden, wenige Möbel aus mattschwarzem Holz, unauffällige Wandschränke, Schiebetüren aus Pergament. Hier und da Pflanzen – Zwergbäume, Bambus –, und am Ende des Flurs, in einer gekalkten Mauernische, hockt ein alter, vergoldeter Buddha, dick wie eine Dogge.

Mary kriegt ein Hinterhofzimmer mit separatem Eingang und eigener Toilette, nur Bad und Küche muß sie mit den anderen teilen. Und sie geht wieder täglich zur Uni und arbeitet mit aller Kraft, denn sie hat sich in den Kopf gesetzt, das ganze Studienjahr in die knapp sechs Monate zu pressen, die ihr noch bleiben. Und liegt abends erschöpft auf dem Bett, ißt Unmengen Obst und trinkt den grünen Tee, den Susanna ihr kocht.

Was Claudio macht, bleibt rätselhaft. In der Wohnung scheint er selten zu sein, und aus jenem Studio hört sie nie einen Ton. Manchmal sieht sie seine Silhouette hinter den Wänden aus Pergament, manchmal riecht sie noch seine Rasiercreme, wenn sie ins Bad kommt, und gelegentlich trifft sie ihn, immer in Weiß, immer mit Halstuch, in der Küche, wo er einen Joghurt löffelt und ihr eine Weile beim Kochen oder Spülen zusieht mit seinen hellgrauen Augen. Und als sie ihn einmal rundheraus fragt, was er eigentlich den ganzen Tag treibe, stellt er seine Tasse in die Spüle und sagt im Davongehen: »Ich belausche die Stille.«

Und plötzlich, am Morgen vor einer wichtigen Klausur, ist das Bett naß, das Laken wäßrig-rot, und Susanna, während sie sich das Stethoskop aus den Ohren nimmt, sagt kopfschüttelnd: »Du überanstrengst dich, Süße. Das Herz deines Babys klopft zu schnell.«

Wieder fragt sie nach dem Vater, doch Mary winkt ab. Sie braucht ihn nicht. Und das Kind … Das Kind ist noch nicht da.

Nun muß sie liegen, Tag und Nacht, denn die Gebärmutter hat sich gesenkt, und Claudio kommt an ihr Bett, schüttelt die Kissen auf und bringt ihr warme Milch, Süßigkeiten, geschmackvoll arrangierte Tapas. Und dann setzt er sich auf den Boden, spielt ein wenig auf einer Maultrommel und erzählt ihr von seinen Reisen durch Lateinamerika. Seine Stimme ist wirklich etwas, in das man sich hineinschmiegen kann, und die lässigen Gesten der langen, sonnengebräunten Hände schmücken den kahlen Raum. – »Überall, mit jedem Schritt, fängt Mexiko an …«

Und wenn er wieder geht und sie allein läßt mit all den Bildern von Dschungeln und Früchten und Ruinen im Regen, von alten Haciendas und Kakteenwüsten unterm hellen Mond, wenn sie langsam verglimmen hinter den geschlossenen Lidern, die Opferlichter der Indianer in Kirchen voller Lilien und Gold, dann überkommt sie, bei aller Freude auf ihr Kind, doch auch eine Melancholie: Es ist also erst mal vorbei mit dem Reisen. Noch ehe es richtig begonnen hat. – Und sobald sie ihn wieder in der Küche hört, ruft sie nach Claudio und bittet ihn, mehr zu erzählen, immer noch mehr, und er beißt in einen Apfelschnitz, hockt sich in die Zimmerecke und legt die Hände zusammen, nur die Fingerspitzen. – »Mexiko …«, sagt er und läßt das X im Rachen kratzen. »Es ist ein heiliger Name, ein Wort mit einer Atemschneide.«

Ob sie eigentlich miteinander schlafen, er und Susanna? Daß Frauen und ihre Körper ihn besonders interessieren, ist jedenfalls nicht zu erkennen. Wenn Mary ein Bein aus dem Bett hängen läßt oder sich etwas länger als nötig Krümel vom T-Shirt wischt und rasch zu ihm hinsieht, weicht er ihrem Blick zwar nicht aus, erwidert ihn aber auch kaum. Seine Augen kommen ihr dann grundlos vor, hell, doch ohne Licht.

Aber kurz nachdem sie wieder aufstehen darf – fast ein Monat ist vergangen, und sie kann die Studentin endgültig in den Schrank stellen –, überrascht sie die beiden im Bad. Die Tür ist nicht verriegelt, ahnungslos tritt sie ein – und will auch schon wieder zurückweichen. Doch Susanna blickt zu ihr hoch und lächelt sie an, als hätte sie längst mit ihr gerechnet, und dann bleibt sie halt, lehnt sich in den Türrahmen, verschränkt die Arme vor der Brust und schaut ihnen zu.

Claudio sitzt auf dem Wannenrand. Er ist völlig nackt und zittert, und Mary hätte nicht gedacht, daß er noch dürrer und knochiger aussehen kann, als er es ohnehin tut in seinen weiten Kleidern. Die Haut ist gleichmäßig braun, und er hat die Schenkel gespreizt und stemmt ein Bein an die gegenüberliegende Wand. Das andere Knie ist angewinkelt, der Fuß liegt geknickt auf dem

Rist, und es riecht nach Schweiß in dem schmalen Raum, nach verschwitzten Hoden. Mit einer Hand hält er sich an den Armaturen fest, die andere umklammert den Kachelrand, seine Augen sind ein wenig geöffnet, doch die Pupillen rutschen hinter die Lider. Obwohl man kaum ein Atemgeräusch hört, hebt und senkt sich die dünn behaarte Brust, als liefe er gerade um sein Leben. – »Mach schon … Mach!«
Susanna, die vor ihm in der Hocke sitzt in einem schwarzen, rückenfreien Lederkleid und Schuhen mit sehr spitzen Absätzen, trägt viel Goldschmuck an dem Abend, Ohrclips, Ringe und einen Reif, der sich über den ganzen Unterarm schlängelt. Geschminkt wie sie ist, hat sie wohl ausgehen wollen und umfaßt nun Claudios Glied, betastet es mit den Fingerspitzen.
Er keucht, und sie blickt besorgt zu ihm auf, schüttelt den Kopf. Das kurze Haar glänzt vor Öl. Aus dem Kulturbeutel, der neben ihr auf dem Boden steht, kramt sie einen dünnen gelben Schlauch hervor, macht eine Schlinge daraus, legt sie um die Peniswurzel und zieht sie zu. Weniger das Glied schwillt an, wohl aber die Ader an der Seite, und Susanna schiebt sie mit der Daumenspitze hin und her und murmelt: »Scheiße, rollt …«
Dann betupft sie die Stelle mit einem Wattebausch, nimmt eine kleine Spritze vom Wannenrand, zieht die Kappe der Kanüle ab, drückt einen milchigen Tropfen hervor und betastet noch einmal die Ader, fixiert sie zwischen zwei Fingerkuppen.
Als sie hineinsticht, holt Mary unwillkürlich Luft, saugt sie durch die Zahnritzen ein, und Susanna, die et-

was Blut aus der Ader zieht, den Stauschlauch löst und langsam die nun rot durchwölkte Flüssigkeit in den Penis spritzt, sagt: »Was sollen wir machen ... Schau ihn dir an. Wir finden keine Vene mehr.«
Und jetzt erst betrachtet Mary genauer, was sie in ihrer Konzentration auf das Geschehen beiläufig für Unreinheiten der Haut, Pigmentflecken oder Pickel gehalten hat: Claudios Körper, die Fußgelenke, die Waden, Unterarme, Ellenbeugen, Oberarme und sogar die Halsseiten neben dem Kehlkopf sind übersät von winzigen Wundmalen, hellrot bis schwarzbraun, unzählige vernarbte, wieder geöffnete und wieder vernarbte, ja verhornte Einstichstellen, und er richtet sich auf, lächelt entspannt und läßt sich ruhig mustern.
Susanna, die das Spritzbesteck in der Tasche verstaut hat, schlingt einen Arm um seine Taille, legt ihren Kopf an die Schulter und blickt Mary an. – »Jetzt weiß sie alles von uns, die Kleine.«
Claudio nimmt einen Morgenrock vom Haken. – »Jetzt haben wir ein Geheimnis.«
Und zwei Tage später, an ihrem Geburtstag, von dem sie niemandem erzählt hat, findet sie einen Blumenstrauß in ihrem Zimmer, Rosen und Lilien, außerdem eine Packung Nougat aus Toledo und eine orangefarbene Latzhose mit verstellbarem Bund und einem Schnuller in der Brusttasche. Und am Abend essen sie in einem Restaurant an der Rambla de San José, und nach dem Dessert legt Claudio einen Briefumschlag vor sie hin. Darin ist ein kleiner ovaler Mondstein an einem Silberkettchen. Und ein Flugticket nach Mexiko.

»Drogen, Drogen! Was heißt das schon«, sagt Susanna. »Des einen Gift ist des anderen Medizin. Er braucht das Zeug wie wir die Luft zum Atmen. Und ich, seine Liebste, seine Ärztin – soll ich ihn töten?
Es ist zu spät, ihm das abzugewöhnen. Untergewicht, Immunschwächen, von seinem Herzen nicht zu reden. Eine Entziehungskur brächte ihn um. Und hätte wahrscheinlich auch nur kurz Erfolg. Künstler wie er sind seltsame Seelen, weißt du. Um die Klänge zu hören, die es wert sind, in Musik übersetzt zu werden, brauchst du eine andere Wahrnehmung.
Was also kann ich tun? Beten, daß die Götter ihn mir so lange wie möglich erhalten. Und auf ihn aufpassen, klar. Denn das billige Zeug, das du hier an der Straßenecke kriegst, ist purer Dreck. Ein Schuß, und du hast Gelbsucht und Schlimmeres. Andererseits, wenn der Stoff gut und rein ist und er immer saubere Nadeln benutzt, kann ein Fixer steinalt werden ...«
Sie stehen in der Praxis, Susanna hat sie untersucht, alles in Ordnung, und nun sieht sie Mary beim Ankleiden zu, greift ihr an den Hosenbund. – »Naja, noch etwas geräumig. Doch Geduld, in drei Monaten bist du froh über den Platz. Und für die Reise sind die vielen Taschen doch ideal!«
»Aber die Farbe, dieses Orange ... Paßt das überhaupt zu meinem Blond?«
»Natürlich. Wo du hinkommst, geht die Sonne auf.«
Sie zeigt auf einen Glasbehälter voller Einwegspritzen. – »Außerdem ist wirklich nichts dabei, habs selbst schon zweimal gemacht. Ein Spaziergang durch Wolken. Würde es auch jetzt wieder tun. Aber ich kann den

Mann im Moment nicht allein lassen. Nachher läuft er auf die Rambla und spritzt sich irgendein Gift unter die Augenlider ...«
Mary mustert die beiden Diplome an der Wand. Sie weisen die zarte Frau als Internistin und als Psychotherapeutin aus, und sie denkt an Claudios Worte an ihrem Krankenbett: »Susanna ist eine gute Ärztin. Sie glaubt, daß sie mit jedem Patienten immer auch sich selbst heilt.«
»Kein Mensch erwartet, daß das Zeug aus der Richtung kommt, verstehst du. Alle blicken nach Fernost, nach Thailand, Nepal, zum Goldenen Dreieck. Und eine Schwangere ...«
»Na gut«, sagt Mary. »Wenn es Claudio hilft.«
»Es würde ihn retten! Unsere Vorräte sind fast verbraucht.«
»Aber warum muß ich mit diesem Hasch, oder was, nach Zürich fliegen? Wieso komme ich nicht direkt zu euch zurück?«
»Weil es *aufbereitet* werden muß, Süße. Pur kann es keinem Menschen verabreicht werden, es sei denn, man will ihn umbringen. Und in der Schweiz gibt es nun mal die redlichsten, gründlichsten, saubersten Chemiker. – Du schaffst die Koffer nach Basel, stellst sie in ein Schließfach, holst dir ein Erste-Klasse-Bahnticket und bist in wenigen Stunden wieder bei uns. Hm?«
Sie tritt nah an sie heran, legt ihr die eleganten Hände ums Gesicht und küßt sie auf die Stirn. – »Alles wird gut, glaub mir. Und zunächst einmal: Freu dich auf Mexiko. Genieße es! Ich beneide dich so. Das ganze Land war ein Echo meiner Seele.«

13.

Zwischen Hin- und Rückflugtermin liegen knapp drei Wochen, von denen sie fast die ganze erste in Mexiko City verbringt, in ihrem Bett im Hotel Monaco, wo alle Zimmer mit Bad belegt sind und sie sich jede Viertelstunde in den Kloraum schleppt. Ihr längst leerer Darm gebärdet sich, als hätte sie ihm Säure verabreicht. Dabei ist es nur ein Wurstbrötchen und – trotz Claudios Warnung – ein Glas Fruchtsaft von einem der vielen Straßenhändler gewesen. Fast verrückt vor Hitze, Durst und Atemnot, hatte sie gleich nach ihrer Ankunft etwas Erfrischendes gebraucht, ein Riesenglas, eiskalt.

Schon vor der Flughafenhalle war ihr die Luft aufgefallen, der schweflige Geruch, der über dem Zufahrtsplatz und den vielen alten, oft schrottreifen Autos lag, und sie hielt unwillkürlich nach einem Unfall Ausschau, einem Brand.

Doch dann wird sie von den Straßenjungen abgelenkt, ihrem Spiel mit den Reisenden. Wann immer diese, einzeln oder in Gruppen, aus den automatischen Türen treten, werfen sie ihnen Münzen zwischen die Füße, die großen, gewichtig klingenden Peso-Stücke, die nur Pfennige wert sind, und viele Touristen denken wohl unwillkürlich, es sei – Loch in der Tasche – ihr Geld. Oder auch das eines Vordermannes. Und wer dann stehenbleibt und sich danach bückt, sieht sich plötzlich umhuscht von einem Dutzend zerlumpter Jungen, und ihre schmalen braunen Hände gleiten schneller in Hosen-, Jacken-, Rucksacktaschen, als der Bedrängte sich

aufrichten kann. Und hat er, um den Glückspfennig aufzuheben, gar seine Koffer abgestellt, ist das Geschrei nachher groß ...
Und wird doch nicht gehört im Verkehrslärm vor der Halle, dem Gebrodel aus Blech, dem keine Richtung anzusehen ist und das ein Auto ohne Motor wohl eher durchkreuzen könnte als eins ohne Hupe.
Im Flughafenbus, mit dem sie in die City fährt, fehlen ein paar Fensterscheiben, der Schwefelgeruch nimmt immer noch zu, ein gelblicher Rauch durchzieht die Straßen, manche Autos fahren mit Scheinwerferlicht, und Mary, die in der ersten Reihe sitzt, fragt den Chauffeur, was denn hier brennen würde. Doch der Mann in dem weit offenen Hemd, drei Goldkreuze baumeln vor seiner Brust, zuckt nur mit den Achseln.
Sie hat sich Mexiko City nicht so grau vorgestellt, so niederdrückend schmutzig und grau. Die meisten Häuser – aber kann man Häuser sagen zu den garagenartigen Kästen – sind aus unverputztem Bimsstein gemauert, auf den Dächern, zwischen den Fernsehantennen, flattert zerlumpte Wäsche, und wann immer sie in ein Schaufenster blickt, ist es eine Reifen- oder Auspuffhandlung. Und einmal steht ein übermannshoher, von Fliegen umwölkter Turm aus gegrillten Schweineköpfen am Fahrbahnrand, und auf einer Kreuzung, wie angefeuert von den Pfiffen ringsum, dem Johlen, prügeln sich zwei Polizisten in makellos gepflegten Khaki-Uniformen, schlagen mit ihren weißen Gummiknüppeln aufeinander ein.
Der Schwefelgeruch wird immer beklemmender, trotz des Verkehrslärms hört Mary ihren Puls in den Ohren,

und sie starrt nach vorn, auf das Blinken der Rücklichter in den Abgaswolken, hält sich den Bauch und atmet flach, immer flacher – bis ihr übel wird.
»Was zum Teufel soll denn hier brennen!« knurrt der Busfahrer, als sie ihre Frage wiederholt. – »Hier brennt nichts, Chica. Das ist die ganz normale Luft.«
Am Zócalo, der Endstation, hat sie das Gefühl, daß ihr Mundraum samt Kehle belegt ist mit Ruß, jenem hauchfeinen, der sich auch im Glashals einer Petroleumlampe absetzt. Das Taschentuch, mit dem sie ihr verschwitztes Gesicht trocknet, ist anschließend so schmutzig, als hätte sie damit die Schuhe abgewischt, und sie nimmt den Rucksack, geht geradewegs zu einem der Händler auf dem Platz und läßt sich einen großen Becher Mangosaft aus dem Eimer voller Eisbrokken schöpfen. Schon die Farbe ist ein Glück.
Und die nächste Nacht verbringt sie auf dem Klo.

»Der Saft war wohl in Ordnung«, sagt Konrad, der Freund von Claudio und Susanna, und krault sich grinsend den Bart. – »Aber das Wasser, aus dem die Eisstücke sind, ist hierzulande Gift. Jedenfalls für uns.«
Er ruft in Barcelona an und bringt kurz darauf ein Mittel ins Hotel, homöopathische Tropfen – die alles nur verschlimmern. In der Nacht bekommt Mary Fieber, hohes Fieber, wie sie glaubt, taumelt in den Duschraum und stellt sich halbe Stunden lang unter den kalten Wasserstrahl.
Und wieder im Zimmer, krümmt sie sich zusammen vor den inneren Gewittern, den Koliken, sobald sie mit einem leisen, zunächst fast wohligen Brennen begin-

nen, und fleht sogar ihr Baby an: »Mensch, hilf mir doch!« – Dann kommen sie, fahren mitten durch sie durch, als sollte sie zerteilt werden, umgegraben bei lebendigem Leib, und sie schreit, beißt ins Kissen, reißt Tapetenfetzen von der Wand. Und entleert plötzlich alles, was ihr Darm noch hergibt, in das Bett.

Nun weint sie nicht einmal mehr. Sie rafft sich auf, wäscht das Laken im Handwaschbecken, hängt es über die Heizung und legt sich auf die Matratze voller alter Flecken. Dann schiebt sie die gefalteten Hände zwischen die Knie und schläft erschöpft ein.

Und am nächsten Morgen spaziert sie durch den kleinen Park vor dem Hotel, einem zertretenen Oval, auf dem ein paar haushohe Palmen stehen, nur die Stämme; die Kronen sind längst abgefallen. Sie hält sich an dem einen oder anderen fest, das Gehen ist noch eine wackelige Angelegenheit, aber sie hat wieder Lust auf Obst und Tee und atmet tief die plötzlich ganz passable Luft, blickt in den fast blauen Himmel. Sie ist in Mexiko City.

»Dann hat das Zeug tatsächlich gewirkt? Dachte schon, du kratzt uns hier ab!« sagt Konrad und lacht. – Er soll ihr die Stadt zeigen, das war in Barcelona vereinbart oder besser: verfügt worden, und Mary, die Beschenkte, hatte nicht gewagt, zu widersprechen. Ein Deutscher, ein Heidelberger, trägt er trotz der Hitze dicke Cordhosen und ein Tweedsakko mit Lederbesatz an den Ärmeln. Er riecht nach Tabak und altem Schweiß, blickt immer etwas stier durch die Brillengläser voller Schuppen und Flusen und lenkt den Wagen wie ein Einheimischer durch die Straßen, das heißt, er fährt schnell, gefährlich schnell, und bremst dann plötzlich ab, um den cremefarbenen VW-Käfer langsam über die »Achsenkiller«, die zur Geschwindigkeitsbegrenzung eingebauten Asphaltbuckel, rollen zu lassen. Und er hupt pausenlos.

Auf die Frage, was sie sehen wolle, antwortet er gleich selbst. – »Ich zeig dir erst mal meine Bude. Da trinken wir was, und dann gehts los.«

Er ist Altphilologe, lehrt an der hiesigen Universität, hat ganze drei Studenten, wie er sagt, und gibt gelegentlich etwas Deutschunterricht. Ein karges Dasein. Trotzdem sind die Wände seiner Zimmer in Koyatan, einem Stadtteil, in dem auch die Präsidentenfamilie lebt, mit englischen Stofftapeten bespannt. Alte Möbel, schwere Teppiche, Lampen aus Kristall, und er weist grinsend auf die blau und silber gestreifte Polstergarnitur von »La Roche«, Paris, und sagt: »Irgendwas mußt du dem Dreck hier entgegenhalten. Sonst gehst du drauf.«

Er ist ein Technik-Freak, besitzt Seefunkgeräte und Walkie-Talkies und zeigt ihr stolz den damals letzten, natürlich amerikanischen Schrei: Ein drahtloses Telefon. Sogar sein Bücherregal kann er per Knopfdruck bewegen und somit Größe und Schnitt der Räume variieren, und als Mary gelangweilt auf eine Reihe goldbedruckter Lederbändchen hinter Glas zeigt und fragt, was das sei, werden seine Augen groß, und auch der Mund, soweit erkennbar hinter den Bartfransen, formt ein feuchtes O, bevor er mit tiefdeutschem Staub in der Stimme »Komm in den totgesagten park ...« rezitiert.

Das ist also seine »Georgeania«, lauter Erstausgaben, eine davon sogar signiert, das Kostbarste, was er auf der Welt besitze, und er öffnet die Vitrine, nimmt ein Buch heraus und hält ihr Stefan Georges Handschrift hin. Sie nickt höflich, murmelt »Schön …« und fingert das Limonenstück aus ihrem Wasser. »Zischen wir ab?«

Doch er bleibt stehen vor ihrem Sessel und antwortet nicht. Er schwitzt und grinst und starrt auf sie hinunter durch die befingerten Brillengläser, und dann stößt er sie an, tippt mit der Buchecke gegen ihren Hosenlatz. – »Bist ja ganz gut bestückt.«

Sie spuckt ihm die Limonenscheibe vor die Füße und steht auf. – »Also dann. In zwei Wochen. Am Flughafen.«

Er verstellt ihr den Weg. – »Schon gut! Mach keinen Mist. Wir trinken jetzt aus, und dann zeig ich dir die Stadt.«

»Die sehe ich mir allein an.«

»Das kannst du nicht.«

»Ach? Nein?«

Sie windet sich an ihm vorbei, reißt die Wohnungstür auf – doch schon ist er wieder hinter ihr, schließt sie mit einem Tritt.

»He!« sagt sie, hart in die Ecke gedrängt. »Ich bin schwanger!«

»Ist mir egal! Du wirst jedenfalls keinen Schritt allein machen. Nicht, solange du in Mexiko bist.«

»Und wieso?«

»Weil wir sonst Ärger kriegen, Kleine. Bösen Ärger. Dagegen wären die Koliken eine Zärtlichkeit gewesen …«

Er lenkt den Käfer aus der Tiefgarage, blickt sich nach allen Seiten um, sucht sogar die Dächer ab und schaltet das Funkgerät unter dem Handschuhfach ein. Es sind aber nur Störgeräusche zu hören.
»Du meinst, wir werden beobachtet?« fragt Mary. »Jetzt? Hier? Immer? – Ich sehe aber niemanden, die Straße ist leer!«
»Sie kommen schon noch. Das Wissen und die Angst davor sind oft Überwachung genug.«
»Ach, Quatsch! Wer will mich denn im Auge behalten, wenn ich da, auf dem Marktplatz, verschwinde? Blonde Touristinnen gibts jede Menge ...«
Er nickt. – »Aber falls man befürchten müßte, daß du mit irgendwem gesprochen hättest, einem Bullen zum Beispiel, gäbe es bald eine blonde Touristin weniger. Neulinge habens nicht leicht in der Branche. Bleib also immer hübsch an meiner Seite.«
Sie sieht ihn aus den Augenwinkeln an, und er läßt ein fettes Lachen hören, hämmert auf die Hupe. Dann, halblaut, fast zischend, beschimpft er die anderen Autofahrer: »Na los, bieg ab, du Ratte! – Dreckfresser. – Scheißmex. – Nachgeburt!« – Und als er noch sagt: »Trag immer diese Hose, hörst du. Die ist das Zeichen ...«, erklärt sie ihn insgeheim für verrückt und beschließt, an der nächsten Ampel aus dem Auto zu springen.
Sie fahren durch ein Viertel, in dem es eine Zahnarztpraxis neben der anderen gibt. Auf allen Dächern und Wänden große bis riesige, schreiend bunt beschriftete Werbeschilder, und oft wird im Schaufenster behandelt, vor den Augen neugieriger Passanten. Viele Ärzte

tragen statt der Kittel elegante Anzüge, Schlips und Stecktuch, und Konrad sagt: »*Dentista* darf sich hier jeder Klempner nennen. – Weil die Mexikaner alles, wirklich alles, sogar Früchte und Süßigkeiten, mit höllisch scharfem Chili-Pulver bestreuen, dick überpudern, was angeblich den Darm desinfiziert, aber auch das Zahnfleisch und die Zahnhälse zerfrißt, haben sie furchtbar zerstörte Gebisse ...«
Die nächste Ampel schaltet auf Rot, und Mary umfaßt den Türgriff. Doch zögert sie noch, hinauszuspringen, denn Konrad ist jäh still geworden, wachsbleich. Beide Hände am Lenkrad, hat er die Augen geschlossen und atmet mit offenem Mund, ein zittriges Luftschnappen. – »He ... Was'n los? Wird dir schlecht?« – Und dann hält ein Auto rechts neben ihnen, Mittelklasse, japanisches Fabrikat, und die drei Mexikaner, die hellblaue Windjacken und abgegriffene Stetsons tragen, würdigen sie keines Blicks. Nur der vierte, ein knabenhaft zarter, langhaariger in einem strahlend weißen Unterhemd winkt aus dem Fond und lächelt Mary an, zeigt auf sein geblecktes Gebiß. Offenbar hat er es gerade richten lassen, jeder Zahn ist silbergefaßt, und Mary nickt und lächelt anerkennend zurück – in dem Augenblick, in dem der Mann eine Kamera hebt und sie knipst. Dann, ungeachtet der roten Ampel, fährt der Wagen davon.

Konrad zeigt ihr den ganzen Tag lang, was er für sehenswert hält, die Prospektbilder und ihre Rückseiten, den Rohstoff für Depressionen, und trotz aller Bezauberung ist ihr noch nie ein Ort so gottverlassen vorgekommen wie diese überlaufene Stadt, die man auf Schlamm gebaut hat, auf den Grund eines trockengelegten Sees. Darum gibt es keinen einzigen geraden Kirchturm in Mexiko-City. Und weil der Zustrom der Menschen jede Kanalisation überfordert, stinkt es sogar in Parks und Blumengärten nach Kot.

Gegen Abend, in einer Entfernung, die ihr wie ein Sicherheitsabstand vorkommt, bleibt Konrad auf einer Anhöhe am Rand unübersehbarer Siedlungen aus Holz- oder Pappverschlägen stehen, einer Stadt in der Stadt, wie abgerutscht vom Hang eines himmelhohen, schwarzbraunen Berges – oder was Mary auf den ersten Blick dafür hält. Und auch als Konrad ihr sagt, was dieser schanzenartige Koloß wirklich ist und sie bei näherem Hinsehen die grünen, auf ihrer Höhe winzig erscheinenden Trommelwagen erkennt, die sie schon in den Straßen der City gesehen hat, mag sie es nicht glauben und drängt ihn, näher heranzufahren, noch näher.

An dem mulmigen, oft gefährlich steilen Hang klettern Menschen herum, unzählige, größtenteils nackt. Sie kriechen auf allen vieren durch Qualm, Dreck, Scherben und bestialischen Gestank und graben mit bloßen, oft blutigen Händen nach eßbaren Resten, nach schimmeligem Brot, faulem Fisch, Obstschalen, Fleisch voll Maden, und stecken sich, was immer sie finden, sofort in den Mund. – »Zwei Millionen«, sagt Konrad und weist über die Siedlung vor der Halde. »Ganz Westberlin ernährt sich hier vom Müll.«

Eine Gruppe Zerlumpter kommt auf sie zu mit bettelnd vorgestreckten Armen, und er gibt Gas, läßt sie in einer

Staubwolke stehen. Und fragt später, auf der Autobahn, als er Marys Tränen bemerkt: »Windempfindlich? Machs Fenster zu.«

Er fährt an den südlichen Stadtrand, zu einer Hacienda inmitten riesiger Maisfelder. Das hellgelbe, schmuck restaurierte Gebäude ist ein beliebtes Ausflugsrestaurant, ein Geheimtip, so Konrad, denn hier werde Fleisch noch nach alter, inzwischen verbotener Indio-Art zubereitet. Man würzt es, wickelt es in Palmblätter und vergräbt es für vierundzwanzig Stunden und länger in einem Haufen permanent erhitzter Erde. Der Geschmack sei unvergleichlich – aber natürlich auch der Parasiten- und Bakteriengehalt.
Als sie in das hochgewölbte Torhaus voller Topfpalmen treten, bleibt Mary unwillkürlich stehen. Von der Decke, an vergoldeten Ketten, hängt das alte Wappen der Hacienda, zwei gekreuzte Flinten unter einer Maispflanze, und die Luft hier ist frisch und sauber, was sicher an dem Brunnen in der Raummitte liegt, einer übermannshohen Säule, von deren Spitze sich das Wasser in drei zum Boden hin weiter werdende Schalen ergießt. Mary atmet tief, und Konrad sagt: »Tja, sowas können sie dann wieder, diese Mexis …«
Woraus immer Fontäne und Rundbecken bestehen mögen, aus Stein oder Metall, ist nicht zu erkennen, denn das Wasser, das aus einem Lilienstrauß hervorsprudelt und hier und da weißgolden aufblitzt in der späten, hinter dem Maisfeld versinkenden Sonne, das reine Wasser fließt nur über Früchte. Der ganze Brunnen scheint aus Melonen, Orangen, Bananen, Mangos, Granatäpfeln,

Zitronen, Limonen und geschältem Zuckerrohr gebaut zu sein, zudem aus Früchten, die Mary noch nie gesehen hat, und viele sind angeschnitten und zeigen ihr zartgrünes, gelbes, violettes oder tiefrotes Fruchtfleisch hinter den klaren Schleiern, die zarte Schatten an die Wände werfen, während sie fast lautlos von einer Schale in die nächste fallen, süßes Wasser, von Kolibris umschwirrt. Und Mary fühlt zum ersten Mal, wie sich das Kind in ihrem Bauch bewegt.

»Ab morgen wohnst du also bei mir«, sagt Konrad, während sie essen. Es gibt Frijoles borrachos, »besoffene«, in Bier gekochte Bohnen, Kürbisblütensalat und mariniertes, köstlich gebratenes Huhn in einer Sauce aus zerhacktem Pfeffer und Kakao, und Mary fragt: »Bei dir? Warum?«

»Keine Ahnung. Ist ja nur für vierzehn Tage.«

»Spinnst du? Ich will mir das Land ansehen!«

»Was ich dir heute gezeigt habe, *war* das Land, Mädchen. Dreck hoch drei.« – Er kippt ein großes Glas Tequila und fährt dann mit dem Daumennagel durch die Zwischenräume seiner schiefen Zähne. – »Übrigens ist das nicht meine Idee, wie du dir denken kannst. Von mir aus wohn doch hinterm Mond ...«

Als sie auf den umzäunten, gut beleuchteten Parkplatz kommen – man sieht es von weitem –, ist das Auto aufgebrochen. Aus dem Kofferraum hat man den Ersatzreifen, aus dem Wageninnern Steckradio und Funkgerät gestohlen, und Konrad fährt an das Tor, stellt den Käfer quer und fängt ein lautes Gezeter mit dem Wachmann an. Der hat nichts gesehen, drückt sein Bedauern aus und bittet ihn, die Einfahrt freizugeben. Konrad schüttelt den Kopf, will den Geschäftsführer des Restaurants sprechen – der aber nicht im Hause ist. Für ihn kommt der Oberkellner, drückt sein Bedauern aus und bittet, das Tor freizugeben, ein- und abfahrende Gäste würden behindert.

Doch Konrad sagt, er werde erst weichen, wenn die gestohlenen Sachen wieder herausgegeben würden. Damit hat er das Wachpersonal, möglicherweise sogar den ganzen Restaurantbetrieb beschuldigt, man berät sich flüsternd, und schließlich sagt der Kellner, er werde jetzt den Wachmann anrufen, der vor diesem Dienst gehabt habe. Vielleicht sei dem ja etwas aufgefallen. Inzwischen möge er bitte die Einfahrt räumen, die Gäste ...

Konrad bleibt hartnäckig. – »Wenn ich jetzt nachgebe«, sagt er zu Mary, »wenn der Betrieb wieder läuft, als wäre nichts geschehen, würde mich keiner auch nur mit dem Arsch angucken. Dann sehe ich meine Wertsachen nie mehr ...«

Inzwischen hat sich zu beiden Seiten des Käfers eine Wagenschlange gebildet, und ihr Hupen hallt wider unter den Torbögen der Hacienda, lockt Personal und Gäste an die festlich erleuchteten Fenster, jagt Hasen und Rebhühner aus dem Mais. Konrad, der den Leuten schwitzend die Lage erklärt, wird beschimpft und bedroht, und ein älterer Mexikaner, stattlicher Glatzkopf mit grauen Koteletten, streckt einen Arm aus dem Wagen, schnippt mit den Fingern, und der Oberkellner läuft an seinen Chevrolet. Dann eilt er ins Restaurant – und kommt mit dem Geschäftsführer zurück.

Der, in einem Zweireiher, Nadelstreifen, streicht sich die pomadisierten Haare glatt, zupft an seinen Manschetten und lächelt mit einem Gebiß aus reinem Gold. – »Wir haben Ihr Zeug nicht, Señor. Was sollen wir tun?«
»Schaffen Sie mir Ersatz!« sagt Konrad und zeigt auf ein Blechschild. »Dies ist ein bewachter Parkplatz. Sie sind für den Diebstahl verantwortlich.«
»Nun ja, wissen Sie ...« Er knackt mit den Fingerknöcheln. – »Wir stellen die Leute hier an, damit sie beschäftigt sind. Was sie tatsächlich tun in ihrer Dienstzeit, wer will das überprüfen? – Aber gut, ich schaffe Ihnen Ersatz. Mein Wort als Ehrenmann. Machen Sie nun bitte das Tor frei.«
»Nein!« sagt Konrad und wehrt einen Autofahrer ab, der wütend nach seinem Sakko langt. »Ich will *jetzt* Ersatz, auf der Stelle. Geben Sie mir Geld, einen Scheck, und alles ist vergessen. Andernfalls hätten Sie böse Konsequenzen zu verantworten. Sehen Sie hier ...« Er hält dem Mann seinen deutschen Führerschein hin. »Ich bin erster Sekretär des Generalkonsuls.«
Dann nennt er eine hohe Dollarsumme, und der plötzlich beeindruckte Geschäftsführer blickt in den Himmel, zum Mond, seufzt melancholisch, bittet mit einer Geste um Geduld und berät sich mit dem Wachmann und dem Oberkellner. Und Konrad, der das Dokument in den Wagen wirft, zwinkert Mary zu und murmelt: »*So* macht man das.«
Sie schließt das Fenster. Der Auspuffgestank wird langsam unerträglich, und die drei Männer, deren Schatten über ihnen schweben in dem bläulichen Rauch, treten an

den Zaun, winken auch einige Gäste heran, und dann spuckt man in die Hände oder krempelt sich die Ärmel hoch und zieht gemeinsam ohne Mühe ein paar Pflöcke aus dem Boden, rollt das Drahtgeflecht auf. Und hupend umkurven die Autoschlangen Konrad und seinen VW.

Als die Staubwolke sich gelegt hat, ist von irgendeinem Wach- oder Restaurantpersonal nichts mehr zu sehen, und er läßt sich schnaubend auf den Sitz fallen und dreht den Zündschlüssel um. Mary unterdrückt ein Gähnen.

»Ruf doch die Polizei«, sagt sie, und er gibt so abrupt Gas, daß der Wagen hinten ausbricht, Maispflanzen aus dem Feld fetzt, weißen Mohn. – »Spinnst wohl … Dumme Gans.«

Und an einem Kiosk kauft er eine Flasche »President Brandy«, den billigsten Schnaps, den es gibt, trinkt daraus während der Fahrt und bietet auch ihr davon an. Doch sie schüttelt den Kopf.

»So ist das immer«, knurrt er nach einer Weile. »Seit sechs Jahren immer so. Der Mex ist der Inbegriff der menschlichen Verkommenheit. Der Mex ist durch und durch Dreck, Ratte mit Goldzahn. Wenn er dir sagt, er sei dein Freund, kannst du Gift darauf nehmen, daß schon eine Lunte unter deinem Stuhl brennt. – Ein Mensch braucht Werte, oder? Ein Leben ohne Werte ist kein Leben. Aber versuch mal, dir welche zu schaffen in so einer Modergrube! Hier lebst du von Anfang an mit einem Totenschein in der Tasche. Wenn du wüßtest, wie leid ich das bin. Diese würgende Kulturlosigkeit … Das einzig Verläßliche im Land ist die Geldgier. Und pünktlich sind hier nur die Gangster …«

So redet er sich in Rage und bremst weder vor den Achsenkillern noch vor roten Ampeln, und auch wenn die Straßen um knapp zweiundzwanzig Uhr wie ausgestorben sind – Mary hält sich den Bauch und schreit: »Fahr langsam, du Penner!«
Er grinst. – »Kein Gottvertrauen?« – Und stoppt vor ihrem Hotel.
»Also dann, bis morgen. Laß die Hände über der Bettdecke.«
»Bis morgen«, sagt sie. »Pünktlich um acht.«

14.

In ihrem dunkelblauen Leinenkleid verläßt sie das Hotel gegen sechs und fährt mit dem Taxi zum Busbahnhof. Von dort ruft sie Susanna und Claudio in Barcelona an, doch sooft sie die Nummer auch wählt, immer ist es das Amt, eine Tonbandstimme: Der Anschluß sei vorübergehend außer Betrieb. – Dann steigt sie in den Bus, der als nächstes abfährt, einen ramponierten »Greyhound« voller Mehl- und Bohnensäcke, lehnt sich zurück und läßt sich bald von einer hügeligen, taufunkelnden Steppenlandschaft mit dem Geist dieser Reise versöhnen.
Mittags steht sie auf dem Kirchplatz von Morelia. Wind fegt über das Pflaster, der weit gewölbte Himmel ist klar, Licht jubiliert auf allen Dingen, und sie trinkt von der dickflüssigen Schokolade, die hier gekocht wird, ißt ein Eis unter den Pfirsichbäumen vor der Ka-

thedrale und nickt einem kleinen, an einen Fahrradständer gebundenen Esel mit weißen Augenringen zu. – »Ich heiße Mary. Ich bin im fünften Monat. Und du?«
Sie schaut sich die Stadt an, kauft einer Mestizin ein Pulver aus Schlangenhaut ab, das Krampfadern verhindern soll, übernachtet in einem türkis gekachelten Zimmer und fährt am nächsten Morgen weiter nach Guadalajara. Als sie dort in einer Kantina ein Käsebrötchen verlangt, steckt der Wirt es in einen klaren Plastikbeutel, gibt eine große Kelle Chilysauce mit Zwiebeln dazu und weist auf einen Besteckkasten. Und sie setzt sich zu den anderen Mexikanern an den einzigen Tisch und löffelt wie sie das köstliche Brot aus der Tüte.
Die zentrale Bushaltestelle dort befindet sich neben einem Markt, auf dem, als Mary sich ein Ticket für die Weiterfahrt kauft, plötzlich Tumult entsteht. Man zertritt Obst- und Gemüsehaufen und rempelt Kistenstapel um bei dem Versuch, Schutz zu finden vor einem großen graubraunen Hund, einem knochigen Streuner mit fiebrig hervorstehenden Augen und Schaum vor dem Maul. Er läßt ein rauhes Heulen hören, riecht an den Blutpfützen vor den Geflügelständen, setzt einem entlaufenen Lamm nach, und dann trifft ihn ein halber, von einem Baugerüst heruntergeworfener Ziegel, und er fällt kopfüber in den Dreck, die Zunge flattert zwischen den gebleckten Zähnen.
Doch kommt er wieder hoch und humpelt nun, nach einem panischen Blick in die Runde, auf Mary zu, die allein vor der Busstation steht, an einem Ladepodest voller Kaffeesäcke. Und während die Indios, die sich

auf Kühlerhauben und Laternenpfähle gerettet haben, mit den Armen fuchteln und ihr irgend etwas zurufen, denkt sie noch: »Natürlich. Auf wen sonst.«
Doch ist es zu spät, um zu fliehen. Bei dem Versuch, rasch auf die Säcke zu klettern, rutscht der ganze Stapel um, und sie drückt sich in die Mauerecke und schützt das Gesicht mit den Unterarmen, als das Tier, knurrend, zum Sprung ansetzt.
Eigentlich sieht es gar nicht gefährlich aus, eher hilflos, verzweifelt, krank, und dann ist es auch zu schwach für die drei Stufen, taumelt zurück, prallt gegen das Speichenrad eines Obstkarrens und verbeißt sich jaulend in einen fetten, an den Läufen daran gefesselten Truthahn. Die Federn fliegen, der Vogel kreischt, und Bauern kommen mit Hacken und Schaufeln und schlagen beide Tiere tot.

In Guanajuato wird ihr, weil »ohne Männerbegleitung«, der Eintritt in eine Kneipe verwehrt, und sie besucht die Mumienausstellung in einem alten Silberbergwerk. Durch irgendein mysteriöses, den Indianern abgeschautes Konservierungsverfahren sind die mehr als hundert Jahre alten Leichen holzhart geworden und lehnen wie eine Reihe Bretter an der Wand. Die meisten sind bekleidet und mit Utensilien versehen, die Auskunft über den einstigen Beruf oder Lebenswandel geben: Eine Satteldecke, Schutzhelme aus Blech, Hacken, Sensen, Pulque-Flaschen. Eine erhängte Frau ist mitsamt der Schlinge ausgestellt, und in ihrem lederfarbenen Gesicht, das wie alle hier grimassenhaft verzerrt ist, meint Mary noch etwas von der Angst und der Qual

des letzten Augenblicks zu sehen. Dagegen scheint der ehemalige, in einem zerfetzten Kittel steckende Arzt des Ortes zu grinsen, als freute er sich über das fast neue Stethoskop, das ihm die Museumsleitung um den Hals gehängt hat.
Handwerker sind gerade dabei, Schränke aufzustellen, die Toten sollen hinter Glas, denn zunehmend viele Touristen machen sich neuerdings den Spaß, Andenken abzubrechen: Hier einen kleinen Finger, da ein Ohr, und einer Kindermumie fehlt sogar der Kopf.

In Oaxaca geht sie zu einem Gynäkologen, der sie gründlich untersucht und nichts Bedenkliches feststellen kann, sie aber bittet, sich mit ihm zusammen per Selbstauslöser fotografieren zu lassen, der blonden Haare wegen. Auch ein Fahrer, angetrunken, will wissen, ob die gefärbt sind, und sie plaudern und scherzen eine Weile – bis er den leeren Kleinbus in eine schmale, von Bäumen überwölbte Seitenstraße lenkt, per Knopfdruck die Türen verriegelt und partout nicht verstehen will, daß sie, eine schöne Frau ohne Mann, nicht auf der Stelle mit ihm schlafen möchte …
Ja, *warum* denn nicht?! Sei er nicht auch schön? Sei er nicht groß wie ein Gringo? Und fahre er nicht einen prächtigen Bus?
Später Abend, Mary blickt sich nach Passanten um, die Straße ist menschenleer, und sie bittet ihn erneut, den Ausstieg zu öffnen. Doch er, auf seinem Fahrersitz, schüttelt nur den Kopf, kratzt sich den behaarten Handrücken und starrt sie lange an. Die Stille hat etwas Lähmendes.

»Das ist doch nicht normal!« sagt er schließlich, knöpft das Hemd noch weiter auf und kommt schwankend durch den dämmerigen Gang. – »Warum reist du denn durch die halbe Welt? Weil du Glück suchst, oder? Und ich gebe es dir, schau her, das reine Glück!«
Er trägt Cowboystiefel und eine kleine Mickeymouse als Flicken auf dem Knie seiner Jeans, und vor ihrem Sitz bleibt er stehen, schraubt eine Silberflasche auf und trinkt daraus, ohne Mary aus den Augen zu lassen. Sie umklammert ein paar Einkaufstüten auf dem Schoß, und auch wenn es heller wäre in dem Bus, könnte er ihren Bauch nicht sehen.
Was heißt *schwanger* auf spanisch? Sie hat plötzlich das Gefühl, kein einziges Wort mehr zu wissen, und vor Angst lächelt sie ihn an ... Seine breiten Schultern verwehren die Sicht nach draußen, der Fuselgeruch nimmt ihr den Atem, und dann geht ein Licht auf in seinen Pupillen, Reflexe eines Mopeds, das knatternd um die Ecke biegt, und er sagt: »Ah, so ist das! Natürlich! Ich weiß, warum du nicht mit mir schlafen willst!« – Er faßt sich an die Stirn. – »Das hättest du auch gleich sagen können ... Du bist noch *Jungfrau*, stimmts?«
Mary, ausatmend, nickt, und der Mann entschuldigt sich, läßt den Motor an und fährt sie, obwohl das nicht auf der Route liegt, bis vor ihr Hotel.

In Acapulco schwimmt sie lange im Meer oder liegt einfach nur am Strand und kann sich nicht satt essen an den gegrillten Palmherzen und den Hühnchen-Tacos mit geschmolzenem, in kleinen Tontöpfen serviertem Käse. – Und muß sich plötzlich übergeben, als sie sieht, wie zwei netzeflickende Fischer einem vertrauensvoll herbeiwatschelnden Pelikan, der sich wohl einen Bissen erhofft, ihre brennenden Zigaretten in den Schnabelsack werfen.

Schließlich fährt sie über Salina Cruz nach Palenque, wo sie lange, einen ganzen Abend lang auf den Pyramiden hockt und über die weite, an den Rändern dunstige Dschungelebene blickt, aus der nur manchmal ein Vogelschrei gellt. Dann taumeln, wie aus einem Traum geschreckt, Schwärme königsblauer Falter durch das Zwielicht, und einer, groß wie ein kleines Buch, kommt Mary so nah, daß sie den Flügelwind spürt.
Als die ersten Sterne erscheinen und niemand mehr zwischen den Ruinen herumklettert, zieht sie sich aus und steigt in den Bach, der den Tempelbezirk durchfließt. Er ist gut einen Meter breit, und das Wasser reicht ihr nur bis zu den Schenkeln, doch die Strömung ist stark, es macht Mühe, ihr entgegenzugehen. – Sie will aber zu dem kleinen Wasserfall zwischen den Felsen, auf denen Blumen und Obststücke liegen, Opfergaben, und als sie ihn erreicht hat, greift sie nach einer Baumwurzel, sucht Tritt zwischen den klickernden Kieseln und geht langsam in die Hocke. Vorsichtig schmiegt sie den Kopf unter den glatt herabstürzenden Strahl – und hat momentlang Angst, das jähe Gewicht, die unvermutete Wucht, könnte ihr die Halswirbel ausrenken, das Schlüsselbein. Trotzdem hält sie stand. Sie stemmt sich dagegen mit aller Kraft, richtet sich zitternd auf und sieht, wie es in Bögen abspringt von ihrer Brust, das klare Wasser.

»Wir sind weit gereist«, flüstert sie an diesem letzten Abend ihrem Baby zu und löscht das Licht hinter dem Moskitonetz. – »Wir waren immer am selben Ort.«

Konrad ist nicht erstaunt oder wütend oder außer sich. Er mustert sie durch den Türspalt, starrt sie an mit seinen vorstehenden, ohne Brille größer wirkenden Augen, und sie verschränkt die Hände hinterm Latz ihrer Hose und sagt: »Hi! Da bin ich!«

Er nickt nur, löst den Kettenriegel, läßt sie in die Wohnung, und sie schleift ihren staubigen Rucksack vor das Bücherregal, neben die vier Koffer, die dort stehen. Es riecht seltsam in der Wohnung, nach warmer Milch und gekochten Haferflocken, und er geht an die Schrankbar, nimmt sich eine Dose Bier aus dem Kühlfach und fragt über die Schulter: »Soda?«

Sie lächelt, läßt sich erschöpft zwischen die Couchkissen fallen, setzt sich dann aber rasch auf den Sessel. Konrad stellt die geöffnete Flasche und ein Glas mit Eis und Zitrone vor sie hin und lächelt zurück. Und beantwortet damit die Frage, die sie sich insgeheim gestellt hat: Warum dieses »Soda?« so eigenartig hohl und irgendwie gelispelt klang. Sie starrt ihn an, greift sich an den Mund, und Konrad geht zum Fenster, reißt seine Dose auf und sagt: »Eigentlich müßte ich dir die Scheiße aus dem Bauch treten ...«

Ihm fehlen vorn oben vier Zähne. Als er trinkt, läuft Bier von der Lippe in den Bart, und rasch holt er einen Schwamm aus der Küche und wischt ein paar Tropfen vom Teppich. Mary bemerkt, daß er weint, sie steht

auf, will irgend etwas sagen, und wie um sie abzulenken von seinem Anblick, zeigt er zum Regal, auf das Gepäck. – »Jeder zwei. Such dir eine Farbe aus.«
Es sind fast neue, an den Ecken elegant abgerundete, cremeweiße und graue »Samsonite«-Koffer auf kleinen Rädern, und sie läßt die Schlösser schnappen und sieht hinein. Sie sind leer. Hebt sie an. Sie sind schwer.
»Übrigens hat Claudio angerufen, sich besorgt nach dir erkundigt«, sagt Konrad. – »Sehr besorgt. Hast du was mit dem gehabt? Ich dachte, der ist impotent ...«
»Claudio?« Sie fährt herum, ihr Herz schlägt plötzlich im Hals, und den Bruchteil einer Sekunde lang ist ihr klar, wozu sie eigentlich da ist und was ihre Heimat sein könnte. »Wo steckt er denn? Wie geht es ihm?«
»Besser als mir.«
Er macht ihr ein Matratzenlager vor der Bücherwand zurecht und zieht sich nach einem Abendbrot aus weichem Toast und pürierten Bohnen in sein Schlafzimmer zurück. – Mary sieht noch eine Weile fern, und als sie den Apparat abschaltet und aus dem dunklen Zimmer in die Nacht hinausblickt, glaubt sie einen Mann zu erkennen auf dem gegenüberliegenden Dach, seine Zigarettenglut.
Später träumt sie von Claudio, der nackt und zitternd auf dem Wannenrand sitzt, und sie streicht ihm Salbe auf die Einstichstellen und bedeckt sie mit Palmblättern und hauchdünnen Fruchtscheiben. Dann berührt sie etwas an der Brust, und sie erwacht und zischt bei geschlossenen Augen: »Verschwinde!«
»Na komm«, sagt Konrad. »Das bist du mir schuldig. Vielleicht ist es das letzte Mal ...«

Am nächsten Morgen – sie hat ihre Sachen auf die weißen Koffer verteilt und versucht gerade, auch den Rucksack darin unterzubringen – klingelt es an der Wohnungstür, und unwillkürlich blickt sie aus dem Fenster, auf das gegenüberliegende Dach. Niemand. An der Klimaanlage, einem mannshohen Kasten, glüht ein winziges Kontrollicht auf. Und wieder wird geklingelt, doch Konrad öffnet nicht. Er kommt mit seinem Gepäck aus dem Schlafzimmer und sagt: »Na denn ... Los gehts.«

Sonntag, der Himmel wolkenlos blau, Balkonblumen blühen an jedem Haus. Mädchen in Lackschuhen und Petticoatkleidern fingern sich Zuckerrohrstücke aus den klaren Cellophantüten und kichern über das steife Gehabe der Jungen, geschniegelten Mini-Machos in dunklen, durchaus ernstgemeinten Zweireihern, die verstohlen ihr Kleingeld zählen, ehe sie einen Fuß auf das prunkvoll verzierte Messingbänkchen des Schuhputzers stellen. Und dann bringt man zusammen Blumen und Kerzen in die Kirchen, und aus allen schiefen Türmen läuten Glocken.

Fast leer die Autobahn, und während der halbstündigen Fahrt bemerkt Mary immer nur dieselben Autos, von denen sie mal links, mal rechts überholt werden und die sich dann von ihnen überholen lassen, zwei Pickups, ein Chevrolet und jener japanische Mittelklassewagen. Alle Mexikaner tragen Baseballmützen oder Stetsons, und manchmal spricht einer in ein Funkgerät, doch nie sieht sie jemand an, nicht einmal aus den Augenwinkeln. Und als Konrad auf den Parkplatz des Flughafens biegt, fahren alle geradeaus weiter.

Schon vor dem Check-in-Bereich für Europaflüge befindet sich eine Zollstation, ein niedriger Tresen aus poliertem Metall, an dem ein Uniformierter lehnt und Zeitung liest, und während Konrad, der unter seinem Trenchcoat einen Anzug samt Krawatte trägt, die Koffer grußlos an ihm vorüberzieht und geradewegs zum Swiss-Air-Schalter geht, zögert Mary einen Moment.
Einer der Straßenjungen hat ihr ein Pesostück zwischen die Füße geworfen, und sie lächelt ihn an; ein hübscher Vierzehnjähriger, der jetzt nicht weiß, wo er hinschauen soll, und die selbsttätowierten Arme vor der Brust verschränkt. Mary stellt die Koffer ab, kramt in ihren Hosentaschen und wirft ihm als Antwort zwei Hände voller mexikanischer Münzen, ihr gesamtes Kleingeld, vor die Füße. – Augenblicklich kommen Kinder aus allen Ecken und Nischen herbeigerannt und balgen sich darum, zerfetzen einander die lumpigen Kleider. Nur der, dem es gegolten hat, rührt sich nicht. Er lehnt an der Wand und starrt sie an mit Augen, in denen es fiebert vor Haß und Verachtung. Dabei bewegt er den Mund, als stieße er Verwünschungen aus, und Mary fühlt, daß sie rot wird.
Der Zollbeamte winkt sie heran, und noch benommen vor Scham, wuchtet sie einen Koffer auf den Tresen und blickt sich nach dem Jungen um, will ihm eine Entschuldigung zurufen. Doch er ist verschwunden.
»Abre la maleta, por favor.«
Obwohl er einen Dreitagebart trägt, riecht der Mann nach Rasierwasser. Er hat sich die Sonnenbrille ins Haar geschoben, streift die grünen Jackenärmel hoch und stochert mit einem Plastikstab in Marys schmutzi-

ger Wäsche herum. Dabei kaut er an einem Zahnstocher, und auf dem Goldplättchen seines lockeren Armbands, das immer wieder gegen das Koffergehäuse schlägt, steht *Amor de la vida*. Er schraubt Marys Füller auf und wieder zu, öffnet eine Dose Drops, eine Pakkung Binden, riecht an den homöopathischen Tropfen, an den Süßigkeiten für Claudio und Susanna und streut sich weißen Achselpuder auf den Handrücken, testet ihn vorsichtig mit der Zungenspitze.

Dann spuckt er aus, trinkt einen Schluck Bier und nimmt sich die kleine, etwas mehr als handgroße Zopfpuppe vor, die sie von einer Indianerin in Morelia gekauft hat. Er schüttelt sie, knetet alle Gliedmaßen durch, streift das bestickte Röckchen hoch und zieht schließlich einen Metallstab, dünn wie eine Stricknadel, aus dem Plastikstock. Mary musternd, sticht er ihn langsam zwischen die Beine der Puppe, bis die Spitze in dem Kopfhaar aus geflochtener Wolle erscheint. Doch es rieselt bloß etwas Häcksel hervor, und er wirft sie zurück und läßt sich den anderen Koffer auf den Tresen stellen.

Als sie die Schlösser öffnen will, macht er eine verneinende Geste, beklopft ihn nur von außen, sieht ihn nachdenklich an.

»Su ticket, por favor.«

Er blättert es auf, fährt die Zeilen mit dem Finger ab und runzelt die Stirn. Hinter ihm wird eine Tür geöffnet, man sieht einen Schreibtisch und eine Garderobe, an der ein Jogginganzug und eine rote Baseballkappe hängen, und ein zweiter Uniformierter kommt an den Tresen, zieht eine Stange Zigaretten darunter hervor

und verschwindet wieder im Büro. Der andere tippt auf den Flugschein und sagt: »Knappe drei Wochen Mexiko ... Ein bißchen wenig für unser schönes Land, oder? Für so ein riesiges Land. Waren Sie auch in Yucatán?«
»Leider nicht«, sagt Mary. »Das hole ich beim nächsten Mal nach.«
Er nickt, schaut durch die staubige Fensterwand auf das Rollfeld hinaus, wo gerade eine Maschine landet, hält sich seine Armbanduhr ans Ohr.
»Drei kleine Wochen«, murmelt er. – »Genaugenommen nur zweieinhalb, nicht wahr?«
Mary nickt, zuckt bedauernd mit den Schultern, und wieder lächelt er sie an. Die Zähne sind erstaunlich rein und weiß, und er kratzt sich das Kinn und fragt: »Aber sagen Sie mal: Mit *so* großen Koffern?«
Sie will einen Schritt zurückweichen, beherrscht sich aber, fährt mit dem Handrücken über die Stirn und betrachtet ihre feuchten, leicht zitternden Finger. – »Nun ja ... Alles Wäsche. Ich schwitze viel.«
Der Mann hebt die Brauen. Die schmalen Lippen plötzlich geöffnet, stemmt er die Fäuste auf den Tresen, neigt sich herüber, starrt ihr nach einem raschen Blick auf die Reisenden, die links und rechts zu den Schaltern eilen, fest in die Augen und fragt gedämpfter: »Wie denn? Auch bei der Liebe?«
Sie atmet tief und strahlt ihn an. – »Gerade da!«
»Na dann: Gute Reise.«
Sie rafft, was überlappt, in den offenen Koffer und drückt ihn zu. Doch als sie gehen will, dreht sich der Beamte, der im Hintergrund seine Hände wäscht, noch

einmal um und ruft: »Moment, bitte. Bleiben Sie stehen!« – Er kommt mit einem Trockentuch an den Tresen und zeigt auf ihre orangerote Latzhose. – »Und was haben Sie da, im Bauch?«
Grinsend klappt er sich die Sonnenbrille vor die Augen, und Mary nickt und sagt: »Eine Droge ...«

Der Jumbo-Jet, der erst am späten Nachmittag startet, ist knapp halbvoll, und trotz der in Mexiko geäußerten Anordnung, einander nicht mehr zu kennen, kommt Konrad nach dem Essen in ihre Sitzreihe und schraubt eine kleine Flasche Whisky auf. Er schwitzt, obwohl es kühl ist in dem Flieger, auf seiner Krawatte schimmern Saucenflecken, und Mary hebt rasch die Füße, damit ein Sessel zwischen ihnen bleibt.
»Was hättest du eigentlich gemacht, wenn ich ... Du weißt schon«, flüstert sie und wickelt sich fester in ihre Decke.
Er leert das Fläschchen in einem Zug. – »Was wohl ... Dasselbe wie jetzt, meine Süße: Mich still besoffen und während des ganzen Flugs von den flinken Händen einer schönen Blondine geträumt.«
Er bestellt sich noch einen Schnaps, dann wird die Nachtbeleuchtung angeschaltet, und er klappt den Sitz zurück und ignoriert einfach, daß Mary schlafen möchte, erzählt ihr etwas von einem Haus in Norwegen, das er sich kaufen wolle, einer einsamen Hütte am Fjord, der Traum seines Lebens, er habe ihn schon angezahlt. Und jetzt, nach dem Zürich-Ding, werde er wahr. Dann könne ihn Mexiko endlich kreuzweise, die Uni und die saublöden Studis kreuzweise, Deutschland

kreuzweise, alle. Auch Heidelberg. Nur er und seine Bücher. Nur er und dieser Fjord. Nur Stefan George und er!

Mary nickt ein, und als sie aufwacht, trinkt er immer noch Whisky, nun aus einer großen, zollfrei eingekauften Flasche. Ein verrutschtes Grinsen im Gesicht, stiert er sie durch die schmutzige Brille an, will wohl etwas sagen, kann es aber nicht über die Lippen bringen. Sie fürchtet sich kaum noch vor ihm. Er tut ihr leid; irgendwie dünstet er dauernd unerfüllte Wünsche aus. Und schließlich rülpst er, läuft zur Toilette und kommt erst nach einer längeren Weile zurück, hält sich ein Taschentuch vor den Mund.

Er setzt sich nicht wieder zu ihr, beugt sich aber noch einmal herab und fragt sie nuschelnd, was sie eigentlich dafür bekomme.

»Wofür?«

»Na, für diese Sache, Mensch. Was zahlen sie dir?«

»Zahlen?« Mary wendet das Gesicht aus seinem sauren Atem. – »Gar nichts. Ich mache das für einen Freund.«

Er schüttelt den Kopf, lacht albern schrill, einige Passagiere blicken herüber, mahnen zischend zur Ruhe. – »Na schön, dann behalt dein Geheimnis für dich. Schnepfe ...«

In Zürich schneit es, und Mary, das noch leer kreisende Gepäckband im Rücken, blickt durch die Glasscheibe und weint. – »Es wird Winter, mein Kind.« Sie streichelt den Bauch unterm Hosenlatz. »Hörst du die Flokken fallen?«

Bei dem Gedanken, daß jetzt zwei Herzen in ihr schlagen und sie bald wieder zu Hause sein wird, fühlt sie Kraft in allen Gliedern, die Koffer kommen ihr viel leichter vor, und sie zieht sie grüßend durch die Zollschranke und wird – sie hat es gewußt – nicht zurückgerufen. Macht vielmehr von selbst noch einmal kehrt, lächelt die Beamten an und fragt: »Wo, bitte, kann ich eine Wolljacke kaufen?«

Man zeigt ihr den Weg in die Ladenpassage, und sie dankt und tritt wenig später in einem dicken dunkelblauen Pullover vor das Flughafengebäude, wo vier Polizisten in Kampfanzügen stehen. Frierend stampfen sie auf dem Fleck herum in ihren Springerstiefeln, rauchen, erwarten wohl einen Befehl, und Mary stellt sich neben sie und blickt umher.

Es war vereinbart worden, daß sie und Konrad Sichtkontakt behalten. Sie sollten in verschiedenen Taxen zum Bahnhof fahren und sich dort in einem bestimmten Zug nach Basel in ein Großraumabteil setzen, wo man ihnen zwei Schlüssel zustecken würde ...

Aber Konrad ist nicht zu sehen.

Dafür winkt ihr ein fremder Mann vom gegenüberliegenden Parkplatz zu. Er steht in der offenen Tür eines sehr flachen Sportwagens und weist mit einem Faltplan, einer Straßenkarte wohl, auf die Taxenreihe, nachdrücklich. Einsteigen. Doch sie schüttelt den Kopf und sucht das Trottoir voller Reisender und Gepäckkarren ab. Vergeblich.

Niemand hier trägt einen Trenchcoat, und sie dreht sich um, will wieder ins Flughafengebäude gehen. – Da verstellt ihr ein Mann den Weg, das heißt, er versucht es. Ein sonnengebräunter Glatzkopf mit grauem, fast schon weißem Haarkranz in einem Jogginganzug unter der offenen, dick wattierten Nylonjacke breitet die Arme aus und weist wortlos, nur mit einem Kinnruck, auf die Taxen.

Doch klappen in diesem Augenblick, nach einem Schnarren im Sprechgerät, die Beamten ihre Visiere herunter und setzen sich, die Knüppel zückend, trabartig in Bewegung. Der Glatzkopf, schon angerempelt, muß wohl oder übel zur Seite treten, den Gang freigeben, und Mary, die noch aus den Augenwinkeln sieht, wie der andere Mann in den Sportwagen langt und sich eine rote Baseballkappe aufsetzt, Mary stürmt, als gehöre sie samt ihren Koffern zum Einsatzkommando, mit den vier Polizisten durch die Tür in die Halle.

Dort läuft jeder in eine andere Richtung, und sie drängt sich durch Gruppen bunt bewimpelter, singend voneinander Abschied nehmender Kegelbrüder und geht um eine Snack-Station und einen Zeitungskiosk herum, blickt in ein Reisebüro, eine Wechselstube und sogar durch die Pendeltür der Herrentoilette, wo man ihr besorgtes »Konrad?« aus einer Kabine heraus mit einem Kichern und, als sie den Ruf wiederholt, mit einem süßlichen »Oh, Konrad!« beantwortet.

Auch an dem breiten, vom Gepäck blankgescheuerten Stahltresen der Zollstation ist auf den ersten Blick niemand zu sehen, und sie nähert sich vorsichtig der offenen Tür. Ein Aufkleber in Form einer Wolke verkündet »Die Schweiz bleibt drogenfrei!«, eine Neonröhre flakkert, Wackelkontakt, und hinter zwei Tischen voller Akten und Büromaschinen befindet sich eine Art Umkleide- oder Pausenraum, in dem die beiden Beamten, die ihr gerade den Weg in die Ladenpassage gezeigt haben, zusammen mit einem Mann in Zivilkleidung Kaffee trinken und Karten spielen. Er hat sich den Schlips über die Schulter nach hinten geworfen und ist an den Handgelenken gefesselt, und Mary wendet sich ab und fragt einen vorübergehenden Bauarbeiter, ob es noch andere Flughafenausgänge gibt.

Der nickt und weist über die Reisenden weg in eine Richtung, aus der sich gerade – starrer Blick, hektisch herumruckender Kopf – jener Mann mit der Baseballkappe nähert, und rasch biegt sie um ein Karree aus grauen Stellwänden, eine provisorische Erste-Hilfe-Station. Auf der Bank davor, den Strohhut tief ins Gesicht gerückt, schläft einer der Kegelbrüder.

Über dem Eingang ein Äskulap-Zeichen, aus dem Innern Radiomusik, Vivaldi, und der Gummivorhang ist zur Seite gerafft; man sieht die Liege, das Sterilisationsgerät, einen Blutdruckmesser in einer Holzbox, den Schrank voller Medizin. Daneben, auf einem verchromten Stuhl und seltsam schief, als würde er gleich vom Polster rutschen, sitzt ein Patient und stiert sie an. Er hat den Kopf an die Wand gelehnt, ist fast so bleich wie das Kleid der Schwester, die gerade den Puls an seiner Halsader sucht, und atmet hechelnd mit offenem Mund; immer wieder erscheint die Zungenspitze in der breiten Zahnlücke. Da er keine Brille trägt, ist Mary nicht klar, ob Konrad sie überhaupt erkennt, und sie läßt die Koffer stehen, tritt in den Verschlag und sagt: »He, Mann! Was ist mit dir?«

Die Schwester, der eine Kette mit einem großen Silber-

kreuz vor der Brust hängt, unterbricht sich kurz, runzelt die Brauen, schaut wieder auf ihre Uhr und zählt lauter flüsternd weiter. Konrads Puls scheint rasend schnell zu schlagen, und eine Frau in einer hellgrauen Hemdbluse und einem dunklen Rock kommt hinter dem Schreibtisch hervor, klappt eine Akte zu und sagt: »Geht gleich vorbei. Eine Kreislaufschwäche. Wir ziehen noch eine Spritze auf. Gehört der Herr zu Ihnen?«
Mary nickt und erkennt im selben Moment, warum er so schräg, so seltsam verquer, beide Hände hängen an einer Seite, auf dem Stuhl sitzt. Sie dreht sich um, blickt an der plötzlich nah bei ihr stehenden Frau, an dem Plastikvorhang und den Koffern vorbei durch die Scheiben der Halle zum Horizont, wo gerade ein Flugzeug startet, schließt die Augen und sieht es weiterschneien hinter den Lidern, die nun wie übernächtigt brennen. Langsam schüttelt sie den Kopf, und ohne den Mund zu öffnen schreit sie, schreit irgend etwas in ihr den Schnee an. Dann fühlt sie die Schelle am Gelenk, hört das leise »Klick«, eine metallische Sekunde, ein Laut, in dem alles für immer enthalten ist, die ganze Vergangenheit, die ganze Zukunft, das unermeßliche Jetzt.

Elf Jahre Zuchthaus.

15.

Die Bibel ist wirklich ein Hammer. Manchmal jedenfalls. – »Flieh, mein Freund! Sei wie eine Gazelle oder wie ein junger Hirsch auf den Balsambergen!« – Hoheslied. Könnte von mir sein.
Denn eigentlich möchte ich immer abhauen. Hierzulande bist du eh nur verdächtig. Jedenfalls solange du noch nicht aus lauter Prothesen bestehst, noch keinen Bauch, keine Glatze und keine Kreditkarten hast und nicht jeden Morgen zur selben Zeit mit gekämmten Arschhaaren und gebügelten Beinen zur Straßenbahn hetzt. Alle Hauswarte, Lehrherren, Studienräte und Vermieter beißen die Backenzähne zusammen und verengen die Augen, sobald du vor ihren Türen stehst, und das Brauenrunzeln oder Mundwinkelzucken der Pförtner, die stempelnden Blicke der Sekretärinnen, die plötzlich strengen Stimmlagen der Verkäuferinnen sagen dir immer dasselbe: »Aha, ein Verdächtiger!« Und so einer muß sich natürlich nicht wundern über den Mangel an Höflichkeit, Freundlichkeit, Takt in der Stadt: Wieso macht er sich verdächtig? Warum ist er anders?
Warum hat er dichtes Haar und keinen Hüftspeck? Warum glatte Haut und keinen üblen Atem, keine gelben Zähne? Weshalb strahlen seine Augen?
Du kennst keine Potenzschwierigkeiten und fühlst es wie Kirschblüten kribbeln, wenn du an die Zunge deiner Begehrten denkst. Du flötest im Sonnenschein, flötest im Schnee und pfeifst auf die Zeit, die angeblich Geld ist. Du hast dich der Freude verschrieben, nicht

dem Kontext der Misere, die Liebe ist dein Zeichen über dir. Du schlenderst quer durch den Strom der Zielstrebigen, bist bedenkenlos und wirst beschützt von deiner Bedenkenlosigkeit, träumst und wirst gehalten von deinem Traum, kurz: Du bist jung. Das ist der Punkt. Und auch wenn du nichts verbockt hast: Den Großteil des Lebens vor dir, *könntest* du ja noch alles verbrechen. Das, mein lieber Freund, macht dich verdächtig.

Der Türke in der Imbißbude konnte den Geldschein nicht wechseln und zeigte aus dem Fenster. Gegenüber war eine Bank, und als ich dem Kassierer den Lappen hinter die Scheibe schob, stutzte er, legte neugierig den Kopf schräg und fror mich erst mal auf der Stelle fest mit seinem Lächeln. Dann rückte er sich den Krawattenknoten zurecht und schlitzte mich der Länge nach auf mit einem spitzen Blick, um in meinem Innenfutter nach diesen kleinen, blutverschmierten Geständniszetteln zu wühlen, auf denen ich unter anderem die Fälschung des Tausendmarkscheins zugab.

Denn wie sollte dieses kaum volljährige, blasse Hemd in zerschlissenen Jeans zu dem druckfrischen Riesen gekommen sein. Und war das Wechselmanöver kurz vor Schalterschluß vielleicht nur eine Finte? Verbarg sich womöglich ein Killerblick hinter dieser Sonnenbrille?

Auffällig dezent schaute sich der Mann nach meinen Komplizen um. An seinem Schalter wartete aber nur noch ein gelocktes Mädchen in einem rosa Kittel, das Geldrollen abgeben wollte und mich gerade angelächelt hatte, und der Kassierer befingerte meinen Schein, hielt ihn gegen das Licht, legte ihn in die Kasse und zählte zehn Hunderter ab. Dann nahm er ihn noch einmal hervor, wendete ihn hin, wendete ihn her, prüfte den Silberfaden mit dem Daumennagel, und ich wäre nicht erstaunt gewesen, wenn er auch noch daran gerochen hätte.

»Alles echt?« fragte ich und lächelte zurück; die Schwarzgelockte trug chromgrüne Kontaktlinsen und hatte sich einen kleinen Blitz ins Schamhaar rasiert, jedenfalls in meiner Vorstellung. Der Kassierer ließ verächtlich die Nüstern zucken, ehe er mir mit ausgestreckten Armen und etwas zurückgebogenem Oberkörper die Hunderter hinblätterte – lappige, zum Teil bekritzelte oder geklebte Scheine aus der Makulaturkiste, und kaum lagen sie vor mir, wendete er sich grußlos ab, dem Computer zu. Und als ich nach einer Sekunde immer noch vor seinem Schalter stand, sah er mich an, als wäre ich Dreck an der Scheibe.

Das fand ich dann doch beleidigend, tippte auf den kleinen Stapel und fragte: »Sind die auch geprüft?«

Schließlich leben wir im Zeitalter perfekter Farbkopierer, es sind Massen gefälschter Hunderter im Umlauf, und an jedem Kiosk, in jeder Wurstbude schiebt man die Scheine erstmal durch ein Testgerät, ehe Wechselgeld ausgezahlt wird ... Doch mein Kassierer schüttelte nur den Kopf, drehte sich um und atmete sichtbar ein – so tief, daß mir die Elefanten auf seiner Krawatte plötzlich viel größer erschienen. Er stützte sich mit allen Fingerkuppen auf der Marmorplatte ab, hob langsam das Kinn, und ich glaube, ich habe noch nie im Leben so aggressive Nasenlöcher gesehen.

»Paß mal auf, junger Mann«, sagte er mit einem raschen Seitenblick auf die Gelockte. Er hatte eine dieser Blechstimmen, die man in Berlin kultiviert, volltönend, weil aus leerem Herzen hervorgestoßen; außerdem drehte er an seinem Mikrofon, und alle in der Schalterhalle und hinter den Schreibtischen hoben die Köpfe. – »Sie können sich von mir aus alles mögliche aus den ungewaschenen Fingern saugen. Interessiert mich nicht die Bohne. Wir haben ja wohl Meinungsfreiheit. Aber wenn Sie mir unterstellen, ich würde gefälschte Hunderter rausgeben, werde ich ungemütlich, klar?! Dann mach ich ruck-zuck von meinem Hausrecht Gebrauch. Hier jedenfalls ist noch keine Blüte über den Tisch gegangen, und falls Sie mich beschuldigen wollen, tun Sie das jetzt laut und für alle Zeugen vernehmlich ... Also? Wir hören.«
Mein Spiegelbild in der Scheibe hatte keine Gesichtsfarbe mehr und trug eine Krawatte aus plattgetretenen Mäusen, und während ich das Geld mit zitternden Fingern in die Jacke stopfte, nahm mir das abwartende Schweigen fast die Luft. Auffallen ist wie Sterben, jedenfalls für mich, und ohne den Kopf zu heben, stahl ich mich an dem rosa Kittel, der langen, schier endlosen Schalterzeile, den drohenden Blicken sowie an mir selbst und meiner Courage vorbei auf die Straße und murmelte noch etwas wie: »... doch gar nicht so gemeint!«
»Na, dann mach dich vom Acker, du Stullendieb!«

Die automatische Glastür schloß sich so geräuschlos, wie ein Messer über Kehlen fährt, und es dauerte eine

Weile, bis ich wieder durchatmen konnte. – Der Türke rief etwas aus der Imbißbude, winkte mit den toten Hähnchen in der Tüte, doch ich blieb mitten auf der Straße, dem Grünstreifen, stehen, und obwohl Motoren röhrten und Hupen gellten, obwohl die U-Bahn unter meinen Füßen rumpelte und ein Helikopter über den Dächern knatterte, hörte ich die kleinen gelben Blumen vor meinen Schuhen »Feigling« flüstern und wischte mir den Schweiß von der Oberlippe.

Und dann, mein Freund, drehte ich mich wieder um, bedeutete allen guten Geistern, zur Seite zu treten, spuckte ins Gras und zog sie langsam aus der Tasche: Meine Uzi. Drückte auf den Entsicherungsknopf. Ich wollte mir immer schon mal einen Alptraum erfüllen.

Ach, wie das spritzte! Geld und Scherben und Blüten aus dem Flieder vor der Bank, und Überweisungsaufträge und Kreditkarten und Schließfächer voller Purpur und Gold. Und Zedern aus dem Libanon, splitternde Siegel, explodierende Feuerlöscher, Flaschen voller Honigseim. Und die Angestellten, endlich Feierabend, stoben davon, der Kassierer taumelte durch den Rauch, zielte mit dem Filzstift auf mich, und ich schoß ihm – »Ihr seid frei!« – alle Elefanten vom Schlips. Da brach er zusammen und konnte sich zu den Verlusten zählen.

Alles war hin, alles, und ich, endlich über jeden Verdacht erhaben, ich schoß immer noch weiter, mein Cleaner wärmte mir so schön die Hände, aus der Mündung zuckte die Flamme des Herrn, und dann kam sie durch den Schutt, den Schaum mit ausgebreiteten Armen, die Gelockte im offenen Kittel, wendete sich her gleich einer Gazelle und war natürlich unverwundbar. Die Kugeln prallten einfach an ihrer Schönheit ab, und sie umarmte mich, küßte mich, ihr Atem war wie Apfelduft, ihr Leib ein Weizenhaufen, umsteckt mit Lilien, und sie flüsterte ganz nah an meinem Ohr: »O ja, noch mal! Bitte, bitte, schieß noch mal!«

Mein Vater war nicht zu sprechen gewesen, auch nicht für mich. Der heilige Martin saß in seinem Think-Tank und meditierte über die wunderbare Brotvermehrung oder so.

»Ich *muß* ihn aber sprechen!« sagte ich, klemmte mir den Hörer zwischen Ohr und Schulter und versuchte, den Korken in die Weinflasche zu drücken, wobei ich mir fast den Daumen verstauchte. Außerdem war es nicht gerade intelligent, den Speiseeisziegel auf die warme Hähnchentüte zu legen. Er rutschte über die Telefonbücher, knallte auf den Boden der stinkenden Zelle, und ich schrie: »Dem fällt doch sowieso nichts mehr ein! Schauen Sie nach, wahrscheinlich zieht er sich gerade irgendwelche Pornos rein. Wild Gelockte, die sich auf Lederlaken räkeln und an ihren Perlenketten lutschen!«

Frau Umbreit schwieg. Es war dieses keimfreie, frisch gestärkte Schweigen mit weißem Spitzenhäubchen, und ich kam mir auch gleich so klebrig wie der abgestürzte Nachtisch vor.

»Du könntest ruhig etwas respektvoller von deinem Vater reden, Lolly. Er schuftet seit Wochen bis in die Nacht, um die Firma auf den Beinen zu halten …«

Doch jetzt wurde ich trotzig. – »Schuften nennen Sie

das? Frißt jeden Tag einen Kubikmeter Kekse, bläst dem Großkapital Zucker in den Hintern und hat vor lauter Kreativität nichts Besseres zu tun, als den eigenen Sohn zu beklauen. Dieser Stullendieb!« – Er hatte den von mir erfundenen Namen eiskalt für eine Kampagne in eigener Sache benutzt: »*Onkel Umsatz* weiß zu werben! Agentur Pazakkas & Blaul.«

»Ist gut jetzt«, sagte seine Sekretärin. »Was soll ich ihm ausrichten? Wo kann er dich erreichen?«

Ich wollte ihr noch sagen, daß sie mich vorhin zum ersten Mal Lolly genannt hatte und daß es bei ihr noch herablassender klang als bei meinem Vater, mitleidig fast. Doch dann brüllte ich nur: »Er soll zur Hölle fahren in seinem schwarzen Tank!« Und hängte ein.

Aber schon vor der Zelle kriegte ich Gewissensbisse. Schließlich mochte ich Frau Umbreit wirklich gern, und mein Vater hatte zwei Hunderter für den Klau überwiesen. Also klemmte ich mir die Imbißtüte unter die Achsel, wählte die Nummer noch einmal und entschuldigte mich.

»Wir sind in Kostas Wohnung«, sagte ich. »Wenn er Lust hat, soll er vorbeikommen.«

»Wer, wir?« fragte sie, und ich hörte, wie sie nebenbei etwas in den Computer tippte. Ätzend.

»Na, ich und meine Mutter! Seine Frau – falls er sich erinnert ... Und er soll nicht so lange auf sich warten lassen, sonst wird das Eis kalt.«

»Was wird kalt?«

»Die Flattermänner, meine ich. Hab drei halbe Hähnchen gekauft und Vanilleeis für zehn. Sagen Sie ihm das?«

»Mach ich, Lolly.«
»Danke. Ich liebe Sie ...«
»Tschüs.«

Als ich mit dem ganzen Zeug in Kostas Wohnung kam, trat ich erstmal den Schokoriegel platt. Meine Mutter hatte ihn angebissen und einfach in den Flur geworfen, und ich wollte ihr schon einen Rüffel verpassen. Doch sie schlief; zur Bücherwand gedreht, schnaufte sie leise unter dem Gespinst aus aschblonden Haaren, das über ihrem Gesicht lag. Die Sonne sank hinter die Kastanie, und von den Heiligen an den Wänden waren nur noch die Umrisse zu erkennen. Johannes der Täufer, den die Griechen immer so zerzaust darstellen, sah irgendwie gehörnt aus vor dem Goldhintergrund, und ein Streifen Abendlicht fiel über Marys angewinkeltes Bein, über Schenkel und Wade. Echt edel. Als ich das eine Weile betrachtete, zuckte ihr Fuß. Sie hatte sich das Stofftier, diesen Waschbären, auf den Diwan geholt, hielt ihn vor der Brust umklammert, und das Vieh schien mich anzublicken mit seinen schwarz umränderten Gangsteraugen. Ich ging in die Küche und verstaute den Wein und das Eis.

16.

Die Zeit zog sich hin, aus Fahndungsgründen wurde der Termin der Hauptverhandlung immer wieder verschoben, und mit der Schneeschmelze setzten die Schmerzen ein. Mary schrie Tag und Nacht, und man spritzte ihr alles mögliche, zur Beruhigung, und hängte sie an einen Hormon-Tropf, um die Geburt einzuleiten. Vergeblich. Als konnte irgendwo auf der Welt jemand nicht sterben, waren die Wehen endlos, und im Grunde wollte sie das Kind auch gar nicht hergeben, nie, wußte sie doch, daß es ihr sofort genommen wurde. Mein Vater und Oma Mia, von der Gefängnisleitung benachrichtigt, waren schon in Zürich und hörten sie schreien hinter den Türen, durften aber nicht zu ihr, und der schwitzende Gynäkologe, nach dem sie einen Behälter voller Kanülen wirft, läßt sie anschnallen und flucht: »Was soll das Theater! Drücks raus, verdammt!« Und schlitzt die Fruchtblase auf.

Engel des Abgrunds. Noch ein Wort. Noch ein paar lichte Wesensstriche in einem dunkelnden Gesicht, und als sie die Augen öffnet, scheint Sonne durch die Glasbausteine, zartes Frühgold an der gegenüberliegenden Wand, der Schatten eines Vogels huscht hindurch, und sie wünscht ihrem Baby einen Guten Morgen, wo immer es gerade ist. Dann schläft sie wieder ein.

Und was heißt Tag, was Nacht. Gelegentlich weckt sie der Lärm, das Türenschlagen, Gitterklirren irgendwo, und sie blickt sich um. Die Zelle ist schmal und grün gestrichen, die Decke hoch und weiß gewölbt, das helle Geviert auf dem Putz ist gewandert, und sie richtet sich langsam auf und trinkt einen Schluck Wasser aus dem Plastikbecher, der auf dem Wandbrett steht. Dann sinkt sie zurück, schließt die Augen und betastet vorsichtig ihren Bauch. – »Jetzt bist du eine Mutter, Kleine …«

Stadt ohne Häuser. Alltag wäre ein festliches Wort. Und wieviel Milch sie hat! Wieviel Nahrung für wieviel Kinder … Immer ist das T-Shirt naß, und man gibt ihr Medikamente dagegen, die sie aber nicht nimmt. Zweimal täglich kommt eine Krankenschwester, tamponiert sie neu, drückt einen Glastrichter auf ihre Brust und pumpt sie ab, die Milch, schüttet sie vor ihren Augen ins Klo.

Dann liegt sie wieder und schläft und hört das Baby weinen, wo immer es ist. Sie schreckt hoch, lauscht hinaus: Nur Geräusche von Schlüsseln und Riegeln und Schritten, die widerhallen im Gang und immer leiser werden in ihrem leeren Bauch.

Susanna und Claudio sind nicht auffindbar. Doch der Verteidiger, den mein Vater ihr besorgt, ist gut. Es gibt eine Menge mildernder Umstände: Ihre Jugend, die offenbare Naivität und Ahnungslosigkeit, was Drogen und ihre Wirkungen betrifft, ihre Unbescholtenheit bisher und die Tatsache, daß sie kein Geld mit dem Deal verdienen wollte. Außerdem hat er ein psychiatrisches Gutachten erstellen lassen, in dem ihr zwar eine hohe Intelligenz, aber auch eine überdurchschnittlich reiche

Phantasie bescheinigt wird – was wiederum zu einem gelegentlichen Realitätsverlust führe. Fazit: Unreife Persönlichkeit.

Der Verteidiger ist zuversichtlich, zumal ihr Fall einzeln verhandelt wird, und auch der Richter hat ein gutes, väterliches Gesicht und hebt immer wieder beschwichtigend die Hände, wenn der junge Staatsanwalt in seinem Plädoyer eine Statistik nach der anderen zitiert, um deutlich zu machen, daß die Schweiz seit einigen Jahren europäischer Hauptumschlagplatz für Heroin, Kokain und Opium zu werden drohe und man dem – wie von Interessengruppen besorgter Eltern und der Medienöffentlichkeit gefordert – mit abschreckenden Strafen entgegentreten müsse ... Der Richter lächelt milde und läßt die Verhandlung noch einmal unterbrechen, damit Mary sich die Milch abpumpen und eine frische Bluse anziehen kann.

Schließlich weist er selbst die Staatsanwaltschaft darauf hin, daß die Angeklagte keine eigennützigen Motive gehabt und offensichtlich nichts verdient habe an der Aktion. Außerdem sei sie bei den Vernehmungen erfreulich kooperativ gewesen.

Dann gibt es eine weitere Verzögerung. Konrad, der am zweiten Tag als Zeuge vernommen werden soll, schluckt die Scherben eines Medikamentenfläschchens und stirbt in seiner Zelle. In einem wirr formulierten Abschiedsbrief nennt er Mary eine Prostituierte, die von einer »Zentrale« auf ihn angesetzt worden sei, um ihn zu dem Schmuggel zu verführen, und der Prozeß wird verschoben, die Angeklagte noch einmal verhört.

»Mein lieber Junge, nun bist du schon lange fort, und ich sitze hinter Glasbausteinen und blute immer noch. Irgend etwas will sich nicht schließen. Ist vielleicht ganz gut. Alles raus. Ich werde gewickelt, ich werde richtig ausgestopft, und sie reden mir zu, wollen mich operieren. Aber ich lasse kein Messer an meinen Körper, sei unbesorgt. Das Leben ist schön. Ich könnte dir eine Menge davon erzählen, doch dadurch wird es weniger. Es scheint mehr zu werden, aber es wird weniger.«

In der Abschlußverhandlung, die knapp drei Stunden dauert, verzichtet der Richter angesichts der immer noch Geschwächten darauf, daß man sich zur Urteilsverkündung erhebt. Erneut betont er sein Verständnis für einige Argumente der Verteidigung; er wisse als Vater nur zu gut, wie rasch man in dem Alter das Opfer eigener Bedenkenlosigkeit werde. Trotzdem will er nicht gelten lassen, daß ein Mensch mit dieser außergewöhnlichen, zum Teil schmerzvollen Biographie, eine kluge Frau mit Abitur, die fünf Sprachen spricht und zum Zeitpunkt der Tat beträchtlich schwanger ist, unreif oder naiv zu nennen sei, gar unter »Realitätsverlust« leide. Daß sie das Heroin in ihren Koffern, die dreizehn Kilogramm im Wert von einer Million Franken, ernsthaft für die rettende Medizin jenes mysteriösen Freundes gehalten habe, könne er nur mit Mühe nicht zynisch finden. Was Drogen anrichten in der Welt, sei in jedem Tagblatt zu lesen.
Nach einem traurigen Blick auf Mary stimmt er den Anträgen der Staatsanwaltschaft zu, Revision vorerst ausgeschlossen, und noch am selben Tag wird sie aus

der U-Haft in die Vollzugsanstalt gebracht. Es ist ein warmer Abend im Frühling, und während der Fahrer an einer Schranke wartet, blickt sie durch das vergitterte Fenster des Transporters. Vor dem Justizgebäude hat man gerade eine Reihe junger Kastanien gepflanzt. Die Stämme, schmal wie Handgelenke und ausgerichtet nach einer Schnur, werden festgebunden an hohen Pflöcken, und sie fragt sich, ob sie wohl schon blühen in diesem Mai und wie groß sie in elf Jahren sein mögen. Und dann beschließt sie, zu sterben.

»Na und, na und, na und. Wir sind Götter. Also völlig unwichtig.«

»Lieber Vater? Warum besuchst Du mich nicht mal. Vor dem Fenster taumeln Schmetterlinge, und ich habe jetzt ein Baby. Zur Zeit lebt es bei Verwandten, und wenn Du kommst, dürfen wir sicher zusammen in den Hof. In der Schweiz ist alles solide gebaut, nichts brökkelt, wie bei uns. Ich hatte eine gute Presse. Tränen der Reue, stand da. Aber es waren Freudentränen. Endlich alles aus. Vorhänge aus Milch.«

»Mattes Weiß ... Lieber Claudio, ich denke oft an Euch. Ich lese Bücher über Botanik. Man spricht vom *Lichtgenuß* der Bäume, und die großen dunkeln die kleinen tot. Manchmal ist es still hier wie im Innern der Musik. Dann höre ich, was die Umrisse flüstern, und ahne ...«

»Getrocknete Stimmen.«

»Mama, wie macht man Apfelkompott? Mein Schatz mag ihn am liebsten mit Zimt, nehme ich an. Seit er mich zur Welt gebracht hat, bin ich eine Mutter. Das hätte ich mir auch spannender vorgestellt. Ich lebe jetzt im Ausland und habe das meiste hinter mir, sogar das Rauchen. Bring mir bitte eine Nagelfeile mit, Plastik. Eisen darf hier nicht rein. Und Papas alte Hölty-Ausgabe.«

»Sehr geehrter Herr Blaul, sehr geehrte Frau Blaul, es freut mich, zu hören, daß Klein-Louis gut gedeiht. Sicher ist er bei Ihnen in besten Händen. Ich war immer gesund, und ich danke Ihnen für die aufopferungsvolle Pflege. Es ist doch seltsam: Man kennt sich nicht, man spritzt sich etwas Zitrone in den Wein, und plötzlich hat man Verwandtschaft und müßte Zugfahrten machen und sich fremde Geburtstage merken. Ich achte Ihren Sohn, er ist ein anständiger Mensch. Nun will ich schließen. Ich wünsche ihm viel Erfolg.«

»Mein Schatzmann, kleiner Hicks in Windeln. Louis ist ein blöder Name, aber sie waren alle so begeistert von ihrer Idee, da wollte ich sie nicht kränken. Trag ihn mit Fassung. Marianne fand ich auch nie gut. Irgendwie zu üppig. Aber jetzt werde ich ihn runterhungern, den Namen. Ein für alle Mal.«

»Liebe Susanna. Geht es euch gut? Mexiko war wunderbar, das Mittel hat gewirkt, aber nun ist die Reise zu Ende, und ich bin in Zürich. Mehr konnte ich nicht tun. Gib auf Claudio acht. Ich habe zwei Lackschuhe mitgebracht, aus dem Westen, wir haben sie immer Kackschuhe genannt, und eine Kindermumie ohne Kopf und würde ...«

»Blattrand meiner Lebensferne.«

»Papa, sie haben mir die Haare geschnitten. Ich ziehe mich nicht mehr an und dichte Lieder aus Lügen. Ein spanischer Musiker hier, mein Tagtraumkollege, wird sie vertonen. Einzelhaft ist gar nicht möglich, und wer mir die Haare ausreißt, ahnst Du wohl. Jetzt sind sie ganz kurz, wie kleine i's.«

»Hörst du, Mama? Meine Stimme ist leiser als die Bleistiftspitze. Mach Dir keine Sorgen. Die Verpflegung geht in Ordnung, die Tiere schmecken süß, die Früchte haben etwas Fell und sind so weich – Du kannst sie mit den Zehen verstreichen. Jetzt kommt mein Tun auf meinen Kopf. Amen. Asche. Aus.«

»Kleiner Fratz, die Zeit vergeht nicht, und trotzdem bist Du schon sechs Monate alt. Das Schönste an Dir sind deine Augen, schreibt Oma Mia. Das will ich Dir auch geraten haben, daß Deine Augen groß und seelenvoll sind, damit die Blumen darin aufblühen, die Sterne, alles. Ich könnte heulen, wenn ich denke, Deine Mutter ist ... Doch das vergeht. – Ab in die freie Wildbahn, Süßer! Wir reißen uns ein Schokoladentörtchen!«

»Räderwerk der Schwärze.«

»Lieber Papa, wo bleibst Du denn. Neuerdings kommt ein Mann mit sprechenden Händen und findet mich jung. Aber ich habe den Geist einer alten Frau, einer Pflanze ohne Wasser. Trinke keinen Schluck.«

»Pilze im Morgenquatsch. Bleiben Sie weg! Mein Fleisch ist um.«

»Hager der Mann, kurzes Haar, schöner, glänzender Vollbart, fast schwarz. Niemand ist gottverlassen, sagt er. Das geht doch gar nicht, überlegen Sie! Gott *kann* uns nicht verlassen.
Angeblich Arzt. Seelenklempner. Kennt alles, das ganze Material der Dunkelheit. Aber ich durchschaue ihn. – Warum tragen Sie diese Schuhe im Bett, sagt er. Das ist nicht gut. Davon kriegt man …
Giftige Füße? frage ich rasch. Und er schweigt und starrt mich an durch seine Silberbrille. Wir haben uns erkannt.«

»Papa, ist Dir klar, daß Du tot bist? Nie waren Dir die einfachsten Dinge klar: Daß Haarewaschen Arbeit ist. Warum man ein Glas nie leertrinken darf. Wie gut Du warst als Sganarelle. – Jetzt läßt Du auf Dich warten, und dieser Mensch sitzt hier und lächelt Dein Lächeln, mit Bart. Franziskanische Eleganz. Er sagt, ich sei eine Zettelwirtschaft. Liest aber alles.«

»Schmutzige Flügel. Flamme der Dinge.«

»*Das* war die Liebe?«

17.

Wenn ein Sträfling sich das Leben nehmen will und Wachpersonal und Anstaltsgeistliche nichts mehr ausrichten können, kommt der Psychiater. Das gehört zur Routine, es gibt ein Bereitschaftssystem ansässiger Ärzte, und der Zufall heißt Dr. Mellies und bringt ein Repertoire guter Worte, entsprechende Medikamente und einen gewissen Unmut mit. Die kleine Privatklinik, die er zusammen mit einem Freund im Engadin betreiben will, steht kurz vor der Eröffnung, und eigentlich wohnt er kaum noch in Zürich, auch die Stelle an der Universitätsklinik ist zum Monatsende gekündigt, und »das hier« hätte ein Kollege übernehmen sollen, der dann aber … Und so weiter.

Doch als er die Zelle betritt, sieht er auf den ersten Blick: Er ist nicht zu einem weiteren Fall von Haftkoller, nicht zu einer lebensmüden Kriminellen gerufen worden; hier will sich niemand nur ausheulen oder sich Zuwendung oder gar Männerbesuch und ein paar benebelnde Pillen erschwindeln. Auch von einer anhaltenden Wochenbett-Depression kann nicht die Rede sein. – Die zusammengekauerte Frau mit dem zerkratzten Kopf, die sich bald herausgehungert haben wird aus ihrem Gefängnis, braucht keinen Trost, möchte keine Hilfe und starrt nur scheinbar die Wand an. Jenseits der Schmerzen blickt ihr ein Engel in die Augen, und der ist düster, fast schwarz. Der ist es leid, nur heilig zu sein.

»Hörst Du mich? Manchmal jetzt Bilder, die ich noch nie und nirgendwo gesehen habe, auf keiner Reise. Die ich aber auch nicht beschreiben könnte. Ein Film aus Wasserzeichen, der rasend schnell über die Seele flakkert. Alter Mythentrödler.«

Dr. Mellies läßt sich ihre Akte geben, liest sie in der Zelle, macht sich Notizen, heftet ihre Briefe und Zettel ab, bringt ihr Obst, ein Fotobuch über Mexiko und sogar eine Schachtel Buntstifte mit und wartet halbe Stunden lang auf ein Entgegenkommen, ein Wort. Doch Mary beantwortet ihm keine Frage, blickt ihn nicht einmal an und verweigert nach wie vor jede Nahrung. Und als die Zuchthausleitung eine Glukose-Infusion anordnet, reißt sie die Nadel aus der Vene und schmiert sich das Blut an den Hals.

Die am folgenden Tag in Angriff genommene Zwangsernährung per Magensonde kann der Arzt jedoch verhindern; er schickt die beiden Krankenpfleger aus dem Raum, schnallt Mary wieder ab, und nachdem er ihr zum wiederholten Mal gesagt hat, daß er ihr helfen und sich für eine neue Verhandlung und die Revision des Urteils einsetzen will, versucht sie zu sprechen. Es gelingt aber erst, nachdem er ihr die geplatzten Lippen und die grindige Zunge mit Glyzerin befeuchtet hat.

»Machen Sie sich keine Mühe.« Sie lächelt. Die Zähne, ihre Zwischenräume, sind schwarz von geronnenem Blut, und sie weist auf ihre Hungerödeme. – »Ich werde sterben. Beschlossene Sache.«

Dann dreht sie sich wieder der Wand zu, schließt die Augen, überläßt sich dem Fieber – und hört den Arzt in ihrem Rücken sagen: »Naja, dann sterben Sie halt ... Es gibt eine Heilung über den Tod hinaus.«

Dr. Mellies erwirkt einen Termin beim Oberstaatsanwalt, der den Fall für abgeschlossen hält und von einer verminderten Schuldfähigkeit der Verurteilten nichts hören will. Sie sei geistig und körperlich gesund, klug und gebildet, und habe gewußt, daß Drogensüchtige nicht an Kamillentee sterben, sondern genau an dem Zeug, das sie in die Schweiz schmuggeln wollte ...
Der gradlinigen Argumentationsweise seines Berufsstandes bis zur Müdigkeit verpflichtet, ist er insgeheim aber wohl ein Freund des scheinbar Paradoxen und horcht auf, als Dr. Mellies sagt, daß seelische Krankheiten oder Störungen durchaus ein Eigenleben hätten, nicht von ungefähr hießen sie früher Dämonen, und daß es zu ihrem Selbsterhaltungstrieb gehöre, den Menschen ihrer Wahl zunächst völlig normal, intelligent und angepaßt erscheinen zu lassen – bis sie derart stark und ausgewachsen seien, daß sie aus ihm hervorbrechen, ihn überkommen und vernichten könnten.
Er zeigt dem Beamten Marys Notizen, und der nimmt einen der Zettel vom Tisch, runzelt die Brauen und liest: »Wie soll ich Dich finden in diesem Oktober der Schultern? Meine Mutter war eine Tablettenmarke. Mein Vater ist ein dunkles Tal.« Oder: »Jettens Blau-Braun. Gott schmerzt.« Oder: »Sie sind freundlich, aber die anderen warten. Sie leben von den Zinsen der Enttäuschung und trinken mich hinab in wessen Bauch ...?«
Der Jurist schüttelt den Kopf. – »Nun ja ... Davon ver-

stehe ich nichts.« – Dann betrachtet er den schlanken Arzt und sagt: »Doch apropos ... Wie machen Sie das eigentlich, Doktor? Schwimmen? Hanteln? Fahrradfahren?« Und der lächelt und weist aus dem Fenster, auf das vegetarische Restaurant an der Ecke, sie plaudern über Rohkost und alkoholfreies Bier, und schließlich stimmt der Beamte einem neuen Gutachten zu, will über eine Wiederaufnahme des Prozesses aber erst nach der Lektüre entscheiden.

»Lauf, Kleiner, lauf! Man kann die Steine zählen durch meine Brust!«

Dr. Mellies besucht Mary nun täglich und erreicht, daß sie in eine Krankenzelle mit größerem Fenster verlegt wird, wo sie von ihm, und nur von ihm, wieder erste, noch flüssige Nahrung annimmt und zunächst zögerlich, dann immer bereitwilliger auf seine Fragen antwortet – Fragen, die ihn oft selbst verblüffen, unterlaufen sie doch beharrlich seine Konzepte, von den schulmedizinischen Konventionen gar nicht zu reden. Dem Gesetz der Resonanz zufolge, nach dem man nie mit etwas in Berührung kommt, das einem völlig fremd ist, wollen sie offenbar nicht anders gestellt werden, und so nennt Mary die Kopie des umfangreichen Gutachtens, die er nach knapp drei Monaten in die Zelle bringt, ihren »Seelenroman«, malt ihn zwischen den Zeilen mit Buntstiften aus und schreibt auf das Schlußblatt: »Alles falsch. Alles richtig. Frucht einer einzigen essenden Antwort.«

Dr. Mellies verweist in seiner Arbeit zunächst auf die bekannte Tristesse einer Kindheit und Jugend in der DDR. Eine durch und durch rationale, dem Überraschenden, Unvermuteten, Wunderbaren und damit auch dem individuellen Glück verschlossene Gesellschaftsstruktur könne keine freien Seelen, keine eigenverantwortlichen Persönlichkeiten hervorbringen. Wo alle möglichen Perspektiven vorgegeben und sogar die Träume geregelt seien, müsse man auf tragische Konsequenzen nicht warten. Die hohe Selbstmordrate innerhalb der Jugend der DDR sei bekannt.
Für Mary als hochsensible, der lebhaften Phantasie oft schutzlos ausgelieferte Heranwachsende war die heillose Symmetrie innerhalb dieser Gesellschaft, das in grauen Blöcken bis an den Horizont vor ihr aufragende System aus Zwangsläufigkeiten nicht selten Grund zu paranoiden Überreaktionen. Sie fühlte sich minderwertig von Kindheit an, und angesichts der Tatsache, daß andere Kinder so gern mit ihr spielten, verdächtigte sie insgeheim die eigenen Eltern, ihnen gut zugeredet oder sie sogar mit Süßem bestochen zu haben, damit sie sich ein bißchen um die scheue Tochter kümmerten.
Auch ihr Mitgefühl schwebte nicht selten neben der Realität. Ein Beispiel für viele: Eines späten, regnerischen Abends stand sie auf dem Balkon und sah, daß die Buchhändlerinnen im Geschäft gegenüber vergessen hatten, ein großes Oberlicht an der Wetterseite zu schließen. Sie rief die Betriebsleiterin an, die kam vorbei, verriegelte das Fenster, wischte ein paar Bücher trocken und winkte im Davongehen ein Danke! zu Mary hoch. – Der fiel nun ein, daß die Frau äußerst

pflichtgenau war, streng und laut, und die verantwortlichen Mitarbeiter wohl ordentlich zurechtstauchen würde am nächsten Tag. Woraufhin sie sich plötzlich als Denunziantin sah und das Geschäft vor Scham und Angst nie mehr betrat.

Halt inmitten der inneren und äußeren Zwangszustände war der Vater, ein Schauspieler, der ihrer Phantasie früh eine Heimat gab, die Literatur, und sie zum Schreiben von Kurzgeschichten und Gedichten ermutigte. Ihr Verhältnis war überaus innig und liebevoll – und kühlte jäh ab, als er bei einer ihrer morgendlichen Raufereien in den Kissen ohne Absicht, im Eifer des Gefechts, ihre Brust berührte. Sofort unterbrach er das Spiel, schickte sie aus dem Bett und ging von nun an deutlich distanzierter mit ihr um. Was die Zwölfjährige wie eine tief ungerechte, völlig unverständliche Strafe kränkte.

Er selbst bekam zunehmend Schwierigkeiten mit dem Staat. Die Partei, deren Mitglied er nie war, strich ihm immer wieder Rollen, weil er keine Spitzeldienste leisten wollte, kaum je durfte er an einer Gastspielreise teilnehmen, der Familie wurde eine größere, schon in Aussicht gestellte Wohnung wieder verwehrt, und schließlich drängte seine Frau auf die Übersiedlung. Er zögerte lange, und Mary, begeistert von der aufkommenden Flower-Power-Bewegung im Westen, schloß sich den Bitten der Mutter an. Und fühlte sich dann, als der Vater infolge der Strapazen und Erniedrigungen nach der Antragstellung zusammenbrach, mitschuldig an seinem Tod.

Für Mellies ist das dann folgende Unvermögen, allein

zu sein, sowohl Ausdruck ihrer Sehnsucht nach dem Verstorbenen als auch Angst vor der erdrückenden Gegenwart der Schuldgefühle. Durch ihre Umtriebigkeit, den Aktivismus, versucht Mary, die mit Familiennamen übrigens Schwartz heißt, ihre Vergangenheit zu vergessen und die alte, ungeliebte Identität abzustreifen. Der Vatername wird ihr zum Synonym für drohendes Unheil, den schwarzen Engel, den sie immer wieder zu sehen meint und der oft genug ihr Schatten gewesen sein mochte, und die verzweifelte Neuorientierung geht so weit, daß sie sich auf ein Verhältnis zu einem Mann nur deswegen einläßt, weil sein Name – wie sie bei der Vernehmung auf jener Wache bei Brokdorf hört – Martin *Blaul* ist. Und auch wenn sie die Ehe mit diesem Mann später ablehnt: Unbewußt war da die Hoffnung, von ihm geschwängert und geheiratet zu werden, und zwar aus psycho-logischen Gründen. Sie wollte mit dem Namen des Vaters das bisherige Leben und die damit verbundenen Skrupel und Ängste loswerden.
Trotzdem bleibt die Sehnsucht nach ihm, in jedem schlanken, dunkelhaarigen Mann begegnet ihr seine Silhouette, und allein und krank im wildfremden Barcelona, muß ihr Claudios Zuneigung, seine Sorge um ihr Befinden, durch und durch väterlich vorkommen. Und zu ihrem Glück über die Begegnung gesellt sich auch schon die Sorge: Nicht noch einmal will sie schuldig sein an einer Trennung, gar an seinem Tod. Diese Angst ist stärker als andere Bedenken, und so *kann* sie es nicht ablehnen, ihm die vermeintliche Medizin aus Mexiko zu holen.
Alles in allem schließt sich der Arzt dem ersten Gutach-

ter an, wobei er den Terminus »unreife Persönlichkeit« ablehnt. Das könne es seiner Meinung nach nicht geben, jedes Alter habe seine eigene Reife. Gleichwohl sei die Verurteilte kaum schuldfähiger als ein zwölfjähriges Mädchen, das aus Enttäuschung über den jähen Liebesentzug des Vaters irgendwelchen Unfug anstelle. Marianne Schwartz habe Jahre ihrer Entwicklung nachzuholen – was im Gefängnis natürlich nicht möglich sei. Dort würde sie weiterhin jede Gelegenheit zur Selbsttötung nutzen. Er schlage daher eine Therapie in einer möglichst offenen psychiatrischen Klinik vor.

»Mein Spatz, gestern hatte ich kein Papier mehr und schrieb Deine Geburtstagsverse auf die Brotrinde. Vielleicht kommst Du mich bald besuchen, dann zeige ich Dir die Berge mit den ganzen Tieren. Ich habe Schnee und Äpfel, die duften im Dunkeln. Ich hab auch Angst. Aber die Freude an Dir ist mein Heiligenschein.«

Die Bedenken der Staatsanwaltschaft ziehen sich hin. Die Untersuchungshaft mitgerechnet, dauert es zwei Jahre, bis ein neuer Verhandlungstermin einberaumt wird. Nachträglich akzeptiert man die verminderte Schuldfähigkeit, der Rest der Zuchthausstrafe wird erlassen, und man überweist Mary in die Klinik von Dr. Mellies, wo es kaum Bewegungseinschränkungen gibt und sie sich einer langen, auf ihren eigenen Wunsch hin noch verlängerten Therapie zu unterziehen hat. 1982, nach insgesamt sechs Jahren, kann sie die Schweiz als freie Frau verlassen.

»Aber wo sind wir jetzt, mein Traum? Ich war so gut wie tot; dann war der Tod ein bißchen besser. Das Leben wird eine trügerische Weile einfacher, alte Wunden wachsen kreisförmig zu.
Da bin ich geworden in seinen Augen wie eine, die Frieden findet.«

18.

Als sie wach wurde, war der Flattermann natürlich kalt, und ich schob ihn in den Backofen. Mein Gott, sogar in Kostas Küche hängen Ikonen: Die Mutter Jesu neben der Tür, und über dem Kühlschrank so ein Paradieswächter mit Schwert. Ein schauriges Gepinsel zum Teil, wie aus dem Malkurs der Volkshochschule, aber das ist nicht wichtig, sagt Kosta. Ikonen sind keine Kunst, wollen und sollen es nicht sein; sie sind der Abglanz von etwas, das über aller Kultur ist. Ich glaube, vom Mysterium.
Auf Kunst ist Kosta überhaupt nicht gut zu sprechen; für gemalte, geschriebene oder sonstwie sich äußernde hat er nur ein höfliches Lächeln übrig. Denn der Kunst in unseren Breitengraden fehlt der Geist. Seine Worte. Und damit meint er dann nicht Verstand oder Intellekt oder so. Daran mangelt es nicht die Spur. Unsere Kunst ist seit Jahrhunderten zum Heulen klug. Motive, Gedanken, Stil – alles super. Und doch geistlos. Denn wenn Kosta von Geist spricht, meint er immer den Heiligen. Der ist das A und O. Wenn unsere Kunst davon

beseelt wäre, hätte sie den ganzen Kulturkrampf, das Zittern zwischen Lob und Verriß, das Gezeter um Rang und Originalität nicht nötig. Dann gäbe es nicht so einen Stuß wie, zum Beispiel, den Existentialismus oder Computermusik oder verkehrt herum gemalte Bilder ... Alle Kunst, die für die Menschen gemacht wird, ist bestenfalls schön und gut. Aber *wunderbar* kann sie nur sein, wenn sie für Gott gemacht wird, zu seiner Freude, seinem Ruhm. So Kosta.

Als die Hähnchen warm waren, wollte Mary plötzlich Tee. Sie hatte sich bis zum Kinn in das Plaid gewickelt und war ziemlich maulig drauf. Wie Frauen halt sind, Gefangene ihrer Befindlichkeit. – Kurz bevor Vanina ihre Tage kriegte, war immer Tränenstufe eins angesagt. Dann brauchtest du nur zu knurren, weil sie den Schlüssel wieder nicht fand oder dauernd die CD-Regler verwechselte, schon heulte sie los. Oder einfach so, grundlos. Oder sie brach einen Streit vom Zaun wegen irgendwelcher Vorfälle in der Steinzeit – nur damit sie hinterher weinen konnte. Also auch grundlos. Und am nächsten Tag ist alles wieder gut, sie strahlt; am nächsten Tag war alles bloß prämenstrual. Arme Miezen. Manchmal denke ich wirklich, die kritischen Jahre einer Frau beginnen mit ihrer Geburt.

Den Tee aus irgendwelchen Bergkräutern fand sie dann natürlich zu bitter, und ich fragte: »Willst du nicht was von dem Hähnchen essen?«

Sie schüttelte den Kopf. – »Bin Vegetarier. Aber 'ne Kippe kannst du mir geben.«

Es war fast Mitternacht, und ich pfropfte eine neue Kerze auf den Rest, der auf der Fensterbank flackerte, steckte auch die zwei in den silbernen Haltern vor dem Jesusbild an und zog an der Schnur der Bernsteinlaterne über Marys Liege. Dann hielt ich ihr die brennende Zigarette hin, doch sie wollte die Arme nicht unter der Decke hervorziehen, und ich schob ihr den Filter zwischen die Lippen. Als sie danach schnappte, berührte sie leicht meine Fingerspitzen, und ich setzte mich wieder auf den Teppich und goß den Rest aus der Weinflasche in die Gläser.

»Was hast du eigentlich vor in nächster Zeit?« fragte ich. »Was liegt an? Willst du wieder verreisen?«

»Ich? Möchte diesen Glimmstengel rauchen, Honey. Der Rest ist Zukunft, und die interessiert mich herzlich wenig.«

»Hey, paß auf, ich hab 'ne Idee! Wollen wir nicht mal zusammen wegfahren? In den Süden? Also, du und Onkel Umsatz und ich und so? Könnte lustig werden, oder?«

Sie paffte Rauch zu der Wandlampe hoch. – »O ja ...«

»Wir würden campen«, sagte ich. »Unter Olivenbäumen oder am Strand. In meinem Zelt ist Platz satt, ich habs geflickt. Und weil es grün ist, fällts kaum auf, ich meine, wir müßten nicht auf die öden Campingplätze voller Ätztypen, könnten es wild irgendwo hinstellen.«

»Wild ...«, murmelte sie.

»Klar! Daddy würde uns bekochen, das mag er ja, und wir könnten uns antike Trümmer angucken, diese Theater, weißt du, wo man unten flüstert, und oben kriegt man alles mit ... Wär doch gut, oder?«

»Gib mal den Aschenbecher.«

»Ich möchte zum Beispiel unheimlich gern zum Berg Athos. Also nicht als Mönch, klar. Aber den Gipfel, diese rosa Marmorspitze, die er haben soll, die würde ich gern sehen. Meinetwegen vom Schiff aus. Oder von einer Insel in der Nähe, hab ich mir schon ausgeguckt. Laut Reiseführer kannst du da wandern und Fisch essen und so, und mein Zelt ist ja ziemlich leicht, wir könnten es abwechselnd tragen.«
Sie nippte von dem Wein, verzog das Gesicht.
»Schmeckt er dir nicht?«
»Vergiß es, Kleiner ... Reisen muß man allein, mutterseelenallein, sonst geht dir nichts wirklich nah. Sobald du jemanden bei dir hast, ist alles nur noch halber Kram. Du nimmst tausend kleine Rücksichten oder verläßt dich auf ihn, und schon läßt deine Aufmerksamkeit nach und du beobachtest und empfindest viel weniger intensiv und weißt ein Jahr später schon nicht mehr, wo du gewesen bist. – Was soll das hier eigentlich sein?«
»Wieso?« fragte ich. »Wenn Wein ein bißchen kribbelig ist, finde ich das gar nicht so unlecker.«
»He, sprich deutsch mit mir, ja?« – Sie stand auf, kippte ihn aus dem Fenster und kramte die »Ouzo«-Flasche aus ihrem Sack. Goß sich das Glas halbvoll.
»Mußt du jetzt schon wieder dieses starke Zeug trinken?«
»Nein«, sagte sie. »Ich *will* ...« Und blickte sich um, suchte wohl das Wasser.
»Hab ich weggeräumt.« – Ich nahm ihr Glas und ging in die Küche, wo ich einen großen Schluck von dem Schnaps fortgoß, ehe ich es auffüllte. In den grünlich umdüsterten Augen des Engels mit dem Schwert fand

sie natürlich keine Gnade, die Verwandlung von Wasser in eine hochprozentige Dröhnung, doch Mary, wieder unter dem flauschigen Plaid, schickte einen Kuß durch die Luft, als ich ihr den Drink reichte.

»Aber mit Martin bist du doch verreist, oder? In der ersten Zeit, nach eurer Heirat, kriegte ich dauernd blaue Ansichtskarten. ›Schöne Grüße, Deine Eltern.‹ Während ich mir in der Penne den Arsch wundsaß …«

Sie drückte die kaum angerauchte Zigarette so nachdrücklich aus, daß sie zerbrach. – »Deswegen kann ich dir ja so gute Reisetips geben. Und jetzt laß mich in Ruhe mit dem Thema, ja? Erzähl mir lieber was von dir.«

»Was ist eigentlich los mit euch beiden?« beharrte ich. »Würde mich echt interessieren.«

»Wieso? Was soll denn los sein?«

»Naja, ihr kriegt doch überhaupt nichts mehr geregelt, oder? Kaum bist du hier, fliegen die Fetzen, und nach spätestens zwei Tagen haust du wieder ab. Und der Dicke leidet wie ein Hund.«

»Ach, die Fetzen …« seufzte Mary. »Wenn die noch flögen. Dann wäre Hoffnung, oder? Mensch, dann gäbe es Leidenschaft, Feuer, was weiß ich.« – Sie schloß die Augen, schüttelte den Kopf. – »Es ist einfach nur öde, verstehst du.«

»Nein«, sagte ich. »Was kann an einem Zuhause, einer Familie, an Leuten, die dir zuhören und an deinen Geburtstag denken und so – was kann daran öde sein!«

»Gott!« – Mary blickte zur Zimmerdecke. Resigniert sah das aus, tief gelangweilt. – »Was sind das für Zeiten, in denen die Eltern ihren Kindern sagen müssen, daß sie spießig sind ... Was schlimm ist an so einem Leben, fragst du? Alles, Mann! Das ist das Schlimmste, das Allertraurigste von der Welt!« – Sie hielt sich das Glas an den Mund und murmelte: »... ohne Seele, ohne Liebe.«

»Ohne was?! Wie kannst du solchen Blödsinn reden? Was soll das heißen? Daß wir uns nicht lieben? Daß du mich nicht liebst?«

Sie stutzte, zog verständnislos die Brauen zusammen und wölbte sie dann plötzlich auf. – »Dich? Nicht lieben? Ooooch ... Du Armer. Du Süßer. Natürlich liebe ich dich. Und wie! Ganz, ganz doll! Mutti denkt Tag und Nacht an dich. Echt wahr. Komm her, mein Schatz, laß dich küssen! Laß dich knubbeln.«

»Ach, leck mich am Arsch.«

Sie hatte sich etwas aufgerichtet, mir eine Hand hingestreckt. Nun sank sie wieder zurück.

»Aber Big Daddy magst du nicht mehr, oder was?«

Wortlos steckte sie sich eine andere Zigarette an, eine Selbstgedrehte, die irgendwo auf den Büchern gelegen hatte, und ich bezweifle mal, daß es ein nachdenkliches Schweigen war. Eher ein benommenes. Sie machte einen tiefen Zug, blies die Backen auf und unterdrückte ein aufsteigendes Husten. Dann hielt sie mir die Fluppe hin. Doch ich winkte ab.

»Und warum magst du ihn nicht mehr? Hat er sich blöd benommen oder dich verprügelt oder so? Oder ist er dir zu fett ...«

»... oder klappts nicht mehr im Bett?« reimte sie, fast singend. – »Laß gut sein. Man liebt, und man weiß nicht, warum, oder? Und man hört auf zu lieben und weiß auch nicht, warum – fertig. Alles hat seine Zeit. Und nur weil du ’ne rosa Torte mit Kerzen willst, heuchle ich kein zärtliches Familienleben. So, und jetzt eine andere Platte, bitte. Du wolltest mir irgendwas erzählen.«

»Ja? Vielleicht später ... Hast du dich eigentlich schon mal wegen Big Daddy geschämt?« fragte ich, und sie kratzte sich eine Weile unter der Decke, schien zu grübeln.

»Geschämt? Wie meinst du das? – Ach, weil er so’n Geldtyp geworden ist, so’n Kreditkarten-Hippie?«

»Nein. Ich wollte sagen ...«

»Doch! Ein Mal!« rief sie. »Damals, in einer dieser Kneipen am Landwehrkanal. Da trafen wir uns am Vormittag, die Sonne schien, und ihm waren die Brötchen zu klein. Ehrenwort! Also, ich trank nur Kaffee, aber er mußte natürlich was essen, das Große Uferfrühstück, und dann, stell dir vor, waren die Brötchen winzig, und er wollte sich bei der Kellnerin beschweren. Aber die war im Streß und übersah ihn dauernd. Da platzte ihm der Kragen, er nahm das Tablett mit allen Zutaten und brachte es ins Lokal, knallte es dem Chef auf den Tresen. Das war auch einer, der früher in der ersten Reihe gesungen hatte, wenn es galt, den Imperialismus in die Knie zu zwingen, und jetzt schwitzte er in seinem neu eröffneten Laden dem Umsatzsoll hinterher. Und dein Vater brüllte ihn an, was das für eine Sauerei sei, so winzige Brötchen! Und das Frühstück so teuer! Und er wolle jetzt auf der Stelle anständige Schrippen für sein Geld, oder – und jetzt halt dich fest – er rufe die *Polizei*. – Also, ich wäre fast in den Kanal gefallen vor Entsetzen. Leute, für die Bullen einmal das größte aller weltlichen Übel gewesen waren, bedrohten einander mit den Bullen: Wegen zu kleiner Brötchen! – Auch der Typ hinterm Tresen traute seinen Ohren nicht. Die Polizei? fragte er. – Jawohl! schrie dein Vater. Das werden wir doch sehen; das ziehen wir jetzt mal durch! Ich zahle dieses teure Frühstück, und wenn ich nicht sofort ganz normale Brötchen kriege ... Und so weiter. Da hab ich mich so geschämt – für ihn, für uns, für die ganze Situation –, daß ich raus bin aus dem Lokal.«

Sie legte den Kopf schräg, sah mich an; ihr Lächeln verflog. – »Oder was meintest du mit *schämen*?«

»Naja ...« Ich starrte in mein Glas. – »Eigentlich hatte ich an was anderes gedacht.« – Im Seitenflügel drehte jemand die Anlage auf, »I do everything for love«, und ich sagte: »Hast du dich schon mal geniert oder ein komisches Gefühl gehabt oder so, weil ...« Ich trank einen Schluck, kriegte es nicht raus.

»He!« sagte Mary. »Bleib cool, ja? *Weswegen* muß ich mich schämen?«

»*Du* sollst dich überhaupt nicht schämen! Nie hörst du richtig zu. Ich möchte wissen, ob du dich schon mal geschämt *hast*. Weil ihr zwei doch ... Du weißt schon.«

»Nö.« Sie blickte auf den Jointrest zwischen ihren Fingern. – »Es wird spät, Junge, und dieses Zeug ist auch nicht ohne.«

»Dann laß es doch aus dem Leib, Herrgott! Keine drei Sätze kann man mit dir wechseln! Immer knickt alles weg, weil du angesoffen oder bekifft oder sonst was bist. Zum Kotzen, echt.«

»Also gut.« Sie hustete, nahm sich zusammen. »Weswegen tust du dich schämen?«
»Wir sprechen von *dir*!« sagte ich. »War es dir schon mal peinlich, daß ihr so ein ungleiches Paar seid?«
»Was?! Im Gegenteil.«
»Du verstehst mich immer noch nicht. Ich rede von Äußerlichkeiten. Von eurem *Aussehen.*«
»So? Was ist damit?«
»Nichts, natürlich. Aber ich möchte gern wissen, ob du dich schon mal unwohl gefühlt hast neben Dad.«
»Inwiefern?«
»Naja, ich meine ... Du bist blond, schön, stattlich, die Männer drehen sich nach dir um und alles. Und unser Martin ist eben Big Daddy: Einen Kopf kleiner, kurzsichtig, schwabbelig und doppelt so breit. Hat dich das nie gestört?«
»Was sollte mich daran stören?«
Ich gabs auf. Offenbar konnte ich mich nicht verständlich machen. Dabei war ich sogar ins Schwitzen gekommen. Ich zog meine Jacke aus und sagte: »Ach, weiß auch nicht... Lassen wir das. 'ne fixe Idee.«
»Von wegen!« höhnte Mary. »Da! Dir zittern ja die Hände!«
Das war natürlich Quatsch, optische Täuschung. Die Kerzen flackerten wild im Durchzug, mehr nicht; auch die Ikonen schienen auf dem Goldgrund herumzurukkeln.
Sie legte die Kippe weg und setzte sich auf. – »Du meinst also, dein Vater ist kein schöner Mann, oder was?«
»Im Vergleich zu dir ...«
»Da hast du recht. Attraktiv ist er wirklich nicht, der

Mops. Doch er hatte früher viel Humor, weißt du. Eine schöne Seele.«
»Gut. Aber die sieht niemand, wenn ihr zusammen über die Straße geht, an Bauarbeitern vorbei, oder ein Restaurant oder Theaterfoyer betretet, stimmts? Und mich würde einfach mal interessieren, wie du dich dabei gefühlt hast, wenn Leute deinen Klops, wie du ihn nennst, schmunzelnd oder geringschätzig oder verächtlich angeschaut haben. War das beleidigend für dich oder schmerzhaft, oder hast du das einfach so weggesteckt, oder was?«
»Mops«, sagte sie.
»Bitte?«
»Ich hatte Mops gesagt, nicht Klops.«
»Wieso Klops?«
»Eben. Oder einigen wir uns auf Kröte?«
Den Kopf im Nacken, lachte sie aus vollem Hals. Es war ein so freies, glockenhelles Lachen, wie ich es sonst nur von Vanina kannte, und momentlang kam es mir vor, als ob die Kerzen heller strahlten. Doch obwohl sich auch mir ein bißchen das Gesicht verzog, beherrschte ich mich, denn es ist gemein, über Leute zu lachen, die nicht im Raum sind; irgendwie wird es dann kühler. Ich stand auf und schloß die Fenster.
Mary verstummte, und als ich mich umdrehte, hielt sie sich eine Hand vor den Mund und starrte mich aus großen, leicht geröteten Augen an. Dann holte sie durch die Finger Luft – wie ein Kind, dem man gerade etwas Ungeheuerliches gesagt hat.
»Ach *so* … Ich weiß!«
Es wurde plötzlich eng in dem Zimmer, und ich lief

herum und rückte Gegenstände zurecht, ein Feuerzeug, ein verbeultes Weihrauchgefäß, den faustgroßen Globus, schob ein paar Bücher tiefer ins Regal und murmelte: »Hm? Was?«

Mary schwieg, nagte an einem Daumen und beobachtete jeden meiner Handgriffe, jeden Schritt. Der Raum war jetzt auf die Größe meines Gehirnkastens geschrumpft, aus irgendeinem Grund kriegte ich kaum Luft, stieß überall an, auch an die »Ouzo«-Flasche, und trank einen Schluck. Da war dann wieder Platz für mich und einen tiefen Atemzug.

»Ich weiß, ich weiß!« flüsterte Mary und machte eine fordernde Fingerbewegung, ein wortloses: Her damit! – »Natürlich …! Es geht um dich, um deine Liebste, stimmts?«

Ich antwortete nicht. Mir war etwas schwindelig von dem Zeug, das ich mir so stark nicht gedacht hatte. Es kratzte in der Kehle und trieb mir, ehrlich gesagt, sogar das Wasser in die Augen.

»Mein scheues, schamhaftes Reh …« Sie verschloß die Flasche, stellte sie weg. »… hat eine pummelige Freundin. Deshalb also …«

Ich blickte aus dem Fenster, obwohl es da nichts zu sehen gab, nur die schwarze Silhouette der Kastanie, riesenhaft, und mein blödes Spiegelbild. Die Haare standen in alle möglichen Richtungen ab, und die Schultern waren so breit wie ein Lyrikband.

»Eine kleine dicke Freundin …«, wiederholte Mary, wobei die Stimme ein bißchen verschwamm. – »*Darum* hast du sie uns vorenthalten? So einen Wonneproppen, was?«

Der Schnaps brannte im Magen, aber auch in den Augen, verdammt, die Tränen liefen unter den Brillengläsern hervor, und ich hatte den Eindruck, daß mein Konterfei schneller atmete als ich. Außerdem wurde ich langsam wütend. Zweimal »dicke Freundin« reichte ja wohl, da mußte nicht noch »Wonneproppen« hinterher. Fehlte bloß, daß sie was von »Typ Sonnenschein« faselte.

Mary, in meinem Rücken, zündete den erloschenen Jointrest an, das Doppelfenster reflektierte ihr Feuer ein dutzendmal, und ich schniefte, drehte mich um und wollte gerade sagen, daß ich ihr *gar nichts* vorenthalten hätte. Wie kann man jemandem, der nie da ist, etwas vorenthalten. Da schüttelte sie den Kopf.

»Und wo soll nun das Problem sein? Paßt doch gut zu dir, so'n Butterklecks! Schmaler Hering, der du bist ...«

Sie sah mich aufmerksam an und lächelte so kränkend behutsam, so vage, daß es mir schon wieder wehmütig vorkam. Und ich fühlte mich plötzlich ausgehöhlt vor Trauer, leer und grau – ungefähr wie an dem Tag, an dem ich Vanina den Spiegel geschenkt hatte, so ein riesiges, bei einem Trödler erstandenes Ding mit pompös vergoldetem Gipsrahmen.

Sie hatte ihn sich für ihr neues, noch leeres Zimmer gewünscht, und ich dachte, wie nett es wäre, wenn man das Bett davorstellen würde, getraute mich aber nicht, das zu sagen. Und dann zog sie sich aus, drehte sich vor der hier und da zerkratzten, leicht stockfleckigen Glasfläche und sagte: »Mensch, prima! Kann ich uns endlich mal in Gänze bewundern, mich und meine zermatschte Figur ...«

An dem Tag kriegte ich kein Wort mehr raus. Echt. Ich verkroch mich in meine Wohnung, stellte das Telefon ab, starrte die Wand an und hatte nicht mal Lust auf Schokolade.

Du bist so verdammt allein damit, kannst niemandem etwas sagen, und ich verachtete mich insgeheim, fand mich unmenschlich, engstirnig, oberflächlich, roh und fragte mich doch immer wieder: Warum eigentlich? Und warum ich? – Dabei dachte ich überhaupt nicht an irgendeine Glamour-Welt, in der man kostbar ausgewuchtete Hochglanzmodelle durch die Gegend chauffiert. Ich dachte zum Beispiel an Rosinger und seine schlichten Schönheiten, an die Bräute meiner Kumpel im Ruhrgebiet, an die Mädels in der Schule, und dann blätterte ich alle Paßfotos durch, über hundert von mir selbst datierte Automatenstreifen, und fand, daß ich gar nicht so übel aussah, beinahe hübsch, und fragte mich also wieder: Herrgott, warum? Warum hatte *ich* eine Freundin mit »vermatschter Figur«? Das war einfach ungerecht!

Und daß ich sie liebte und sie nicht kränken wollte, indem ich das Thema überhaupt erwähnte, machte alles noch viel schlimmer, traurig und ausweglos; der Raum, durch die Tränen gesehen, verzog sich zu etwas Ungefährem, zwischen mir und dem Diwan meiner Mutter lagen über zwanzig Jahre, und ich wußte nicht wohin mit mir und zog den Anorak wieder an, zerrte an den Bändern herum. Da streckte sie eine Hand aus und sagte leise, fast flüsternd: »Na, komm schon. Komm her …«

Ich schüttelte den Kopf, kramte nach dem Taschentuch. Fand aber nur eine gebrauchte Serviette aus der »Nordsee« und wischte mir damit die Augen.

19.

Mary sah nachdenklich aus, wahrscheinlich hielt sie mich jetzt für total bescheuert, jedenfalls konnte ich mir nicht vorstellen, daß sie oder überhaupt jemand Verständnis für meine Probleme hatte – die vielleicht nur Macken waren, Kleinvieh im Neurosenzoo. Aber die Geschichte mit Vanina zersetzte mittlerweile mein ganzes sogenanntes Seelenleben, ich kam mir irgendwie durchsichtig vor und mein Selbstwertgefühl hatte die Größe eines Mitessers.

Dabei ist das natürlich der Dreh- und Angelpunkt, das brauchst du wie eine Adresse, ein Herz, eine vernehmliche Stimme, und du wiegst weniger als dein Schatten, wenn es dir fehlt. Dir können tausend Leute sagen, daß du ein toller Hecht bist: Wenn du es nicht selbst weißt, selbst fühlst, mit Überzeugung, bist du nicht mal die Spucke von dem Hecht, falls die überhaupt eine haben. Du mußt wissen, was du willst, was du kannst, wie du wirkst und wo genau deine Möglichkeiten liegen – erst dann hast du so was wie Persönlichkeit und bist nicht mehr irgendein verwechselbarer Hering. Erst dann bist du der Hecht!

Aber all diese Sachen weiß ich nicht. Keine Ahnung, woher es kommt, dieses dauernde Gefühl, nirgendwo ein Bleiberecht zu haben, nicht mal in den eigenen

Schuhen, von der eigenen Befindlichkeit ganz zu schweigen. Als Taschen-Psychologe denkt man ja immer gleich an die Kindheit, also: Wenn ich früher irgendwo in der Wohnung spielte, kam Oma Mia und scheuchte mich weg, weil sie da putzen wollte. Kroch ich in einen anderen Winkel, wurde ich auch dort verjagt: Weil sie da gerade geputzt *hatte*. – Rausgehen sollte ich, in den Schnee, den Matsch, und kam ich dann nach einer Stunde frierend zurück, kriegte ich Dresche, weil ich schmutzig war. – Aber solche Erklärungen sind mir zu schlüssig, Schnappschloßgedanken, und sie helfen einem kaum, freier und zufriedener zu leben.

Viel besser gefällt mir die Vorstellung, daß alle Schwächen, Macken und Scharten die Hohl- oder Gußformen künftiger Zustände darstellen, daß uns die Mängel und Nöte gegeben sind, damit wir uns an ihnen oder durch sie vervollkommnen. Jeder vermeintliche Fehler das Negativ einer künftigen Erleuchtung – so könnte ich mit mir leben. Denn dann wäre ich mit dieser pantherhaften Zittergras-Konstitution, wie Kosta das einmal genannt hat, nur das Vorflackern einer Persönlichkeit, die ich vielleicht einmal sein werde.

Jetzt aber ist das einzig Eigene, das ganz und gar Unverwechselbare an mir meine ständige Furcht vor allem und jedem; was die betrifft, bin ich noch weniger als ein Hering, um bei dem glitschigen Vergleich zu bleiben. Da verkörpere ich, Tag für Tag von Schrecken und Panik durchzuckt, einen ganzen Herings*schwarm*!

Na, vielleicht übertreibe ich jetzt. Aber die Tatsache, daß du als zurückhaltendes und verträumtes Kind zu

Hause, auf dem Schulhof oder im Jugendheim dauernd über den Tisch gezogen wurdest und aus den meisten Keilereien als Geschlagener hervorgingst – nicht unbedingt, weil du der Schwächere warst; oft auch, weil du Skrupel hattest, fest genug zuzuhauen: Das macht weder einen Rambo aus dir noch einen sonstwie gearteten Virtuosen der Selbstsicherheit. – Und wenn ein derart gequetschtes Seelchen auch noch eine Freundin hat, bei deren Anblick sich die Halbwüchsigen vor dem Kiosk in die Rippen stoßen oder ein Trupp Müllkutscher in Gelächter ausbricht, sobald er sie von hinten sieht, eine Freundin, deren Stimme zwar an den durchsonnten Innenraum einer Kathedrale, deren Aussehen aber eher, so Rosinger, an einen Nachtschrank erinnert, dann ist es um das letzte bißchen Selbstwertgefühl geschehen.

Ja, ich schäme mich für diese Frau, die ich liebe, und schäme mich für meine Scham und würde die ganze Welt mit ihren Normen, Konventionen, Vorurteilen und Schönheitsidealen zur Hölle wünschen, wenn sie nicht schon die Hölle wäre. Ich ging zu dem Diwan und nahm Mary die Flasche weg.

»Aber ist das wirklich so schlimm mit dem Hintern?« fragte sie. »Wir *sind* da nun mal fülliger ... Schau!«

Sie schlug die Decke zur Seite, wölbte eine Hüfte in das Licht der Bernsteinlampe und griff sich in den festen Speck. – »Ist doch fast schon barock, findest du nicht?« – Sie stutzte, überlegte. – »Oder sagt man Rokoko?«

Ich antwortete nicht, ich trank, und sie deckte sich wieder zu, kratzte einen Tabakkrümel von der Unterlippe und murmelte: »Naja. Vielleicht ist es auch nur Rock'n'Roll ... Wie steht es denn mit ihr selbst? Mag sie ihren Körper? Fühlt sie sich wohl damit?«

»Ach! Jemand, der seine Figur als vermatscht bezeichnet, wird sich kaum mögen, oder?«

Mary schüttelte den Kopf. – »Das muß nicht sein. Am Ende hat sie nur so geringschätzig gesprochen, weil sie einen Widerspruch von dir wollte.«

Aber den hätte sie dann nicht geglaubt!

Was immer ich Vanina über ihr Aussehen sage – daß ihr Mund der schönste ist, den ich je geküßt habe, daß ich fast einen Atemstillstand kriege beim bloßen Anblick ihrer Waden, daß schon ihre Haut eine unglaubliche Zärtlichkeit ist: Sie lächelt vage, zieht sich die Bettdecke unter die Nase und sieht mich aus den Augenwinkeln an, als wäre ich ihr nicht geheuer. – Und daß sie sich selbst nicht mag, beleidigt mich fast mehr als die Blicke oder Witze irgendwelcher Flachmänner vor der Kneipe.

Wir hatten einen Spaziergang im Zoo gemacht, und ich war einigermaßen deprimiert. Verstehe überhaupt nicht, wie man Vergnügen dabei empfinden kann, diese traurigen, apathischen, verrückt kreischenden, den Kopf hin und her pendelnden Tiere anzuschauen. Niemand soll mir erzählen, daß das schön oder lehrreich oder unterhaltsam ist. Was sich da in einer Schaukel aus Autoreifen das Fell oder Gefieder ausrauft oder unter Flutlichtstrahlern an der eigenen Scheiße lutscht, ist nicht mal mehr die Silhouette der Kreatur, deren Name auf dem Messingschild steht. In einem Zoo gibt es

überhaupt keine Tiere. Im Zoo wird ausgestellt, wie degeneriert der Mensch ist!
Auch Vanina fühlte sich niedergedrückt, doch kurz bevor wir hinausgingen, verliebte sie sich rasch in ein Kaninchen. Es war ein kleines schwarzes Angoraknäuel, das sie über den kniehohen Zaun des Geheges hinweg mit einer Möhre fütterte, und momentlang bezweifelte ich, ob das regungslos dahockende Vieh überhaupt echt war. Das Nagegeräusch jedenfalls klang wie ein präzis arbeitendes, von einem Elektromotor betriebenes Messerwerk, und Vanina kicherte. In ihrer Grundsympathie für alle Verfressenen kann sie sogar die Unersättlichkeit einer Maschine erotisch finden. Dann aber schreit sie auf, und der haarige Apparat verwandelt sich in ein zurückschreckendes Tier in dem Augenblick, in dem die Möhre nach Blut schmeckt.
Wenn man es von der Fingerkuppe leckt, sieht man, daß die Nagezähne des Kaninchens etwas auseinanderstehen, und Vanina wird blaß, zittert vor Schmerzen, wässerige Wimperntusche läuft über die Wangen, und ich trockne ihr das Gesicht mit meinem Jackenärmel und lade sie zu einer Flasche Jod und ein paar Wattetupfern ein. – »Und dann kaufen wir einen Angoraschal …«

Das Café im Wiener Stil ist neu. Hohe, verspiegelte Wände, rote Samtsofas und in der Ecke eine kleine Bühne mit Konzertflügel; man macht hier in Kultur, das Publikum will sehen und gesehen werden – und wird vor allem übersehen. Vom Personal nämlich, den Kellnern mit den langen weißen Schürzen, den Pferdeschwanzfrisuren und dem herablassenden Wiener Akzent, die sich mit einem Nadelstreifen am Tresen über die neueste S-Klasse einer Automarke unterhalten. Hier kann man sich nicht einfach setzen, hier wird man gesetzt; doch niemand weist uns einen Tisch zu, auch nicht, als ich meine Sonnenbrille abnehme, und Vanina, müde, hockt sich auf die Stufe, die in einen separaten Veranstaltungsraum führt.

Das aber stört das Gesamtbild erheblich, und ein Zweireiher winkt einem Oberkellner, der einen Kellner ruft, von dem wir von vornherein wie ein zu niedriges Trinkgeld taxiert werden und der erst mal einen Zug von der Zigarette nimmt, die im Ascher neben der Kasse qualmt. – »Was kann ich für euch tun?«

Der Tisch, den wir dann kriegen, ist eine Frechheit. Es ist wohl der, auf dem normalerweise die Speisenkarten und Servietten liegen, er steht winzig und allein am Ende einer Doppelreihe geräumiger, nur zum Teil besetzter, zum anderen Teil angeblich reservierter Marmortische. Ich möchte, so war das ja gedacht, den Laden wieder verlassen, doch Vanina will ausruhen, und so durchqueren wir Spiegel um Spiegel – ebenso endlos vervielfacht wie die Umsitzenden und ihre Blicke, die sich an mein Mädchen und ihren hochgerutschten Pullover heften. Paßt irgendwie nicht ins Kulturprogramm. Besonders viele Frauen stutzen, und in ihrem Erstaunen meine ich auch etwas wie Erleichterung zu sehen, als dächten sie: »Donnerwetter! Soll der René noch was sagen! Gegen *die* bin ich gertenschlank!« Und dann betrachten sie neugierig mich.

Als wir endlich sitzen, beide die Hände im Schoß, weil

auf dem Tisch kaum Platz dafür ist, dauert es noch einmal zehn Minuten, ehe wir etwas bestellen können. Ich nehme einen Tee, Vanina möchte eine Cola, und schon ist der Kellner wieder weg. Dreht sich aber mitten im Raum noch mal um, zieht einen Kugelschreiber hinterm Ohr vor und ruft: »Eine Cola-*Light*?«
Wieder blicken alle Vanina an, deren Beine hier kaum auf den Boden reichen; die Füße pendeln überm Parkett. Wahrscheinlich hat der Bursche es nicht mal sarkastisch gemeint; er ist es einfach gewohnt, daß korpulente Menschen Cola-Light trinken, und will halt nichts Falsches bringen. Doch hätte er schließlich zurückkommen und die Frage diskret an unserem Tisch stellen können. Nun ist es der ganze Raum mit seinen hundertfach sich spiegelnden Augen, der fragt, und Vanina schluckt und schüttelt, kaum merklich, den Kopf.
Wir sitzen an der Tür zur Küche, in der fast ausschließlich Asylanten beschäftigt werden, man möchte nicht wissen, zu welchem Lohn, und zwischen den gefliesten Wänden hallen die Kommandos der Kellner lauter wider, als uns lieb ist. – »Wo bleibt die Sahne, Bimbo!« – »Nimm deine Aids-Pfoten aus der Suppe!« – »Müde bist du? Weniger wichsen!« – Während sie diesseits der Schwingtür die Atmosphäre mit ihren Kratzfüßen, mit »Sofort, der Herr!«, »Sehr wohl, Madam!« und »Küß die Hand!« verschnörkeln.
Wir reden nicht viel, rauchen eine Zigarette und sehen uns den Betrieb an, wobei Vanina sich vor allem für die aufwendig garnierten Speisen interessiert, die von den Kellnern geholt werden. – Einen der Männer, kantiges

Kinn, leichter Schweißglanz auf der Stirn, scheint ihre Neugier jedoch zu nerven, er blitzt sie ungnädig an, und als sie beim nächsten Mal wieder hinsieht, bleibt er stehen, macht einen Rückwärtsschritt, streckt den Arm mit der herabhängenden Serviette vor und hält ihr das Gericht unter die Nase. – »Wiener Schnitzel. Sechsundzwanzig Mark.«
Ringsum die Gespräche verstummen, ein paar Frauen finden den Kellner offenbar unmöglich, schütteln die Köpfe, doch viele Gäste, vor allem die Männer, setzen knurrig-amüsierte Mienen auf, und ich frage mich, ob er sich so etwas herausgenommen hätte, wenn hier eine dieser kostbar ausgeleuchteten Event-Schönheiten säße. Und weiß vor Verlegenheit nicht, wo ich hinsehen soll. Denn natürlich blickt er *mich* an, der Kerl, herausfordernd, frech, als wüßte er von vornherein, daß ich nicht den Schneid besitze, die Ehre meiner Freundin zu retten und ihm den Teller wegzuschlagen. Vanina greift nach meiner Hand. – »Na fein. Das nehme ich.«
Zu winzig der Tisch für zwei Menüs, das sehe ich sofort, und weil ich keine Lust auf eine Komödie aus umgekippten Gläsern, herabklirrenden Messern und davonkugelnden Radieschen habe, trinke ich nur ein Bier. Vaninas Schnitzel ist riesengroß ausgewalzt, lappt weit über den Teller, sie schafft kaum die Hälfte, und als sie mich auffordert, den Rest zu essen, winke ich ab. Ich finde, es sähe armselig aus; wir würden dem Kellner genau das Bild liefern, das er insgeheim von uns hat. Und nachdem wir mit dem Geschirr auf dem Tisch eine halbe Stunde gewartet haben, bis wir zahlen dürfen, starrt er denn auch mit gespieltem Verwundern auf

das Schnitzel und fragt: »Soll ich es Ihnen einpacken lassen?«

Auch in diesem scheinbar freundlichen Angebot knarrt hörbar Häme, und momentlang kommt es mir vor, als hätten sich die großen Spiegel bewegt. Während das innere Echo der Frage, das natürlich einen ganz anderen Wortlaut hat, zwei vorbeigehende Kellner auflachen läßt.

»Nein danke«, sagt Vanina. »Legen Sie's zurück. Ich esse es morgen weiter.«

Immer noch schmerzt ihre Hand, der Finger scheint sich zu entzünden, und zu Hause, in der neuen Wohnung, macht sie sich einen Kamille-Umschlag, stellt den Fernseher an und geht ins Bett. Ich lasse mir Wasser in die Wanne und nehme einen Aschenbecher und ein paar Comics mit ins Bad, und als ich nach fast einer Stunde wieder herauskomme, sind Flur und Küche dunkel. Auch in Vaninas Zimmer kein Licht, und ich gehe leise hinein, um meinen Pullover zu holen, und lausche vergeblich in die Finsternis, kann den Atem der Schlafenden nicht hören. Will auf Zehenspitzen wieder weg.

Da sagt sie, in der anderen Ecke des Zimmers: »Mach ruhig die Lampe an.« – Ich erschrecke, zögere einen Augenblick, drehe mich langsam um; irgend etwas in der Stimme klingt anders als sonst, ein Unterton, den ich so nie gehört habe, metallisch fast, eine bedrohlich scharf geschliffene, die Herzhaut ritzende Facette. Doch an den Rändern schwimmt die Stimme in Tränen, und ich knipse eine Wandlampe an.

Tränen aus viel Alkohol. Vanina trinkt Cognac, eine halbleere Flasche aus Maras Schrankbar steht auf dem Tisch, daneben ein Zahnputzbecher, Plastik, und sie schnieft und zieht eine Packung Zigaretten aus der Tasche ihres schneeweißen Frotteemantels. – »Gi'ma Feuer …«

Die Haare kleben an der nassen Stirn, das Gesicht, im Rauch, ist bleich, und die leicht vorstehenden Augen sind wohl etwas glasig, aber doch recht klar und groß und schön wie immer. Ich setze mich auf den anderen Stuhl, nur auf die Kante, und Vanina scheint durch mich hindurchzustarren, ein Blick wie aus der innersten Dunkelheit heraus, und atmet leise japsend durch den Mund. Wenn sie die abgeschminkten Lider schließt, sieht sie matt aus, krank, als hätte sie Temperatur. Aber die Hand auf dem Tisch fühlt sich kalt an, und sie entzieht sie mir jäh, stößt den Becher um; der Schnaps fließt auf den Boden.

Wir rühren uns nicht. Und endlich fragt sie: »Was ist eigentlich los mit dir?«

Ich weiß nicht, was sie meint, kann mir alles denken und nichts, und habe doch Schwierigkeiten, ihr in die Augen zu sehen. Die nackten Füße sind rührend klein, wie Kinderfüße stehen sie auf dem Parkett, und sie drückt den Oberkörper zurück, verschränkt die Hände hinter der Stuhllehne und blickt mich aus den Lidwinkeln an.

»Was tickt da nicht richtig?« beharrt sie und verzieht das Gesicht momentlang so übertrieben, wie es wohl eine Bühnenschülerin tut, die zum ersten Mal *Befremden* auszudrücken hat. – »Hm? Ich meine, wenn du ein

ganz normaler Mann wärst … Wieso machst du das? Du verarschst mich doch … Oder bist du irgendwie pervers oder so?«
Man hört Schlüssel, das Schloß, Mara kommt nach Hause, geht rasch durch den Flur auf ihren hohen Absätzen, unter der Lampe flammt das Haar rot auf, und Vanina zieht sich den Frotteemantel vor der Brust zusammen, drückt die Zigarette auf der nassen Tischplatte aus. Ihre Lippen zittern, Tränen tropfen vom Kinn in den Halsausschnitt, und die Stimme, in der irgendwas zu bröckeln scheint, ist nun hauchleise, fast nur noch Atem, als sie fragt: »Was ist da *faul*? Sag schon! Warum, zum Teufel, gibst du dich ab mit mir?«

20.

Mary, in der Kissenecke, umschlang ihre angewinkelten Beine, legte eine Wange auf die Knie und sah mich schweigend an. Die Klugheit in den Augen war mir nicht ganz geheuer, und ihre ungewohnte Aufmerksamkeit kam mir sogar etwas ironisch vor, als dächte sie: »Mensch, ihr habt Sorgen …« Trotzdem fand ich sie, ihre Ausstrahlung, zum ersten Mal fast mütterlich und verständnisvoll und setzte mich zu ihr auf den Diwan.
»Um Gottes willen«, murmelte sie. »Armes Kind …«
»He!« sagte ich und rückte gleich wieder ab. – »Was soll der Quatsch! Ich brauche kein Mitleid.«
Sie fuhr mir übers Haar. – »Ich spreche von deiner

Freundin, Junge. Und ich habe kein Mitleid, ich leide mit ihr – das ist ein Unterschied, oder?«

Mag ja sein, aber auch das ist schließlich zum Kotzen. Überhaupt waren gewisse Behutsamkeiten, war das schonungsvolle oder ausdrücklich freundliche Hinwegsehen über Vaninas auffällige Erscheinung oft kränkender als irgendein Gepöbel aus der Baugrube. Einmal, zufällig, trafen wir Kosta auf der Straße; er hatte einen kranken Freund besucht, in Friedenau. Ich stelle ihm Vanina vor, und wir stehen eine Weile beisammen in der zartgrünen, hier und da von Morgensonne durchblitzten Akazienallee und reden über dies und das. Der Bekannte, um den er sich sorgt, hat ein böses Nierenleiden, mein Mädchen gibt ihm Tips für die Pflege, und er hört ihr zu mit derselben hypnotisierenden Aufmerksamkeit, die er für alle aufbringt und durch die man das, was man sagen will, meistens um einen Schliff besser formuliert als gewöhnlich. Dabei lächelt er hinter seinen schwarzen Bartfransen, wie nur wirklich Geistliche lächeln können, völlig rein und auf eine souveräne Art ergeben, und sieht mich rasch einmal an. »Das ist also deine Freundin ...«, meint der Blick, und Vanina verabschiedet sich; sie hat an dem Tag irgendeinen Termin. Kosta und ich beschließen, noch etwas zu trinken, es gibt einige Cafés in der Nähe, und während ich Vorschläge mache, scheint er plötzlich gar nicht mehr zuzuhören, der Mann, starrt vielmehr der Davongehenden nach, die das wohl fühlt und sich den Pullover zurechtzieht. Und dann legt er mir einen Arm um die Schultern und sagt: »Mein lieber

Junge! Was muß das für ein Mensch sein, der *so* eine Stimme hat ...«

Natürlich hat Kosta das liebevoll und anerkennend gemeint – und doch beleidigt es mich gleich, ich trinke trotz des Vormittags Wein und bin einsilbig wie ein Knopf. Er scheint das nicht zu merken, redet über Gott und die Welt, und gerade diese Ignoranz macht mir klar, daß der instinktive Psychologe mich natürlich auch trösten wollte mit dem Kompliment und in Wahrheit also gesagt hatte: »Schäme dich nicht. Sie hat zwar einen Hintern wie ein Brauereipferd. Aber eine Stimme wie ein Engel.«

War es nicht so? Hätte er jene Bemerkung gemacht, wenn es eine unzweifelhaft Schöne, Atemberaubende gewesen wäre, ein Geschöpf, bei dessen Anblick man sich beschenkt fühlt und beraubt zugleich und das jeden frommen Gedanken an den Schöpfer erst mal in den Schatten stellt an so einem strahlenden Tag? Hätte er mich, zum Beispiel, über *Maras* Blick und ihren verstörenden Gang hinweggetröstet mit einem Kompliment über ihre tief menschliche Stimme? Hätte er die Stimme überhaupt *erwähnt* angesichts ihrer steilen Titten?

Ist doch wahr. Die Menschen, auch die Klügsten und Gebildetsten, sind auf Äußerlichkeiten fixiert, und je geistiger sie sich geben, desto schlimmer oft! Lange bevor ich Vanina kennenlernte, habe ich mal bei Thomas Mann gelesen – in den Briefen, den Tagebüchern, egal –, wie er sich über eine Frau ausließ, die zufällig in seinem Bahnabteil saß. Sie war offenbar nicht die Schönste, nicht nach seiner Ästhetik, verzichtete auch auf jedes Versmaß in der Rede, und der Alte konnte sich gar nicht genug aufregen darüber, wie widerlich er sie fand, sie und ihre kurzen dicken Beine, mit denen sie im Abteil herumstampfte. Auch ihre kurzen und dicken Finger fand er schlimm, am ekelhaftesten aber die Beine, kurz und dick, er biß sich da knurrend fest, der bürgerliche Humanist, sein schriftlich verzogenes Gesicht war deutlich zu sehen. Und dann stieg er aus, zupfte sich die Manschetten zurecht und verfaßte einen Essay über den »Adel des Geistes«. Der Arsch.

Seitdem ist Thomas Mann für mich passé, und die Umzugskiste, in der seine sämtlichen Werke verstaut waren, ließ ich Mara allein schleppen. Ein ganz schöner Oschi, und sie strengte sich beim Hochheben des Vielsagenden derart an, daß ihr ein langes, eindeutiges Geräusch entfuhr.

Wenigstens das muß ich dem Werk des modernen Klassikers also verdanken: Zum ersten Mal eine furzende Frau erlebt zu haben.

Man mags mir glauben oder nicht – daß Frauen so etwas wider- oder besser entfahren kann, hatte ich bisher nicht für möglich gehalten; das ging irgendwie nicht zusammen mit meinem innersten Bild von ihnen; ein Furz, ein laut vernehmlicher, stinkender Darmwind war für mich stets etwas derb Männliches gewesen; daß auch das andere Geschlecht über einen ganz gewöhnlichen Verdauungstrakt verfügt, kommt mir noch heute profan vor. Denn trotz allem, trotz Blut und Milch und Nachgeburt hat eine Frau für mich eigentlich gar keinen Körper. Was sich einem da in die Sonne stellt und entgegenwölbt, ist doch die reine Bezauberung; wie

kann man das Körper nennen! – Und Engel furzen nicht, basta. Jedenfalls nicht in meiner Welt.
Darin mögen Männer furzen oder Thomas Mann, an sich aber ist sie so clean, daß selbst ich keinen fahren lasse, wenn mir jemand näher als, sagen wir, zwanzig Meter kommt. Und falls doch, falls irgendeine Hülsenfrucht es unumgänglich macht, dann nur einen kleinen, klammheimlichen. Die Angst, als Stinker dazustehen, war schon in der Schule enorm, und mittlerweile habe ich wohl Schließmuskeln aus Leder, was sicher nicht nur gesund ist. Denn die abgekniffenen Gase erzeugen natürlich eine Gegenperistaltik und rumoren in den dreiunddreißig Metern Darm, die jeder Mensch hat und die sich nun wehren und winden und ein wütendes Piff-Paff von Querschlägern unter der Bauchdecke produzieren, was nicht nur quälend ist, sondern oft kreuzpeinlich: Wenn man zum Beispiel im Theater sitzt, wo sie diese vielen Sprechpausen haben, ohne Musik!
Doch so vollkommen wie ein Furz das Bedürfnis der Menschen nach Wohlgeruch ignoriert, so ignorierte Mara den Furz. Nichts an ihrer Miene verriet, was uns zu Ohren gekommen war, sie ging darüber hinweg wie über eine knarrende Diele und ließ mich ohne ein Wort oder einen bedauernden Blick, ohne die kleinste Entschuldigung stehen in ihrem Gestank. Und verstaute Thomas Mann.
Das war der erste von vielen Krachern, mit denen sie fortan mein Frauenbild ..., ich will nicht sagen würzte; aber doch in andere Aromabereiche schob. Sie studierte zielstrebig, arbeitete hart, das dauernde Bücherwälzen ließ sie oft etwas benommen erscheinen, als

wäre sie nicht richtig geerdet, und wahrscheinlich hätte es sie einfach überfordert, in ihrer eigenen Wohnung auch noch Umgangsformen zu pflegen. Vor dem Freund ihrer besten Freundin nahm sie sich jedenfalls so wenig zusammen wie vor sich selbst, schlürfte die Suppe, rülpste endlos nach Gurkensalat oder saß bei offener Klotür auf dem Topf und wies, während ihr Silberstrahl ins Becken rieselte, mit einem Kinnruck zur Küche: »Rührst du mal die Bohnen um?«

Auch trat sie meistens ohne anzuklopfen in Vaninas Zimmer, weil sie irgend etwas suchte oder fragen wollte, und es schien ihr nicht in den Sinn zu kommen, daß sie stören könnte, weder wenn wir schliefen, noch wenn wir vögelten. Zum Beispiel brachte sie ein Kochbuch zurück in dem Augenblick, in dem wir den Gipfel stürmen wollten, ging ohne ein Wort zum Regal, und da ich nicht wußte, was sie sehen konnte in dem Kerzenlicht, griff ich rasch nach dem Laken. Doch das klemmte irgendwo fest, und Vanina, die auf mir hockte, wollte sich nicht unterbrechen lassen, bewegte sich nur etwas langsamer, abwartend sozusagen, während ihre Freundin summend in der Ecke kramte und die Lücke für das blöde Buch nicht fand.

Ich wußte nicht, was ich sagen sollte, atmete flach, drückte die Knie zusammen, legte mir einen Arm über die Augen, und endlich, nach einer hart geschwollenen Ewigkeit, machte es »Klack«, und Mara ging zur Tür. Doch drehte sie sich, schon fast im Flur, noch einmal um und fragte: »Ach so … Soll ich den Kartoffelsalat jetzt mit Öl und Essig machen? Oder eher mit Mayonnaise?«

Vanina, die gerade wieder ausholte, um es in ganzer Länge zu genießen, das Glanzstück, öffnete den Mund, starrte mich mit großen Augen an und ließ ein Seufzen hören, das so tief war wie ihre Enttäuschung über die jähe, völlig verrutschte Sternbahn meines Samens. Der kam selbst für mich so überraschend, daß ich mit den Zähnen knirschte, und sie blickte sich über die Schulter um und sagte: »Den was? Mit Essig ...«

Mara aß viel, mehr als meine Geliebte, auf ihrem Schreibtisch lagen immer Chipstüten und Pralinenschachteln, und doch wurde sie nicht fett. Ich konnte das fast täglich überprüfen, denn sie machte schweißtreibende Gymnastik, trainierte mit verchromten Hanteln in dem Durchgangszimmer, und zwar nackt, und als ich sie dort zum ersten Mal sah, blieb mir wider Erwarten nicht das Herz stehen. Viel kleiner erschien sie mir plötzlich und fast enttäuschend reizlos. Lag es an der sommersprossigen, irgendwie alabasternen Haut oder daran, daß die Körperhaare fast dieselbe Farbe wie das Parkett hatten – in dem großen Raum war ihre Nacktheit so unspektakulär wie eine angeknipste Glühbirne im Sonnenschein. Dazu kam etwas, das jede Erregung von vornherein dämpfte: Mara zweifelte keinen Wimpernschlag lang an sich und führte ihren schönen oder meinetwegen auch vollkommenen Körper stets zu selbstgewiß, zu brüstestolz vor: Der reine Luxus, den alle wollen und keiner kriegt. Aber ich glaube, um wirklich begehrenswert zu sein, braucht es ein paar Mängel, meinetwegen etwas Orangenhaut hier und da, und wohl auch ein bißchen Scham ...

Die aber hatte sie nur, wenn Vanina ihr den wehen,

vom Schreibtischhocken verspannten Rücken massierte oder sie, nach einem Bad in Zitronenmelisse, mit weithin duftenden Ölen einrieb; dann durfte ich das Zimmer plötzlich nicht betreten und verdrückte mich in die Küche und raspelte Möhren. Oder hängte Wäsche auf den Balkon. Und wenn ich doch einmal lauschte, indem ich etwas näher an der Tür vorbeiging als gewöhnlich, war es still dahinter wie im Herzen des Mysteriums. Nur manchmal hörte ich ein Kichern oder Wispern oder wohliges Stöhnen, so leise, daß mir unklar blieb, von wem.

Auf die Frage, was man sich denn vorzustellen habe da, im Chambre séparée, antwortete Vanina zuerst, indem sie meinen Gemüseauflauf, den Duft, der aus der Röhre kam, sehr überschwenglich lobte. Dann murmelte sie »Entspannungsübungen ...«, und als ich es genauer wissen wollte, hängte sie die Wäsche auf dem Ständer um und winkte ab. – »Das würdest du doch nicht verstehen.«

»Ach so«, sagte ich, fast schon unter der Küchendecke. – »Ich bin ja blöd. Ich bin ein Milchmädchen aus der Provinz. Entspannungsübungen! Im Puff sagt man auch Massage und meint Wichsen!«

Vanina, die sich eine Gabel voll Salat mit Nüssen und Rosinen in den Mund geschoben hatte, hörte auf zu kauen und sah mich an. Ihre Augen kamen mir plötzlich viel dunkler vor, schienen von demselben mineralischen Blau zu sein wie die ihrer Freundin, und sie leckte sich eine Möhrenfaser vom Finger, einen gepfefferten Gedankenstrich. – »Du gehst ins Puff?«

21.

Am nächsten Tag wollten die beiden auf den Marheineke-Platz, wo eines dieser Berliner Kiezfeste stattfand. Folklore für Melancholiker. Diese Friede-Freude-Müslikuchen-Atmosphäre mit Unterschriftenlisten und viel zu lauten Multi-Kulti-Bands, die Tapeziertische voller Lederschmuck, abgegriffener Bücher und heilender Steine, die von Alt-Punks und Uralt-Hippies umlagerten Bierstände, die demonstrativ freundlichen Kontaktbereichsbeamten und die verrückt herumrennenden Köter, das besoffene Gebell der Urberliner im Gestank der Grillbuden, die plärrenden Kids und die alternativ daherstolzierenden Mütter beim Schau-Stillen unter den Linden: Das ist vermutlich das Leben. Damit kannst du mich jagen.

Doch die beiden wollen noch Zeug für die Wohnung kaufen, im Mittelzimmer fehlt eine Lampe, im Bad ein Regal, und da ich durchaus zu bestechen bin, jedenfalls mit Marzipan, komme ich als Packesel mit. Die Sonne scheint, der Platz dampft, und tatsächlich gibt es ein paar schöne Sachen in den Trödelläden dort – doch alles, was Vanina mag, ist Mara zu alt oder nicht alt genug, und was Mara gefällt, Vanina zu teuer, und am Ende leisten wir uns drei Stangen totes Schwein mit Senf und setzen uns auf eine Bank am Rand des Rummels.

Ganz in der Nähe gibt es eine Bude, in der Crêpes und französische Weine verkauft werden, und nachdem wir gegessen haben, geht Mara über den Rasen, um uns eine Flasche zu holen. Sie trägt einen strahlend weißen, sehr engen Pullover, einen kurzen schwarzen Lederrock, Wollstrumpfhosen, kniehohe Stiefel, und obwohl es kühl ist an dem Tag, verspricht ihr Gang den schönsten Frühling; allein der Anblick hält das Glück am Leben. Hinter uns werden Pfiffe laut, ein paar Kids unterbrechen ihr Frisbee-Spiel, und als Mara mit der Flasche zurückkommt, scheinen ihre Hüften, besonders wenn sie den wilden Osterglocken ausweicht, sogar schon in den Sommer zu schwingen.

Da bin ich wohl ins Starren geraten. Sie gießt uns etwas von dem Roten in die Plastikbecher und tritt mir dabei versehentlich auf die Schuhspitze, die in diesem Augenblick natürlich die Herzspitze ist, und während die Frauen in dem Katalog blättern, den Vanina an einem der Stände abgestaubt hat, Ökobekleidung, Wäsche aus Hanf, gebe ich vor, die Sonne zu genießen, das blasse Grün, den Himmel, der sich blau in den Pfützen und Glasscherben spiegelt. Und wäre am liebsten weggegangen.

Denn auf der Nachbarbank, wo gerade noch ein Rentnerpaar gesessen hat, räkeln sich nun drei Typen in Bomberjacken und Springerstiefeln; auch Kreuzberg ist nicht mehr glatzenfrei. Die Flasche, die sie herumgehen lassen, enthält Wodka oder Korn, und wann immer sie nach Zigaretten oder Feuerzeugen kramen oder einfach nur die Fäuste in die Taschen schieben, klappert es seltsam metallisch darin. Vorhin hatten sie Maras Formen mit ein paar anerkennenden Pfiffen umrissen, und jetzt machen sie sich offenbar daran, sie unter sich aufzuteilen, denn jeder erzählt, welche Körperregion er am wichtigsten, am geilsten findet, was eine Tussi unbedingt haben *muß*, damit es eine gute Nummer wird, und natürlich wissen und wollen sie, daß wir das meiste verstehen. Doch die Mädchen sind vertieft in ihren Modekram, und so bleibt sie an mir hängen, die Anstrengung, das noch verhaltene Gepöbel ohne Zeichen von Aufregung und Angst zu ignorieren. Ganz cool ... Ein guter Wein, ich genieße die Blume. Ein schöner Baum. Schön grün.

»Wieso?« knarzt einer der Typen. »Natürlich will sie gestoßen werden! *Jede* will gestoßen werden! Dazu sind sie da!«

»Aber doch nicht von *dem*!« sagt ein anderer, und ich blicke gelassen in den Abgrund meines Plastikbechers. – »Den zerknackt sie zwischen den Schenkeln. Ob der beim Ficken die Sonnenbrille aufläßt?«

»Ein Rasseweib, oder? Sieht aus wie 'ne Zarin auf Urlaub.«

»Und die Kleine ist ihr Küchenmädchen.«

Das Lachen der Kerle klingt nach Mundfäule, nach verrottetem Amalgam, und einer schnippt den Zigarettenrest herüber; er verzischt in einer Pfütze. Ich nehme das nicht zur Kenntnis.

»He, will der was? Hat der was gesagt?«

Wieder dieses metallische Klappern, und ich wende mich ab, schaue mit den Mädchen in den Katalog.

»Traut sich nicht, der Sack. – Möchte mal wissen, was der mit zwei Mösen macht. Wie 'n Rammler sieht er jedenfalls nicht aus, oder?«

In meiner Brust hämmern hundert Hasenherzen.

»Warum zwei Mösen? Die eine ist doch nur Arsch!«

Erneutes Gelächter, doch die beiden scheinen davon nichts mitzukriegen. Sie weisen sich gegenseitig auf Sonnenschutzkleidung oder Nachthemden aus Rohseide hin, und plötzlich schlittert uns die Frisbee-Scheibe vor die Füße, und Mara lacht, springt auf, wirft sie gekonnt zurück. Und ist im nächsten Moment schon mitten im Spiel der Kids auf der Wiese.

Die Bombertypen gaffen ihr nach, und ich rücke näher zu Vanina, die zusammengesunken über den Seiten sitzt, und lege ihr den Arm um die Schultern – wobei ich mich auch ein bißchen festklammere.

»Hast du das gerade gehört?«

Sie hat geflüstert; ich hebe den Becher an die Lippen, schiele rasch nach den Schlägern. Zwei grinsen herüber, einer schnitzt mit einem Hirschfänger an der Banklehne herum, und ich schüttle, kaum merklich, den Kopf.

Vanina runzelt die Stirn und starrt mich länger unverwandt an. Ihre Nachdenklichkeit tut weh.

»Bitte? Du hast es *nicht* gehört?!« wiederholt sie lauter, entwindet sich meinem Arm, steht auf, und ich schlucke, lege die Hände in den Schoß und verfolge den Flug der Frisbee-Scheibe in die Blumen.

»Nein doch! Was denn?«

Dann gehen wir nach Hause, sie hat Nachtdienst, möchte vorher baden, und unterwegs spricht Mara plötzlich wieder von Rom. Wahrscheinlich sehe ich noch so betreten aus, daß sie wenig Widerstand erwartet. – Rom ist ein rotes Tuch für mich; sie will zwei Wochen mit Vanina dorthin, mit ihr allein, versteht sich, und zwar genau in der Zeit, in der ich mit ihr zelten

möchte. Bei Plön. Und das Schlimme an der Sache ist: Vanina tut unschlüssig. Vanina kann sich nicht entscheiden, mit wem sie reist, und möchte allen Ernstes Bedenkzeit. Ich glaube, das ist auch schon wieder prämenstrual.
Mara schwärmt also von einem Apartment, das ihnen der Freund ihres Vaters überlassen würde, direkt an der Piazza Navona, und meine Kleine, noch ganz aufgeweicht von dem Erlebnis auf der Bank, nickt nur und sagt kein Wort. Das macht mich ganz fuchsig. Sie schnieft ein bißchen und schmiegt sich an Mara und läßt sich den Blick über den Blumenmarkt und die Dächer und Kuppeln bis hin zum Vatikan beschreiben, und ich zünde mir eine Zigarette am Filter an. Und dann stehen sie vor dem kleinen Reisebüro an der Ecke, und das Glockenspiel über der Tür wird zum Alarm. – »Na komm schon. Nur mal fragen ...«
»Zum Teufel mit Rom!« knurre ich. »Wir fahren nach Plön!«
Nun fängt es auch noch an zu regnen, und Mara dreht sich nach mir um und sagt: »Mensch, überleg halt mal. Zum Zelten ist es nachts noch viel zu kühl. Soll sie sich wieder Blasenentzündungen holen? Außerdem werden diese Campingplätze dauernd überfallen.« – Sie weist auf den »Spar«-Markt gegenüber. – »Sei lieb. Kauf uns was zum Abendbrot, ja?«
Möchte mal wissen, wie Frauen das hinkriegen, daß man sich ihnen gegenüber so schnell im Unrecht fühlt. Ich meine, daß sie schön sind, ist doch strapaziös genug. Aber daß sie ihre Schönheit dann noch wie etwas Scharfes, Schneidendes gebrauchen, finde ich irgend-

wie unmoralisch. Ich bin ja auch kein Macho, nur weil ich schwach bin. – Und während die Damen ins Büro für Entferntes gehen und meine Abschaffung planen, schiebe ich den Einkaufswagen durch den Laden und kaufe ihnen Wein und Spezereien. Und Schlangengurken. Und wie hieß dieses Wollwaschmittel?

Ein Geruch kommt in den gekachelten Laden, man denkt an den heißen Himmel Roms, an die Brücken, den Müll darunter, und dann, in einem langen, offenen Mantel, streift er das Milchregal, der vollbärtige Mann, dem jeder ansieht, daß er seit Ewigkeiten nicht schläft, vom Essen ganz zu schweigen, daß er Kämmen, Waschen, Zähneputzen längst als metaphysisch abgehakt hat und auch nie wieder schlafen wird, jedenfalls nicht willentlich, weil er alle Zeit der Welt zum Trinken braucht, und er blickt mit großen, vorstehenden Augen umher, dreht sich verdutzt um sich selbst und brummt: »Mensch, hier sollste noch wat finden ...«
Molkereierzeugnisse jedenfalls sucht er nicht und biegt kopfschüttelnd um die Kühltruhe in den nächsten Gang. Und während ich ihm langsam folge und mich frage, ob meine Grundsympathie für sogenannte Penner auf eine Disposition schließen läßt – endlich nichts mehr wollen müssen –, höre ich ein aufgeschrecktes: »Achtung, Kinder! Motte ist da!«
Das war die Krähe hinter der Wursttheke, und sie hat offenbar den Mann gemeint, der jetzt vor einem Regal voller Knäckebrot steht und sich den schrundigen Nakken kratzt. – »Vadammte Kacke, habter hier umgebaut, oder wat?«

Erst im folgenden Gang, jenseits der Brotberge, atmet er auf, und nun gerät die Krähe in Panik. Bös funkeln ihre Brillengläser hinter den Salamistapeln, und sie hämmert auf die Kundenklingel neben der Waage und ruft: »Herrgott, Heini! *Motte!*«

»Ja, ja!« – Der junge Angestellte steckt ganz hinten, im Leergut, und ruft mit beruhigendem Singsang in der Stimme: »Habe Kunden! Komme gleich ...«

Kein Mensch steht vor der Luke, und ich sehe, wie er sich auf dem Bürostuhl lümmelt, gähnend, und die Nägel seiner zarten Finger feilt. Und die will er natürlich nicht schmutzig machen an so einem wie Motte.

Der leckt sich die Lippen, während er andächtig abschreitet, was nur profane Abstinenzler Regal nennen würden. In Wahrheit ist es natürlich ein Heiligtum, ein Tabernakel der Trunksucht; voll von Geist, von Erleuchtung in Flaschen, und ordentlich aufgereiht nach dem Preis, also dem Alkoholgehalt, scheinen die verschiedenen Sorten die Karriere eines leidenschaftlichen, noch bürgerlichen Trinkers zu illustrieren. Leichte, spritzige Sektsorten oder Designer-Weine mit frühlingsfarbenen Etiketten, abgelöst von blumigen oder kräftigen oder charaktervollen Traditionstropfen für den Sommer des Erfolgs, dem rasch – oh Hanglage! – die eine oder andere herbstlich-melancholische Sherrystunde schlägt, ehe dann – ach Umsatztief! – den ersten Hieben des frostigen Schicksals mit Whisky in kantigen Flaschen begegnet wird. Und am Ende des langen Scherbenwegs glüht siebzigprozentiger »Stracks«-Rum wie Höllenfeuer.

Doch so weit scheint Motte noch nicht zu sein; er bleibt

ungefähr in der Mitte stehen, vor einem Karton »Kleiner Feiglinge«. Mit zitternden Fingern nimmt er einen Flachmann heraus, starrt auf den Preis und schüttelt den Kopf. Dann zählt er die Münzen in seiner Linken und blickt grübelnd zur Decke, zu den grellbunten Pappschildern hoch. Doch da steht auch kein anderer Betrag.

»Det is ja wie in Schweden ...«, brummt er, und die Krähe, angesichts seiner Zahlungswilligkeit, scheint sich zu entspannen, begrüßt einen Kunden und legt Wurst auf die Schneidemaschine.

»Schweden is nix dagegen ...«, sagt Motte, schließt die große, zerkratzte Hand um den Flachmann und trottet wie der Engel der Trübsal davon. Ich folge ihm in einigem Abstand und höre es hinter den Schinken flöten: »Darfs ein bißchen mehr sein?«

»Oder Finnland ...«, murmelt Motte, schon am Ende des Regals, kurz vor der Biegung ins Süße – und langt rasch und ohne hinzusehen hoch und läßt eine Literflasche »Stracks«-Rum in seinem Mantel verschwinden. Wobei ihn nicht zu stören scheint, daß der goldfarbene Verschluß mit der Banderole über den Taschensaum ragt. Und auch nicht, daß die Wursttheke alles gesehen hat. – Er schlurcht weiter, zur Kasse, und stellt sich an, um seinen »Feigling« zu bezahlen.

»Achtung, Gabi! Motte kommt!«

Die Krähe krächzt nun tatsächlich, als hätte sie sich am Strafrecht verschluckt. Das Wort Preßkopf fällt mir ein.

»Paß auf, Gabilein, hörst du! Linke Manteltasche! Laß ihn nicht durch! Heini soll die Streife rufen!«

Gabi, die Kassiererin, blickt nur einmal kurz auf und

widmet sich wieder den Waren auf dem Band. Nichts kann sie so leicht aus der Ruhe bringen, schon gar nicht dieser Job. Sie ist auf ihre Art ziemlich eindrucksvoll, vielleicht sogar schön, so eine Gefönte aus dem Legoland, in deren Stimme stets ein »Finger weg!« mitklingt, egal was sie sagt. Ihr Mann ist sicher Gerüstbauer oder Eisenbieger. Sie grüßt selten, kaut meistens Pfefferminzgummi und gibt einem nie den Kassenbon. Und wenn man ihn verlangt, wirft sie ihn wortlos hinter sich.

Gabi fertigt erst noch zwei Kundinnen ab, und dann kassiert sie die drei Mark fünfzig für den »Feigling«: Als Motte ihr das Geld auf dem Handteller hinhält, schüttelt sie den Kopf und bedeutet ihm stumm, nur mit einer Kinnbewegung, es auf das Gummiband zu legen. Er gehorcht, und sie blickt ihm ins Gesicht. Allein ihre gepflegte Erscheinung ist eine Zurechtweisung.

»Das sind fünf Pfennig zu wenig ... Und was Sie da eingesackt haben, kostet noch mal sechzig Mark.«

Motte beugt sich vor, hält ihr ein grindiges Ohr hin. – »Bitte?«

Sie bläst die Backen auf, wedelt die Schnapsfahne unter ihrer Nase fort. – »*Neunundfünfzig achtzig*!«

Motte nickt. – »'n Sechser? Klar doch. Müßt ick noch irgendwo ham.«

Er wühlt in seinen Manteltaschen; bis zu den Ellbogen verschwinden die Arme darin, und die Kassiererin verzieht den Mund, blickt zur Neonröhre hoch und trommelt mit den signalrot lackierten Nägeln auf dem Transportband herum. Auf das Motte nun einen verbogenen Löffel, einen Bleistiftstummel, Flaschenöffner

und zerfledderte Rätselhefte legt. Die fünf Pfennig lassen sich nicht finden.
Inzwischen hat sich eine kleine Schlange gebildet. Hinter mir steht eine junge Frau mit einem Baby im Schultertuch, dahinter die elegante, immerzu auf die Uhr schauende Besitzerin der Pudelboutique und hinter der zwei Mädchen in grellen Aerobic-Anzügen, die sich immer wieder kichernd nach dem schlanken Dreißigjährigen umsehen, dem die blonden Locken bis auf den Kragen der Wildlederjacke fallen.
» 'n Sechser ... Sowat Blödet ... War doch grad noch da ...«, brummt Motte, und schließlich bücke ich mich und tue, als hebe ich ein Fünfpfennigstück auf.
»Hier ist er. War Ihnen runtergefallen.«
»Ach so?« – Er ist überhaupt nicht erstaunt, packt seinen Kram wieder ein und sagt: »Na prima, laß ma rüberwachsen, det Ding.«
Dann legt er der Kassiererin die Münze hin, nickt mir zu und geht.
Doch nun, als wäre ein Stromstoß in ihren Parfümschlaf gefahren, schnellt Gabi hoch, kippt den Stuhl weg und steht auch schon zwischen Motte und der Tür. Regen prasselt gegen das Glas.
»Mo-mentchen, mein Freund. So haben wir nicht gewettet. Erst rückst du die Pulle raus!«
Motte verzieht das Gesicht. – »Die wat?« Er hält ihr den »Kleinen Feigling« hin. – »Ha'ck doch gerade bezahlt!« – Und mit einer Handbewegung zur Warteschlange: »Allet Zeugen!«
Doch die Kassiererin, mehr als einen Kopf kleiner als der breitschultrige Mann, macht einen schnellen Schritt

über ihr Herz hinaus, langt in Mottes Manteltasche und zieht den Rum hervor. – »*Die* meine ich …«
Sich des Beistands der Kunden sicher, hält sie die Flasche am Hals hoch und fügt noch ein »Bürschchen!« hinzu.
Und belebt so den Trotz in dem grauhaarigen Mann. Denn wie alt er auch sein mag, die Reflexe sind plötzlich blutjung, und der verdutzten Kassiererin bleibt nur noch ein Stück Banderole zwischen den Fingern. Und als sie erneut auf ihn los will, hält er ihr eine große, schmutzige Faust unter die Nase. – »Vorsicht, Kleene! Mir faßt keener an. Keener!«
Gabi erstarrt und sieht in der jähen Blässe aus wie ohne Make-up. Auch in der Warteschlange rührt sich niemand mehr, das nervöse Trommelgeräusch, das der Gelockte mit den Fingern auf einem Buttermilchbecher erzeugt, wird leiser und verstummt, und nur das Baby im Schultertuch brabbelt vergnügt. Hilfesuchend blickt sie sich um, die Schöne, und wenn es so etwas wie eine Reihenfolge in Sachen Ritterlichkeit gibt, müßte der nächststehende Mann jetzt einspringen, oder?
Doch solange Motte ihr nicht wirklich etwas tut, denke ich überhaupt nicht daran, und der Schnaps, den sie nun fast kreischend zurückverlangt, ist nicht mein Problem; ich bin hier nicht die Getränkepolizei und wäre außerdem der letzte, der Motte bei dem Wetter einen Schluck Feuerwasser mißgönnt.
»Ick hab bezahlt!« brüllt er zurück. »Allet bezahlt! Ick kann nich noch mehr geben. Ick geh jetz da raus, in'n Regen, und wehe, mir fäßt eener an! Wehe!«
Er tritt auf die Kassiererin zu, die immer noch die Tür

verstellt, wenn auch etwas wackeliger als zuvor. Ihre Stimme klingt plötzlich viel weniger selbstbewußt, fast dünn, jedenfalls wird ihr »Heini ...?« von dem männlichen Kollegen, der irgendwo hinten mit Bierkisten kracht, glatt überhört.

Doch kommt nun Bewegung in die Reihe. Die Frauen treten zur Seite, und der Gelockte stellt seine Milch aufs Band und legt mir – »Momentchen mal!« – eine Hand auf die Schulter. Er zwängt sich an meinem Korbwagen vorbei, tritt geradewegs auf Motte zu und macht eine fordernde Geste. – »Na, gib schon her.«

Der Alte, als erwarte er einen Leberhaken, scheint etwas einzuknicken, weicht zurück und reißt sie noch weiter auf, die vorstehenden Augen, schüttelt entgeistert den Kopf. Offenbar kann er nicht glauben, daß dieser Langhaarige, der selbst fast wie ein Freak aussieht in seiner abgewetzten Lederjacke, ihm tatsächlich die Flasche nehmen will. Und obwohl er so groß ist wie sein Bedränger, scheint er zu ihm aufzublicken und umklammert sie fester.

Der andere geht einfach weiter auf ihn zu, drückt ihn gegen die Zwiebelkiste, packt den Flaschenhals mit der Linken und gibt dem Alten mit der Rechten Schläge auf die Gelenke, so lange und so fest, bis er ihn endlich freigibt, den Rum. Und während der Junge schon wieder zur Kasse geht, blickt Motte fassungslos auf seine zitternden Finger, die immer noch gekrümmt sind, als hielten sie etwas.

»Und ab!« sagt die Kassiererin, die Tür aufreißend. Sie hebt das Kinn, und er nickt und trottet durch den Parfümduft hinaus, in den Regen.

Inzwischen hat Heini die andere Kasse geöffnet, der Held stellt sich dort an mit seiner Milch, und als Gabi sich bei ihm bedankt, schließt er, milde lächelnd, kurz die Lider, ein stilles »Ach, wofür ...« Es wird geflüstert und getuschelt, die Frauen mustern ihn interessiert, und wahrscheinlich hält er auch meinen Blick für bewundernd, versucht aber sichtlich, nicht übermäßig stolz oder gar triumphierend zu wirken. Er schaut in irgendeine Gedankenferne und wartet, bis er bezahlen darf: Ein toller Hecht, ein Mann, der weiß, was zu tun ist, was zu lassen, und dem die eigene Eitelkeit derart in den Ohren dröhnt, daß er das Klappern der lockeren Satellitenschüssel im Kopf nicht hört.
Vermutlich käme er überhaupt nicht auf die Idee, daß jemand sein Verhalten zum Kotzen finden könnte, und schmunzelt nun doch geschmeichelt, als Gabi sagt: »Es gibt also noch Männer!«
Hinter mir, ich sehe es in einem Säulenspiegel, wird beifällig genickt, und das scheint sie zu befeuern.
»*Männer*, keine Waschlappen! Die machen sich nicht in die Hose, wenn es heißt, eine Frau zu beschützen! Die langen zu!«
Noch immer schnalle ich nichts, denn ich konzentriere mich darauf, daß sie die Preise korrekt in die Kasse tippt.
»Wenn ich etwas abscheulich finde, dann Angsthasen!« beharrt sie, stößt meine Sachen die Rutsche zum Packtisch hinunter, und nun klingelt ein Telefon im Schultertuch der jungen Mutter, und ich bemerke die Blicke der Frauen im Spiegel und von der Nachbarkasse herüber: Manche nur aus den Augenwinkeln, schmerzlich

dezent, andere mitleidig oder gar offen angewidert, als wäre ich leibhaftiger Charakterdreck, zum Abschuß frei. Und auch der Star des Abends, der Buttermilch-Mann, der gerade die Tür mit der Schulter aufdrückt, sieht mich an, als wollte er sagen: »Tja, Kleiner, erledigt ... Aber vielleicht lernst du es noch.«

»Den ganzen Tag glubschen sie dir in'n Ausschnitt ...« Gabi spricht nur scheinbar zu allen; mir sträuben sich die Härchen auf den Fingerrücken. »Aber wenn man sie wirklich braucht, ziehen sie 'n Schwanz ein! Zu schlapp, um so einem Penner Bescheid zu stoßen!«

Sie rächt sich jetzt für die Angst, die sie gehabt hat, und was immer ich erwidern könnte – allein die vor Scham und Empörung zitternde Stimme würde mich ins Unrecht setzen und die schwelende Hysterie erst recht entfachen. Was wäre auch zu sagen? Daß ich der Frau im Fall einer wirklichen Gefahr schon geholfen hätte? – Hohn und Spott. – Oder daß ich es nicht als meine Aufgabe betrachte und zudem herzlos finde, einem frierenden Obdachlosen den letzten Trost, den Schnaps, zu nehmen? – Aha, Komplize eines Ladendiebs ...

Also bezahle ich stumm und ohne aufzusehen meine Waren, die Kassiererin knallt mir das Wechselgeld hin, und momentlang habe ich die absurde Vorstellung, es sind Zahnplomben unter der Hand. Ich lasse es liegen, und eine senkrechte Falte erscheint zwischen ihren Brauen, als ich noch einen Schein dazulege und auf die Rumflasche neben der Kasse zeige.

»Kroppzeug zu Kroppzeug!« ruft sie zu Heini hinüber, und ich schwitze so, daß mir draußen, im Regen, die Brille beschlägt und ich einen Fahrradständer nicht sehe: Das hervorragende Stück einer Gurke bricht ab und kullert in die Gosse.

22.

Der Schnaps war wirklich schweinisch, eine Wucht. Nachdem Vanina zum Dienst gegangen war, hatte ich mich auf ihr Bett gelegt und mir einen Zahnputzbecher voll genehmigt und brauchte dann nicht mehr zu zappen; die Bilder verrutschten von allein, ich war immer auf allen Programmen.

An dem Abend hatte ich das Gefühl, nichts mehr zu sein, null, der Container meiner Scheiße, und ich fragte mich allen Ernstes, was Vanina eigentlich an mir fand, was ich ihr, dem reinsten Menschen, den ich kannte, überhaupt sein konnte, und ob sie so einen wie mich mit dem Arsch angeguckt hätte, wenn sie nicht selbst voller Angst und Minderwertigkeitsgefühle stecken würde ... Aber das waren schmerzhafte Gedanken, so krank wie der ganze vermasselte Tag, und obwohl es schon nach Mitternacht war, hatte er noch kein Ende.

Ich war so knülle, daß sich das Bett mit mir drehte und ich weder mit geschlossenen noch mit offenen Augen einschlafen konnte. Also torkelte ich ins Bad, um das Geleier mit Wechselduschen zu einem halbwegs normalen Kreislauf zu machen. Doch das kalte Wasser ist mir dann zu gemein, und so stehe ich wohl eine Viertelstunde lang unter dem heißen Strahl, für ein Weichei ganz schön hart. Die Wanne schwankt, ein Boot ohne Kurs in den Stürmen der Gefühle, und Nebel umwabert den einsamen Fährmann vor der Klippe seines Herzens. Oder so ähnlich. Und plötzlich hickst es irgendwo, und das Wetter riecht nach »Chanel«.

»O Gott!« ruft Mara. »Mist Gurkensalat ...«

Ich drehe den Duschhahn zu, schiebe die beschlagene Plastikwand weg und wische mir die Haare aus dem Gesicht: Die Arme verschränkt, die Fesseln graziös gekreuzt, lehnt sie in der Tür und blinzelt durch den Dampf, und ich habe das ungute Gefühl, daß sie mich bereits seit einer Weile beobachtet. Und wieder hickst sie und sagt: »Ich kann gar nicht schlafen. Dieser Aufruhr im Leib ... Wie hast du das Zeug denn angemacht?«

»Wie immer.« – Ich angle nach dem Badetuch. – »Mit Schweiß und Tränen.«

Während des Abfrottierens wende ich mich etwas weg, und sie sagt: »Nee, nee, heute war das anders. Irgendwas hast du nicht richtig gemacht.«

Da lehnt sie, eine Zumutung in Spitzenwäsche, dunkelgrün, und wartet auf eine Antwort. Und als ich ihr keine gebe, lächelt sie, mustert mich von oben bis unten und sagt: »Schlank bist du ja ...«

»Vielleicht hast du Magenkrebs«, erwidere ich und stolpere über eine Welle im Wannenvorleger. Finde aber Halt am Regal.

»Hoppla!« ruft sie. »Bist du breit?«

Sie zieht ihren Slip runter, setzt sich zum Pinkeln aufs Klo; der Strahl muß dick wie mein Daumen sein und ich stelle die umgekippten Fläschchen auf, rücke ein

paar Sticks und Tuben zurecht. – »Gerade hast du noch gesagt, ich sei schlank.«
»Naja«, sagt sie und macht so einen Schmunzelmund, bei dem die Wangen etwas einfallen. – »Nicht überall …«
Die Region, die sie meint, reagiert sofort, ein kurzes genitales Aufmerken, und ich wickele mir ein Handtuch um und wünsche eine Gute Nacht.
Was immer Mara antworten will, es wird von einem jähen Hicksen zerschlitzt. Rache ist Gurkensalat.
Dann hole ich mir ein Glas Wasser aus der Küche, löse ein Kopfschmerzmittel darin auf, zünde mir eine Zigarette an und beschließe, wach zu bleiben, bis Vanina vom Dienst kommt. Eine Stunde lang zappe ich durch alle vierundvierzig Programme und weiß am Ende wie immer nicht mehr, was ich gesehen habe. Und als ich gerade zur letzten, aber wirklich allerletzten Runde ansetze, geht die Tür auf, und das Kerzenflämmchen scheint sich zu ducken im Zug.
Wachs tropft auf den Nachttisch, und Mara reckt ihre zarten Fäuste in die Luft und gähnt. Ich will etwas sagen, kriege aber nichts heraus, schließe kurz die Augen, und als ich sie wieder öffne, ist sie immer noch da, lehnt schräg wie die Sünde am Bücherregal und blickt auf mich herunter. Dann streicht sie sich eine Strähne hinters Ohr, klappt die Decke mit der Fußspitze auf und legt sich zu mir. Ohne ein Wort. Sie trägt jetzt einen Kimono aus weißem Satin und dreht mir den Rücken zu, damit sie besser auf den Bildschirm blicken kann, und als ich atemlos Abstand nehme, kommt sie, scheinbar fröstelnd, nach. Und dann bin ich auch schon an der

Bettkante, und Mara sagt: »Ich kenne alle Hausrezepte. Keins hilft. Dies elende Gehickse schüttelt mich immer wach.«

Ich antworte nicht, ich rauche und lasse mich leise mitschütteln. Dabei starren wir lachhaft gebannt auf den Fernseher, die endlose Fahrt der S-Bahn durch Berlin, die nach Programmschluß gezeigt wird, und am Hoppegarten drücke ich die Zigarette aus, stelle den Aschenbecher weg und weiß nun endgültig nicht mehr, wohin mit den Händen. Das scheint Mara zu fühlen, sie maunzt gequält und sagt kurz vor dem Bahnhof Wuhletal: »Mensch, ich bin verspannt wie'n Brett ...« Sie langt hinter sich. – »Kannst du *da* nicht mal massieren? Vanina macht das immer ganz toll.«

»Ah ja? Die kommt in vier Stunden vom Dienst«, murmele ich, und sie gibt mir einen Stoß mit ihrem kleinen Po. – »Ich bin aber *jetzt* verspannt!«

Und ich erst. Aber das hat sie nun gespürt, und ich drücke sie etwas weg, um Platz zu haben, tippe mit den Fingerspitzen auf den Schulterblättern herum, walke hier ein bißchen, kneife da. Bin für sowas wirklich nicht begabt. Trotzdem läßt sie ein wohliges Stöhnen hören. – »O ja, so ... Bißchen höher, ja ... Fester. Höher. Guuut!«

Das Ganze artet schnell in Arbeit aus, und mir wird warm, obwohl ich nichts als dieses Frotteetuch trage, und auch das nicht mehr richtig. Der lasche Knoten hat sich gelöst, ein vorwitziges Ding, ein Massagestab der anderen Art, schmiegt sich hart und kraftvoll geädert an ihre Satin-Backen, und wir fahren aus dem Ostkreuz heraus, als sie sich rasch, ja unwirsch den Kimono von

den Schultern streift. Ich bestaune den schönen Rükken. Im Kerzenlicht sieht das Spiel der Muskeln unter der Haut fast einschüchternd aus.
»Verdammt!« sagt sie und reibt die Knie so schnell, so heftig gegeneinander, als wolle sie dort Funken schlagen. – »Nun lang schon fester zu! Ich bin nicht aus Zukker!« Und dabei drängt sie sich wieder an mich – so eng, daß kein Raum mehr für meine Hände bleibt und ich sie also hebe wie einer, dem die Waffe aufgesetzt wird. Jetzt gibt es nur noch zwei Möglichkeiten. Entweder ich kapituliere und lasse mich einfach aus dem Bett fallen, eine eher klägliche Lösung, oder aber ich umfasse die Frau und massiere ihr, was man nun wirklich nicht mehr Rücken nennen kann.
Und schon aalt sie sich und stöhnt, beißt mir in die Hand, lutscht an den Fingern, klemmt sie zwischen ihre Schenkel, und ich merke gleich: Alles nur Theater.
Doch bin ich kaum nüchtern genug, um konsequent zu sein, der Zug rollt durch den Bahnhof Bellevue, wo er nicht mehr halten darf, und Mara schnellt herum und wälzt sich, diesen Kimono immer noch auf den Hüften, mit einem Knurren über mich. Ein paar Locken fallen ihr ins Gesicht, ihr Atem riecht nach Gurkensalat, und die Augen, groß aufgerissen, leuchten matt vor gespielter Begeisterung. Und dann, Zoologischer Garten, werde ich auch schon versenkt.
Sie fletscht momentlang die Zähne, als täte ihr das weh. Dabei ist sie beleidigend weit, und ich denke noch: O Gott, laß gut sein. Hören wir auf … Aber es gibt am Mann nun mal einen Körperteil, der hat seinen eigenen Kopf, und so beginnt eine lange, ratternde Fahrt Rich-

tung Wannsee, auf der Mara sich schwer ins Zeug legt. Sie muß irgendwelche Filme gesehen haben und ist perfekt bis in die Synchronisation. Oder doch fast.
Sie spielt die hauchende Jungfrau, den feurigen Vamp, die barsche Rittmeisterin, sie verschränkt die Hände hinterm Kopf, läßt ihre sommersprossigen Brüste hopsen und Schreie und Anfeuerungen hören, von denen wahrscheinlich jeder Mann träumt – und sie hickst. Oder stößt plötzlich bitter auf. Wobei sie das Gesicht wie nach einer Tasse Krautsaft verzieht. Das wird mit zunehmender Bewegung schlimmer, und fast schon tut sie mir leid, denn wenn ich blau bin, hab ich eine Dauerlatte. Aber dann kriegten wir ihn doch zu Ende, diesen Gemüseporno, und im Fernsehen rief jemand »Zurückbleiben, bitte!« – Ich stellte es aus.

Danach lagen wir lange schweigend nebeneinander und rührten uns nicht an. Mara atmete heftig, wie nach der Gymnastik, und zwischen ihren Brüsten glitzerte ein Rinnsal Schweiß fast goldfarben im Licht der Kerze. Sie war heruntergebrannt, der Docht flackerte noch eine Weile in der Wachslache, die Schatten der großen, scharfgezackten Zimmerpflanzen zuckten über die Decke, und ich hätte mich nicht gewundert, wenn das ein Geräusch gemacht hätte, ein Kratzen.
Dann wurde es endgültig dunkel, auch der Himmel vor dem Fenster war sternlos schwarz, und ich hörte, wie Mara aufstand und sich den Kimono überstreifte. Noch immer kein Wort, die Stille schmerzte in der Brust, mein eigener Geruch widerte mich an, und schließlich fragte sie: »Na? Bist du jetzt traurig?«

Ich antwortete nicht, drückte auf den Knopf der Nachttischlampe und sah als erstes den Ohrschmuck darunter, zwei schlichte Perlen.
»Sie würde es verstehen«, murmelte Mara, die ein Bein auf den Schreibtischstuhl stellte und sich auswischte, wobei sie ein wenig die Nase krauszog. Dann warf sie das Kleenex in Vaninas Papierkorb und sagte: »Aber wir brauchens ja nicht zu erzählen ... Hm?«
Sie beugte sich herunter und sah mir in die Augen, abwartend und ernst. Trotzdem schien irgendwas an ihr zu schmunzeln, und ich nickte; der Schluckauf jedenfalls war weg, und sie stieß mit der Fingerspitze gegen meine Nase und sagte: »Schlaf schön, Mannsbild. Konnte echt nicht widerstehen ...«
Spätestens jetzt hätte ich ihr einen Tritt geben müssen. Anmutig stand sie da, selbstgewiß schön in dem weißen Satin, und ich dachte sinnigerweise an einen Schwan. Vielleicht weil ich draußen, auf dem Kanal, die grauen und braunen Enten schnattern hörte, als hätte sie eine Gefahr aus dem Schlaf geschreckt, eine dieser Uferratten. Ich mag die Vögel gern, schon als kleine Flaumknäuel grinsen sie wie abgebrühte Zen-Buddhisten, und manche fressen mir aus der Hand. – Aber so einen Schwan, wie überheblich und raumgreifend er daherwatschelt, wie giftig er auch zischt, tritt man wohl nicht in den Hintern, und ich wendete mich ab.
Leise fiel die Tür ins Schloß, und dann zog ich mich an und ging durch die leeren, wie ausgestorbenen Straßen in meine Wohnung. – An dem Morgen wollte ich Vanina nicht begegnen.

23.

Auch in den nächsten Tagen ging ich ihr aus dem Weg und rührte mich nicht, wenn der Zauberknochen klingelte. Ich machte freiwillig Überstunden, zog durch die Clubs, hing auch mal auf einer Pilzparty rum und vermied es, in den Spiegel zu sehen.

Immer wieder fragte ich mich, ob ich ihr diesen Ausrutscher nun beichten sollte. Ehrlich gesagt, bin ich im Lügen und Verheimlichen nicht unbedingt ein As, man sieht mir sofort an, wenn etwas faul ist. Auf jeden Fall würde sie tierisch gekränkt sein, und nach einer Woche wollte ich erst mal vorfühlen, wie die Lage ist. Kriegte aber immer nur den Anrufbeantworter an die Strippe, Maras leere Edelstimme, Tag und Nacht, bis es mir endlich aufging, das Licht.

Wenn ich etwas hasse, dann Leute, die still neben der Maschine sitzen und mithören, wer anruft, ehe sie abheben – oder auch nicht. Ekelhaft. Diese technologischen Haushalte machen aus den letzten anständigen Menschen Seelenkrüppel … Und als ich dann die Stufen zu ihrer Wohnung hochstieg, ahnte ich schon alles, und der Karton auf der Schwelle überraschte mich nicht.

Er enthielt ein paar T-Shirts, zwei Bücher, Boxershorts, gewaschen, und eine angebrochene Schachtel Marzipan, meine Lieblingsdroge. Und obenauf lag ein Zettel, eine Karte aus einem Blumenkalender: Im Rauhreif erstarrte, von der Frühsonne überglühte Bourbonrosen »Victoria«. Auf der Rückseite Vaninas Schrift.

Ich liebe sie, diese gedrungenen, kraftvoll runden Buchstaben, sie wirken irgendwie puttig, jedes Wort hat kleine Arschbacken, und ich starrte momentlang unschlüssig auf die Klingel, lauschte auch an der Tür, linste durch den Spion und nahm schließlich den Karton und stieg die Treppen hinunter. Irgendwo im Haus wurde Musik gemacht, man hörte ein Klavier und so eine quietschvergnügte Violine – aber wenn Freude wirklich alles zusammenhält und Melancholie Gott und seine Geschöpfe voneinander entfernt, wie Kosta sagt, dann war ich jetzt weit weg von meinem Stern, ungefähr im Parterre des Universums.

Und dort, in einem engen grauen Kostüm mit schwarzen Samtmanschetten und einer Einkaufstüte von »Calvin Klein« in jeder Hand, kam mir Mara entgegen. Sie hatte sich die Locken kürzen lassen, der rote Schopf, voll neuer Spannkraft, wippte bei jedem Schritt, den sie auf ihren hohen Hacken machte, und sie sagte kein Wort, stutzte auch kaum, schenkte mir nur so ein halbes »Dich gibts noch?«-Lächeln und ging einfach durch mich durch.

Die Musik war verstummt und dies Schweigen im Flur genauso kühl, wie Kälte still ist. Ich drehte mich um und winkte mit der Rosenkarte.

»›Verpiß Dich. Für immer. Du Sackgesicht. V.‹ – Was meint Thomas Mann zu so einer Sprache?«

Mara blieb stehen, nickte, es sah traurig aus. Eine Sekunde lang schien sie fast Mitleid zu haben. Dann blickte sie auf ihre Uhr, holte Atem und sagte: »Ich dachte mir, daß du es nicht verstehst. Ist vielleicht auch schwer ... Aber sieh es doch mal aus meiner Perspektive. Sie ist meine beste Freundin, weißt du. Wir haben uns immer alles gesagt. Alles. Ich *konnte* ihr das nicht verheimlichen, Louis. Das hätte das ganze Klima vergiftet. Schließlich *leben* wir zusammen ...«

Ich kriegte sogar ein halbwegs gelassenes, wenn auch tonloses Flöten hin. Das war zwar völlig bescheuert jetzt, aber ich kriegte es hin, ging zu ihr, schob die Karte in eine der Tüten und ersparte uns die Frage, warum sie es dann nicht wenigstens *mir* überlassen hatte, Vanina die Sache zu erklären. Der Augenblick stand schief genug im Raum. Statt dessen sagte ich: »Ach Mara ... Du bist doch eine edle Seele.«

Sie warf den Kopf zurück, als hätte sie noch lange Haare, und sah mich aus den Lidwinkeln an. Vielleicht erwartete sie ja eine Gemeinheit, irgendwas Gezischtes, Hingerotztes, einen Tritt ... Doch ich angelte mir ein Stück Marzipan aus dem Karton, drückte die Haustür mit der Schulter auf und fragte kauend: »Und was hast du ihr erzählt? Daß du nur ein bißchen ... verspannt warst und an nichts Böses gedacht hast? Und dann habe ich die Situation ausgenutzt und dich ruck-zuck verführt, nehme ich an?«

Bereits auf dem ersten Treppenpodest und fast nur noch Silhouette, drehte sie sich um. Die verchromten Absätze schimmerten im Licht, das durch das bunte Flurfenster fiel, und sie legte den Kopf schräg, lächelnd, und sagte mit all dem Sonnenstaub in der Stimme: »Hast du nicht?«

Zwei Tage später stand ich wieder vor der Tür und begann, den Klingelknopf durch die Wand zu drücken, was eine mühsame Arbeit war; beide Zeigefinger wurden heiß, und der Erfolg blieb aus.

»Ja, wat denn, wat denn!« rief der Hauswart, der von irgendwoher mit der Rohrzange kam. – »Ham Se Dünnpfiff, Mann? Wat machen Se denn hier für'n Sturm? Die sind nicht da, die Mädels. Bella Italia, gestern früh. Tricko-Tracko. Kapiert?«

Ich hatte es befürchtet. Auch in der Klinik war Vanina nicht zu erreichen, war sie angeblich immer gerade im Labor, in der Blutbank oder im OP gewesen, und schließlich hatte es geheißen, sie habe frei ... Und nun fühlte ich zum ersten Mal, daß es ernst wurde, daß sich etwas entfernt hatte aus der Mitte meines Lebens, ein Geheimnis, eine Kraft, daß er verblaßte, der Goldgrund des Alltäglichen, und mich von einem Augenblick zum anderen wieder zu einem zittrigen Schatten, einem Gespenst aus Angst und Eile machte.

Sogar der Hauswart schien mir etwas anzusehen. – »Is denn wat passiert?«

Doch ich schüttelte den Kopf und ging mit ihm die Treppe hinunter.

»Na dann ... Det is 'n Tortenwetter, wa? Ick mach jetzt Pause, in ›Harrys Mampfstation‹. – Welche von den beiden is denn Ihre? Die Schöne, Rassige?«

»Gar keine«, sagte ich, und er nickte sachverständig.

»Da hat man seine Ruhe, oder? No Woman no cry, wie mein schwuler Kegelbruder immer sacht. Könnten Se mir übrijens an'n Bauch binden, die Madam Dahlem da. Aber echt. Kriegt det Luxusmaul nich uff zum Grüßen. Nur Beschwerden und Kommandos. Und wollt mir neulich noch Trinkgeld geben, wegen det Rohr. Mir! Ha'ck jesacht: Wat'n nu? Bin ick hier der Kellner? Ick mach meine Arbeit, fertig. Ick trinke keen Geld, Frollein. Ick trink Korn!«

Er fingerte eine Zigarette aus der Brusttasche seiner Montur.

»So wat ...! Überhaupt keen Stil. Den Stall voll Bücher und bleibt strunzdoof. – Aber die andere, die is richtig. Die hat 'n Herz, wo't hinjehört. In'n Koppe! Immer freundlich, immer 'n Witz fürt Volk, wa. Und dieser Allerwerteste ...!«

Ich blieb stehen, blickte ihn an. – »Wie bitte?«

»Dieser sagenhafte Arsch, mein ick ...«

»Was soll das heißen?«

Die Stimme mochte flattern, aber jetzt waren meine Fäuste geballt. Jetzt sollte es passieren, egal wie ich hinterher aussah. Plötzlich fühlte ich so etwas wie eine seelische Gestrafftheit und wußte, daß unser Stern uns noch eine Chance gab, daß in diesem Augenblick alles gerettet werden konnte. Und wenn der Stolz jetzt wieder mißlang, blieb er fürs Leben verloren. – Wir standen in der offenen Eingangstür, ich machte einen Schritt auf den Hauswart zu, und er hob die Brauen, breitete die öligen Hände aus und stieß mich mit dem Ellbogen an. – »Unglaublich, oder? Wenn ick 'ne Mieze hätt mit *so* 'nem Hintern ... Gar nich auszudenken!«

Ich packte ihn bei der Montur. – »Wie soll ich das verstehen, Mann?!«

Er grinste breit, legte seine Pranke auf meine Hand. – »Na, wie schon ... Det wär mein Himmel, du Dillgurke. Reinet Glück! Ick würd überhaupt nich mehr runtersteigen von die!«

In der Nacht flennte ich wie ein Blöder. Mary nahm mir die Sonnenbrille ab, legte ihre Arme um mich und küßte mir die Stirn, und ich weinte ihr das halbe T-Shirt voll und schämte mich wohl auch. Aber dann dachte ich, daß sie schließlich meine Mutter ist, die verrückte Kuh, und heulte noch mehr. Es war wie in der Kindheit, wo du wieder und wieder geschüttelt wirst und die Tränen nur so rausstürzen, vielleicht, weil dir die Schaukel an den Kopf geknallt war, und der Schmerz ist längst vorbei, aber du heulst immer noch weiter, wie um dein Leben, und es ist eine Erleichterung, wie sich das rausspülen läßt, dieses Seelensalz, zu dem alle Kränkungen, Beleidigungen und Zerknirschungen kristallisiert sind mit der Zeit, und nachher ist alles ganz wundersam still um dich herum, ein andächtiger, weder kindlicher noch erwachsener Ernst hat dich erfüllt, der Juniwind kühlt dir das Gesicht, die Gräser und Blätter sind viel behutsamer grün, und du atmest leicht und frei und tief wie lange nicht mehr ein und japsend aus und fühlst dich wie eine junge Katze, kurz vorm Ertrinken aus dem Bach gefischt.
»Blöde Liebe ...«, murmelte Mary. Sie zog die Decke hoch. Ich hatte den Kopf an ihre Schulter gelegt und konnte und wollte nichts sagen, schniefte nur und trocknete mir die Augen mit einer ihrer Haarsträhnen ab. Und dann dachte ich plötzlich daran, daß ich zum ersten Mal seit zwanzig Jahren, zum allerersten Mal in

meinem Leben, bei meiner Mutter im Bett lag ... Sie summte leise, als wollte sie mich beruhigen, und obwohl sie nach Rauch und Alkohol und altem Parfüm roch, war das ein völlig reiner Moment, unverletzt von allem Wünschen oder Wissen, und ich schloß die Augen und legte eine Hand unter ihre Brust, um den Herzschlag zu fühlen. Doch sie schob sie weg und langte nach den Zigaretten.

»Man liebt so viele Dinge«, sagte sie, »und doch gibt es nur eine Liebe. Und wenn du einen Menschen magst, nur weil er schön oder stark oder klug, weil er ein Feuerwerk im Bett oder eine Kanone im Beruf ist, dann bist du davon so weit entfernt wie von einem anderen Planeten. Du magst ihn, weil er dir irgendwelche Hochgefühle oder Befriedigungen oder Sicherheiten verschafft, und das ist nichts als Eigenliebe. Von der hast du übrigens nicht wenig, mein Kleiner, mehr, als gesund ist ... Mich kohlst du nicht an. Diese dauernden Minderwertigkeitsgefühle sind doch eine ganz durchtriebene Form von Überheblichkeit. Es gibt nämlich gar keine schwachen, es gibt nur feige und couragierte Menschen, und wenn du nicht stehen kannst zu deiner kleinen Dicken, wenn dir der anerkennende oder verächtliche Blick irgendeiner Dumpfbacke wichtiger ist als die Liebe dieser Frau, dann geh weg von ihr und kränke sie nicht dauernd mit deinen Zweifeln und Selbstzweifeln, Lolly. Dann laß dir dein Glück im Fernsehen zeigen.«

Sie hatte sich meine Sonnenbrille aufgesetzt, zündete die Zigarette an.

»Wir nehmen uns zu wichtig, weißt du. Wir sind eitel noch in der Demut. Denn sobald du Zuneigung oder

Anerkennung willst, bist du schon der Falsche. Du steckst fest in deinem kleinen Ego wie ein Frosch im Einmachglas, hältst das für die Welt und wirst nie erfahren, welche Wunder auf dich warten, draußen. Dann bist du einer wie alle in deiner synthetischen Generation, wo man das Jungsein mit Autoschlüsseln und Handy am Gürtel und geiler bunter Mitgliedskarte so trostlos professionell betreibt, daß einem angst werden kann. Kaum ein wirklich freudvolles Gesicht sieht man in euren Clubs, auf euren Love-Parades.«

»Naja, komm …«, sagte ich. »Vielleicht drückt sich Freude heute anders aus als zu deiner Zeit?«

»Glaubst du wirklich?« – Sie schob sich die Brille hoch ins Haar. – »Dann wäre es nicht die Freude, oder?«

Und fester umfaßte sie meine Schultern, gab mir einen Kuß auf die Schläfe und murmelte: »Bleib, wie du bist, hörst du. Ändere dich, aber bleib, wie du bist. Ein selbstgewisser Mensch ist ein totes Wesen.«

Wieder begann mein Kinn zu zittern, doch ich nahm mich zusammen und drückte das Gesicht an ihren Hals. Der kleine ovale Mondstein, den sie an einem Goldkettchen trug, war überraschend kühl, und die Stille im Raum schien plötzlich mehr als nur Stille zu sein, der Widerhall von irgendwas, das mir fast heilig vorkam und in dem keiner mehr die Wahrheit verschweigt oder sagt oder wissen will und jeder die Wahrheit ist, und ich hörte, wie Mary etwas trank, hörte ihn leise in ihr gluckern, den Schluck, und wie sie den Rauch tief in die Lunge sog und erst nach einer Weile wieder ausstieß.

Dann schnüffelte sie, rieb die Nase an meinen Haaren,

schnüffelte noch mal und sagte: »Übrigens ... Du riechst wie ein Wellensittich.«
Ich schnellte hoch, sah sie an. – »Wie *was*?! – O danke, vielen Dank! Du bist ja ein Schmuckstück von Mutter. Aber echt. Ich heule Rotz und Wasser und schütte dir meine Seele aus, die geheimsten Sachen, und du nennst mich ...«
»Gar nicht!« rief sie, legte die Kippe weg und zog mich auf den Diwan zurück. »Ich finde nur, daß deine *Haare* ...«
»Ach ja? Und wie riechst *du*?« unterbrach ich sie und verkniff mir ein Grinsen.
»Na, wie denn? – Nach Weihrauch und Myrrhe und frisch gewickelten Babys?«
»Von wegen! – Du riechst ... Warte, wie riechst du ... Wie ein Huhn mit Hörnern! Jawohl!«
Sie schrie auf und biß mir in den Arm. Ich versuchte, sie unterzukriegen, doch war sie erstaunlich stark, hatte auch größere Hände als ich, und als sie eines ihrer muskulösen Beine um meine Oberschenkel schlang, konnte ich mich kaum mehr bewegen. Eigentlich rettete mich nur, daß sie kitzelig war, jeder Griff in die Rippen durchzuckte sie wie Strom, und schließlich hatte ich sie ans Regal gedrückt – sie krachte so heftig dagegen, daß Bücher herausfielen – und war im nächsten Augenblick über ihr, saß auf ihrem Bauch. Hielt die Arme fest umklammert.
Lauernd starrten wir uns an.
»Was denkst du ...«, keuchte ich nach einer Weile. »Wie war das damals, im Neuen Testament? Hat Jesus eigentlich Shampoo benutzt? Hatte er Schuppen?«

Nachdenkliches Augenrollen. – »Gute Frage ...« sagte sie und blies sich eine Strähne aus der Stirn. »Keine Ahnung. Was meinst du?«
Ich schüttelte den Kopf. – »Ich glaube nicht. Wahrscheinlich war er schuppenfrei.«
»Und warum?«
»Weil er sich die Haare nur mit Wasser gewaschen hat, wie ich. Das macht zwar weniger Spaß, aber seit ich das tue, ist mein Kopfjucken weg, ich kratze mir nicht mehr die Ohren ab. Und Schuppen habe ich auch kaum noch.«
Mary schniefte, leckte sich die Lippen und schlug die Zähne aufeinander, plante wohl eine neue Attacke. – »Aber dafür riechst du wie ein ...«
»Wie *was*?!« knurrte ich drohend und umfaßte die Handgelenke fester, drückte meine Knie gegen ihre Rippen. Und natürlich spielte sie jetzt die Herzerweichende, zog die Stirn kraus, miaute scheinbar gequält und machte dieses Bitte-Bitte-Gesicht. Also sah ich ihr streng in die Augen, gab sie mal probeweise frei und erwartete eigentlich die nächste Gemeinheit.
Doch ließ sie die Arme so liegen und betrachtete mich länger wortlos. Ihre Lippenwinkel zuckten etwas, ein annähernd schamhaftes Lächeln, was vielleicht nur Einbildung war, und ich bemerkte zum ersten Mal an diesem Abend ihr Alter, die sichtbaren Jahre zwischen uns. Aber das leise Welken hier und da kam mir auch wunderbar vor, ein spiegelverkehrtes Blühen, und sie räusperte sich und murmelte: »Wie ein Apfelbaum unter wilden Bäumen, so ist mein Freund unter den Jünglingen ... Bis der Tag kühl wird und

die Schatten schwinden, wende dich her gleich einer Gazelle, gleich einem jungen Hirsch auf den Balsambergen.«

Ich wußte nicht, was ich sagen sollte, konnte nicht einmal schlucken, und sie blickte mich an mit dem hellen Ernst und der Kraft ihres Wesens und öffnete den schönen Mund. Der Schimmer der Zähne im Kerzenlicht erinnerte mich an eine Perlmuschel, ihr unzweifelhaft klares, reines Ja – und sie hielt den Atem an, während ich langsam, nur mit den Fingerspitzen, den Saum des T-Shirts hochhob, bis der Nabel und die unteren Rippen zu sehen waren, die Wölbungen ihrer Brüste. Und als ich mich hinabneigte und vorsichtig eine Hand darunterlegte, schluckte sie, atmete lange zitternd aus und wendete das Gesicht ab.

»Lolly ...!« mahnte sie mit hauchleiser Stimme, biß sich auf die Lippe, und ich fühlte den Herzschlag unter der Hand, den raschen Puls, so stark, daß er den Mondstein in der Halsgrube mitbewegte. Und sie, eine senkrechte Falte zwischen den Brauen und plötzlich wehrlos, weich und blaß, sie schloß die Augen und schlang die Arme fest um meinen Nacken.

24.

Am nächsten Morgen weckte mich das Gurgeln und Zischen der Kaffeemaschine, und ich stieß die Tür zu, wollte mich umdrehen und weiterschlafen. Der Geruch nach Anis und kaltem Rauch, das Gold und Silber der

Ikonen im Frühlicht, die Schale mit Äpfeln und Orangen auf dem Teppich – momentlang dachte ich an einen Weihnachtsmorgen mit all dem Lametta, den abgebrannten Kerzen und Oma Mias Gebäck. Und dann fiel mir auf, daß alle Sachen weg waren, die Reisetasche hing nicht mehr an der Klinke, und ich räkelte mich und angelte meine Schuhe unterm Diwan hervor. Es war nicht mal sieben Uhr.

Im Bad, während ich pinkelte, bemerkte ich einen Zettel in Kostas Zahnputzglas, eine Nachricht. Marys Handschrift sieht aus, als schriebe sie mit den Füßen; die Wörter haben so etwas Abgestürztes, Zerdrücktes – ein Schrift-Crash, für den ich im Moment noch zu müde war. – »Gibts auch Tee?« rief ich, kriegte aber keine Antwort und putzte mir erst mal die Zähne mit der einzigen, noch nassen Bürste.

An den Flurspiegel war ein Herz gemalt, vermutlich Wimperntusche, der Waschbär saß auf der Hutablage, und als ich in die Küche kam – ich hatte plötzlich irren Hunger auf ein Riesenfrühstück mit Spiegeleiern, Speck, Toast, Erdbeermarmelade und Nutella –, wartete da, zwischen halb ausgepackten Einkaufstüten, mein Vater.

Ich muß ziemlich verdutzt geguckt haben, denn er setzte die Tasse, fast schon am Mund, noch mal ab und sagte: »Ich war doch eingeladen, oder? Dachte, hier wär 'n Familienfest …«

»Ein was? Kommst du etwa jetzt aus dem Büro?«

»Vor 'ner halben Stunde, ja.«

»Und wo ist Mary?«

Er grinste, mit einem Mundwinkel nur, hob die Plastik-

decke an und schaute unter den Tisch. – »Hier jedenfalls nicht. Ausnahmsweise …«
»Sehr witzig«, brummte ich, goß mir Milch ein und Kaffee, und er zerriß eine Scheibe Toast und wies auf die Pfanne, die zwischen zwei Gedecken stand. – »Rührei mit Schinken?«
Ich setzte mich; eine Weile aßen wir schweigend. Er sah wirklich abgearbeitet und zerknittert aus, das sonst so glänzende Onkel-Umsatz-Gesicht war fahl und irgendwie ohne Kontur, als würde es nur noch von der dicken Hornbrille in Form gehalten, der Krawattenknoten hing halb unter dem Kragen, und auf seinem Sakko gab es jede Menge Flecken: Puderzucker, Schokolade.
»Ist Kosta auf Achse?« fragte er bemüht salopp und wollte wohl den blöden Witz auswetzen. Doch ich blickte kauend aus dem Fenster, zu der massigen Kastanie, in der sich, unsichtbar, zwei Vögel stritten. Es war ein so grelles, wütendes, egoistisches Gequietsche, daß mich nicht gewundert hätte, wenn die Blätter an der Stelle welk geworden wären. Mein Vater wiederholte seine Frage.
»Hör mal …«, sagte ich schließlich und bemerkte Marys roten Lippenabdruck auf der Wange des Engels, der über dem Eisschrank hing. – »Hab mir was überlegt.« Ich kratzte mit der warmen Gabel ein Muster in die Butter. – »Das mit dem Ernst des Lebens und dem Erwachsenwerden und so – forget it. Auch das Abitur werde ich natürlich nicht nachmachen. Aber wenn du noch willst, könnte ich bei dir anfangen. Als Texter zum Beispiel. Du erinnerst dich?«
Er schluckte, nickte, sagte aber erst mal nichts. Er

rückte die Krawatte zurecht. Jetzt war er schon fast mein Chef und mußte natürlich obercool tun. Dann rührte er den Kaffee mit dem Messer um.
»Das fällt dir reichlich spät ein, Sohn.«
Ich schüttelte den Kopf, bedächtig, erstach ein Stück Speck und sagte: »Für einen guten Mann ist es nie zu spät.«
Da lachte er leise, nur durch die Nase. Dann kratzte er seinen Teller leer und schielte nach dem Rest in der Pfanne. – »Mag sein. Aber wenn die bessere Frau Umbreit sich nicht verrechnet hat, und sie verrechnet sich eigentlich nie, bin ich nächsten Monat – pleite.«
Er sah mich an, müde, trotzig und vergnügt zugleich, und wischte dann mit seinem Toast, ein Schwung, mein Muster von der Butter.
»Ach, das macht nichts«, sagte ich. »Wir kriegen den Laden schon wieder flott. Brauche sowieso erst mal Urlaub, zwei bis drei Wochen. Und einen Vorschuß auch.«
»Natürlich ... Kostenfreies Handy und die Verfügung über den Firmenwagen hast du sicher vergessen. – Sonst gehts dir gut?«
»Prima!« – Ich zog ihm, obwohl ich noch Ei auf dem Teller hatte, die Pfanne vor der Nase weg und stellte sie hinter mich, auf den Heizkörper. – »Denk an deine Linie, Kleiner. Wer abnimmt, nimmt in Wahrheit zu.«
Er verschränkte die Arme vor der Brust, nagte an seiner Unterlippe und schien zu überlegen, was er mir anbieten oder wie er mich am besten über den Tisch ziehen konnte. Oder erwartete gar einen Kniefall, den Verzicht auf Weihnachtsgeld und so. Doch als Verhand-

lungspartner bin ich wirklich hart. Die Vögel waren still geworden, und ich schwieg dem Augenblick die Kanten ab und malte mit dem Marmeladenlöffel eine kleine Rose auf die Butter. Und als mein Vater sich unbeobachtet glaubte, fingerte er in seiner Jacke herum, zog einen blassen, etwas flusigen Keks aus der Brusttasche und schob ihn sich in den Mund. Wo er ihn geräuschlos schmelzen ließ.

Da grinste ich ihn an.

»Herrgott noch mal!« – Er schüttelte den Kopf. – »*Mußt* du immer mit dem Essen spielen?!«

Ich nickte, legte ein winziges Petersilienzweiglein unter die Rose, und er seufzte und sagte: »Na schön, darauf kommt es auch nicht mehr an. Wieviel?«

Ich zuckte mit den Schultern. – »Keine Ahnung ...« Irgendwo im Haus wurde Musik laut, »Rammstein«, der fröhliche Morgenwecker, und ich langte hinter mich und reichte ihm die Pfanne.

»Was kostet ein Ticket nach Rom?«

25.

Tante Wolle war still geworden. Seit Wochen kein »Mimmi!«-Gewimmer mehr, und ich sah sie weder auf der Straße noch bei »Aldi«, noch auf der Treppe zum Klo. Der Hauswart erzählte mir, daß der Schwiegersohn ihr ein WC in die Abstellkammer gebaut hatte, um ihr das Stufensteigen zu ersparen, und das Durchfallproblem war wohl auch gelöst. Ein- bis zweimal in der Woche, die Taschen voller Reinigungszeug und Lebensmittel, kam die Tochter mit der Berliner Knarzstimme, und die Fragen, die durch die dünne Trennwand drangen, hatten immer Ausrufzeichen: »Ja, was ist denn *das* schon wieder für ein Dreck! – Ist dir klar, was uns das kostet! – Könntest du mir bitte mal antworten!«

Aber Tante Wolle schwieg, und wenn ihre Kinder nicht bei ihr waren, lief nicht einmal der Fernseher oder das Radio. Diese Stille hatte etwas Bedrückendes, wie ein stummer Vorwurf, und man fragte sich eigentlich immer, ob die Frau jetzt umgekippt war oder einen Erstikkungsanfall hatte oder schon zu Staub zerfiel. Auch die Klingel an der Wohnungstür war entweder ausgestellt oder kaputt, und ich setzte den Karton noch mal ab und klopfte: Nichts. Und hob die Briefschlitzklappe an, um in den Flur zu schauen.

Momentlang stank es scharf nach den Putzmitteln der Tochter, doch dann kam so ein Geruch nach Talg und Alter und Einsamkeit durch, nicht wegzuätzen. Ein Streifen dunkelroten Linoleums, die Ecke eines Schuhschranks und zwei Pantoffel waren alles, was ich sah. Sie schienen neu zu sein, doch die hauchfeinen Härchen, die von dem Filz abstanden, erinnerten mich an den Flaum auf schimmeligen Stellen.

Abendlicht fiel aus dem Hinterzimmer über die blank gebohnerte Diele, und wenn mir meine schmale Sicht auch den Blick über den Pantoffelrand hinaus unmöglich machte – in dem weinroten Bereich unterhalb von Raum und Zeit spiegelten sich zwei bandagierte Beine und der Saum einer Kittelschürze mit aufgesetzten hellen Taschen. Und Tante Wolle fragte leise, ja wispernd: »Wer ist denn da?«

»Ihr Nachbar!« rief ich. »Wollte nur mal hören, wie es geht.«

»Ja«, sagte sie, kramte in ihrem Kittel, klimperte mit Schlüsseln. – »Ich darf aber niemanden reinlassen.«

»Will ich auch gar nicht. Ich hab was für Sie!«

Die Pantoffel, jeder mit einer senkrechten Naht auf der Nase, schoben sich näher heran. – »Dankeschön«, sagte Tante Wolle. »Vielen Dank. Wir brauchen nichts.«

Sie legte die knotigen Hände auf die Knie und bückte sich etwas, um ihrerseits durch den Schlitz zu blicken. Trotz des warmen Wetters trug sie einen Schal und eine tief über die Ohren gezogene Wollmütze mit Bommel, und sie leckte sich rasch die Lippen.

»Was ist es denn?«

Ich trommelte mit den Fingerknöcheln gegen den Karton und rief: »Sie werden schon sehen … Eine Treueprämie!«

»Eine was?«

Kopfschüttelnd richtete sie sich auf, und die Pantoffel machten schlurchend kehrt. Das Abbild verschwamm im Ungefähren. – »So ein Quatsch«, murmelte sie, schon fast im hinteren Zimmer. – »Wer ist *mir* denn treu.«

»Frau Wolle!« rief ich. »Bitte, gehen Sie nicht weg! Ich meine es ernst. Ich komme von der Mädchensportgruppe Aurora. Als ihr zweiter Sekretär habe ich die Ehre, Ihnen ein Präsent zu überreichen. Für Ihre langjährige Mitgliedschaft!«

Ich war völlig nüchtern, Ehrenwort, hatte mir das auch nicht vorher ausgedacht. Aber irgendwie mußte ich die Frau an die Schwelle kriegen, oder? Diese Kiste war nun mal da und konnte nicht wieder zurückgeschleppt werden.

»Die Mädchensportgruppe Aurora?« fragte Tante Wolle, während sie umständlich, mit viel Geklapper und Schlüsselrasseln, die Tür aufschloß. – »Ja, *gibts* die denn noch?«

Sie lächelte nicht, und ihre Hände zitterten, aber in den alten wasserhellen Augen war eine Spur von dem Glanz früher Jahre, und der Schreck erzeugte sogar einen Hauch Wangenröte in dem wächsernen Gesicht, als ich den Karton umdrehte.

»O Gott, was machen Sie! Was soll denn das? Da muß man doch ...« – Sie wich einen Schritt zurück, kratzte sich den Kopf, das heißt die Mütze, legte eine Hand an die Wange und kriegte den Mund nicht zu.

»Für mich?«

»Sieht so aus. Für Elfriede Wolle, mit besten Grüßen.«

Aus den Lumpen purzelten sie auf den Boden, und der war so spiegelglatt gebohnert, daß sie zunächst keinen Tritt fanden und immer wieder alle viere von sich streckten, die jungen Katzen. Unwirklich leise klang ihr Maunzen, wie ein Echo aus der Zukunft, und kaum hatte sich eine zitternd aufgerichtet, krallte sich eine andere haltsuchend an ihr fest: Ein weiß und schwarz und honigfarben geschecktes Fellknäuel kugelte vor unseren Füßen herum.

Nur die einzige Getigerte, eine graue, gelangte ein Stück weit in die Wohnung. Dabei hatte sie beträchtliche Mühe, denn die krummen Beinchen rutschten ihr in alle denkbaren Richtungen davon – was sie mit einem sehr hohen Miauen kommentierte, es klang fast wie ein Piepen, die reine Empörung. Sie wollte aber weiter, in Richtung Küche, und nahm erneut alle Kräfte zusammen: Doch es wurde kaum mehr als ein verzweifeltes Auf-der-Stelle-Traben, wobei sie sich auch noch, wie fremdgesteuert, im Kreis drehte, wieder der Wohnungstür zu, und wohl heiße Pfötchen kriegte ... Schließlich gab sie es auf, legte sich gähnend flach und ließ den Kopf auf den blanken Boden sinken. Die winzige Zungenspitze ragte aus dem Maul.

Die anderen drei hatten inzwischen Tante Wolles Pantoffel beschnuppert und beleckt und, wie es aussah, an Mutters Statt angenommen. Jedenfalls kratzten sie an dem Filz herum mit ihren zarten, fast noch durchsichtigen Krallen, als müßten da doch irgendwo Zitzen sein, blickten auch immer wieder zu uns hoch aus ihren klaren Augensternen, und ich hob eines der Kleinen auf und reichte es ihr.

Sie formte die Hände zu einer Schale. – »Meine Güte, was wird denn nun? Ich darf doch gar keine Tiere halten ... Und nichts ist im Haus, nicht mal Milch!«

»Na, dann gehen Sie halt welche kaufen«, sagte ich. »Die Luft ist warm, und ein bißchen Bewegung schadet wohl nicht.«

»Da könnten Sie recht haben.«

Ich nickte. – »Sind übrigens Maikatzen. Die gelten als besonders robust.«

»Ach ja? Und was gebe ich denen? Ich meine, wenn sie größer sind?«

»Wie, was gebe ich denen? Tante Wolle! Futter natürlich. Dasselbe wie der Mimmi damals.«
»Glauben Sie wirklich?« – Sie lächelte, kraulte der Kleinen in ihrer Hand den Bauch. – »Die hat doch nur Toastbrot gefressen, mit bißchen Leberwurst drauf. Deswegen hatte sie dauernd Verstopfung.«
»Ach so«, sagte ich, schon in meiner Tür. – »Das ist natürlich was anderes. Toastbrot würde ich nicht empfehlen. Versuchen Sie es mal mit Dosenfutter ...«

Die Zeit zum Umsteigen wurde plötzlich knapp, in Berlin war die Maschine über eine Stunde zu spät gestartet, ein kleiner technischer, natürlich völlig unbedenklicher Defekt. Wir kriegten Süßigkeiten und Beruhigungsmusik, und von meinem Platz aus konnte ich eine lange Schliere Vogelblut am Tragflügel sehen.
In München mußte ich dann noch ewig durch diesen Grüß-Gott-Flughafen tigern, über die endlosen Emporen; im Zickzack hetzte ich um die anderen Reisenden herum, und mein zwar kleines, doch prall gepacktes Gepäck wurde sauschwer. Unter mir waren die einzelnen Boarding-Bereiche, und an den Anzeigetafeln konnte ich sehen, daß ich *so* spät nun auch nicht dran war. Doch habe ich chronisches Reisefieber und kriege schon feuchte Hände, wenn mir fürs Umsteigen von einem Bimmel-Bahnsteig zum anderen weniger als eine Stunde bleibt.
Dort unten, einen Drink in der Hand, wartete man entspannt auf das grüne Licht oder die einladende Stimme

der Stewardeß, und den Überschriften zufolge lagen hinter den Türen so wunderbare Orte wie Odessa, St.Petersburg, Rangun oder New Orleans – aber immer noch nicht Rom. Ein neuer Glasgang, noch ein Laufband, eine Treppe rauf, eine runter, und als ich mir schweißglänzend in einem Wandspiegel entgegenkam, hatte ich endgültig das Gefühl, den Flughafen umrundet zu haben.

Da hörte ich unter mir »Fertig zum Einsteigen ... Ready for boarding now ...« und blieb stehen, trat an die Brüstung.

Laut Anzeige startete auch diese Maschine viel zu spät; der Luftraum über Europa war zu. Rasch stellten sich die Passagiere in einer Reihe vor der Glastür auf, und manche, obwohl direkt unter einer rotglühenden Zeitanzeige, blickten kopfschüttelnd auf ihre Armbanduhren. Eine Frau rief etwas, das ich, auf meiner Empore, nicht verstehen konnte, es ging wohl um einen Rollstuhl, der nicht durch die Schleuse paßte, um einen klemmenden Türflügel, der Steward sprach in sein Funkgerät, und wieder mußte man zurücktreten, blies die Backen auf, wedelte sich Luft mit den Tickets zu.

Nur eine, als hätte sie alle Zeit der Welt, konnte immer noch warten. Die Geduld in Person, lächelte Mary und machte ein paar Tanzschritte neben der Reihe. Sie hatte sich elegant geschminkt, das Haar im Nacken zusammengesteckt, trug weiße Jeans, eine weiße Bluse, ihren leichten Wettermantel und keine Handtasche, kein Gepäck. Die Hose reichte nur bis zu den Knöcheln, das Kettchen am Gelenk glitzerte bei jedem Schritt, und die

grünen Turnschuhe gehörten übrigens mir; vor Wochen hatte ich sie lange gesucht.
Doch Mary, ein Bonbon lutschend, bemerkte mich nicht. Sie hatte nur Augen für den Mann, der neben ihr stand und sie fast um Kopfhöhe überragte. Auch ihr Lächeln hatte ihm gegolten, eine liebevolle Beruhigung, die sie nun bekräftigte, indem sie ihm einen Handrükken an die Wange hielt. Denn der Mann war angespannt und nervös, wenn auch auf eine beherrschte Art. Manchmal zog er die schmalen Lippen in den Mund, und kaum trommelten seine Finger auf der zusammengerollten Zeitung herum, erstarrten sie auch schon wieder.
Er hatte sehr gute, glänzende Schuhe an, war schmal, ja hager, die Jeans schlotterten um seine Beine, und auch die Jacke, ein dunkelblauer Zweireiher aus Leinen, den er offen trug, knickte an den Schultern etwas ab. Ich schätzte ihn auf fünfzig, Mitte Fünfzig, jedenfalls der Statur nach. Sein graues Haar war zurückgebürstet und über dem weißen Hemdkragen leicht gewellt, und behutsam betastete er eine lichte Stelle am Hinterkopf, strich ein paar Strähnen darüber. Lange Hände, zart und stark.
Sein zerbrechlicher Stolz war nicht nur mir aufgefallen. Manche der Wartenden, vor allem die Frauen, drehten sich mehr oder weniger dezent nach ihm um, und ein Kind mit einem Malblock, das singend umherlief, stoppte plötzlich, nagte an dem Buntstiftende und sah still zu ihm auf. Dabei kam mir das Gesicht mit der hohen Stirn, der durchaus edel gebogenen Nase und den eingefallenen Wangen leer und erloschen vor; verwü-

stete Züge. Das einzig Lebendige darin waren die umschatteten, seltsam scheuen Augen, die nie stillstanden, alles musterten in der hellen Halle und doch nichts zu sehen schienen – große Augen ohne Alter, und ihr hilfloser, hilfesuchender Blick kam aus einem Antlitz, das mit all seinen Narben und Falten und Fältchen wie ein oft versuchter, wieder und wieder überzeichneter und schließlich aufgegebener Entwurf aussah.
Noch einmal ging es nicht weiter in der Reihe, Mary lachte vergnügt und drehte sich um. Sie sagte ihm etwas, und er nickte und lächelte nun auch – doch eher müde, vielleicht höflich. Dann hob er das Kinn und blickte tief atmend geradeaus, zur Tür, wo eine Laufschrift das Reiseziel wiederholte, endlos *Madrid,* und meine Mutter stellte sich vor ihm auf die Schuhspitzen, machte einen tröstenden Kußmund, richtete seinen Hemdkragen und rückte behutsam das Halstuch zurecht, die hellblaue Seide.
Lautlos, nur in Gedanken, rief ich ihr etwas zu. Doch sie hörte mich nicht. Sie freute sich über den Klaps, den er ihr gab und verschwand mit dem Mann im Gang zur Maschine.
Ich wurde angerempelt, nahm mein Gepäck und ging weiter über die Empore, den Horizont immer im Auge. Und während ich bei einem Glas Wasser auf den Abflug wartete, dachte ich an die ungelenke Schrift im Bad, an Marys Nachricht – für wen?
»Eines Tages werden wir so weise sein, daß wir wieder beten können wie die Kinder.«

Ralf Rothmann
Seine Bücher
im Suhrkamp Verlag

Messers Schneide.
Erzählung. 1986
suhrkamp taschenbuch 1633

Kratzer und andere Gedichte.
1987
suhrkamp taschenbuch 1824

Der Windfisch.
Erzählung. 1988
suhrkamp taschenbuch 1816

Stier.
Roman. 1991
suhrkamp taschenbuch 2255

Wäldernacht.
Roman. 1994
suhrkamp taschenbuch 2582

Berlin Blues.
Ein Schauspiel. 1997